—————— 阅读之前 没有真相

午 夜 文 库

——— *安东尼·霍洛维茨作品*

安东尼·霍洛维茨
Anthony Horowitz (1955—)

安东尼·霍洛维茨,英国知名侦探小说作家、编剧。

一九五五年四月,霍洛维茨出生于伦敦一个富裕的犹太家庭。童年时期虽生活优渥,但并不快乐。据他回忆,作为一个超重又内向的孩子,经常遭到校长体罚,在学校的经历也被他描述成"残酷的体验"。八岁时,他就意识到自己会成为一名作家;他说:"只有在写作时,我才会感到由衷的快乐。"母亲是霍洛维茨在文学世界的启蒙者,不仅引导他阅读大量书籍,甚至在他十三岁生日时送给他一副人类骸骨。他表示,这件礼物让他意识到"所有人的最终结局都不过是白骨一具"。其父因与时任英国首相哈罗德·威尔逊的政客圈子过从甚密,为了自保,将财产秘密转入瑞士的隐秘账户。结果在霍洛维茨二十二岁时,父亲因癌症去世,大额财产下落不明,使霍洛维茨与母亲陷入困境,自此家境一落千丈。

一九七七年,霍洛维茨毕业于约克大学英国文学与艺术史专业。之后他果然朝着作家之路迈进:先以"少年间谍"系列享誉国际文坛,全球畅销千万册,继而成为众人皆知的福尔摩斯专家,是柯南·道尔产权会有史以来唯一授权续写福尔摩斯故事的作家。代表作《丝之屋》畅销全球三十五个国家。此外,之后创作的《莫里亚蒂》和《关键词是谋杀》

也广受好评。还被伊恩·弗莱明产权会选为"007系列"的续写者，二〇一五年出版了《触发死亡》一书。

同时，对侦探女王阿加莎·克里斯蒂的热爱，也给了霍洛维茨接连不断的创作灵感。他曾为独立电视台（ITV）的《大侦探波洛》系列多部剧集担纲编剧。二〇一六年，他向阿加莎致敬的小说《喜鹊谋杀案》，一经面世就在欧美文坛引起巨大轰动。荣获亚马逊、美国国家公共电台、《华盛顿邮报》、*Esquire* 年度最佳图书，被《纽约时报》《时代周刊》等媒体盛赞为"一场为黄金时代侦探小说爱好者而设的盛宴"。在日本更是史无前例地横扫五大推理榜单，均以绝对优势荣登第一名的宝座。

作为知名电视编剧，霍洛维茨还撰写了大量剧本。除波洛系列外，他的编剧作品《战地神探》（*Foyle's War*）获得英国电影和电视艺术学院奖（BAFTA）。

二〇一四年，他因在文学领域的杰出贡献而获颁大英帝国官佐勋章（OBE）。

安东尼·霍洛维茨 重要作品年表

歇洛克·福尔摩斯系列
 2011 The House of Silk《丝之屋》
 2014 Moriarty《莫里亚蒂》

苏珊·赖兰系列
 2016 Magpie Murders《喜鹊谋杀案》
 2020 Moonflower Murders《猫头鹰谋杀案》

丹尼尔·霍桑系列
 2017 The Word Is Murder《关键词是谋杀》
 2018 The Sentence Is Death《关键句是死亡》
 2021 A Line To Kill《一行杀人的台词》
 2023 The Twist of a knife《关键转折是匕首》(暂译)

詹姆斯·邦德系列
 2015 Trigger Mortis《触发死亡》
 2018 Forever and a Day《比永恒多一天》

格罗沙姆庄园系列
 1988 Groosham Grange《格洛沙姆庄园》
 1990 The Unholy Grail《被污染的圣杯》

少年间谍系列
 2000 Stormbreaker《风暴突击者》
 2001 Point Blanc《直射点》
 2002 Skeleton Key《万能钥匙》
 2003 Eagle Strike《鹰击》
 2004 Scorpia《毒蝎党》
 2005 Ark Angel《天使飞船》
 2007 Snakehead《蛇头》
 2009 Crocodile Tears《鳄鱼之泪》
 2011 Scorpia Rising《毒蝎党崛起》
 2013 Russian Roulette《俄罗斯轮盘赌》
 2017 Never Say Die《永不言败》
 2020 Nightshade《夜幕》

安东尼·霍洛维茨 重要作品年表

钻石兄弟系列

1986 The Falcon's Malteser《鹰之马耳他》
1987 Public Enemy Number Two《二号公敌》
1991 South By South East《东南偏南》
2003 The Blurred Man《模糊的人》
2003 The French Confection《法国甜点》
2003 I Know What You Did Last Wednesday《周三谎言》
2007 The Greek Who Stole Christmas《偷走圣诞的希腊人》
2021 Where Seagulls Dare《海鸥奋起的地方》

五角星系列

1983 The Devil's Door-Bell《恶魔的门铃》
1983 The Night of the Scorpion《毒蝎之夜》
1986 The Silver Citadel《白银之城》
1986 Day of the Dragon《巨龙之日》

守门人系列

2005 Raven's Gate《乌鸦之门》
2006 Evil Star《邪恶之星》
2007 Nightrise《夜幕升起》
2008 Necropolis《大墓场》
2012 Oblivion《遗忘之地》

一行杀人的台词
A Line to Kill

[英] 安东尼·霍洛维茨 著
郑雁 译

新 星 出 版 社　NEW STAR PRESS

献给亲爱的吉尔，谢谢你带我回到奥尔德尼岛。

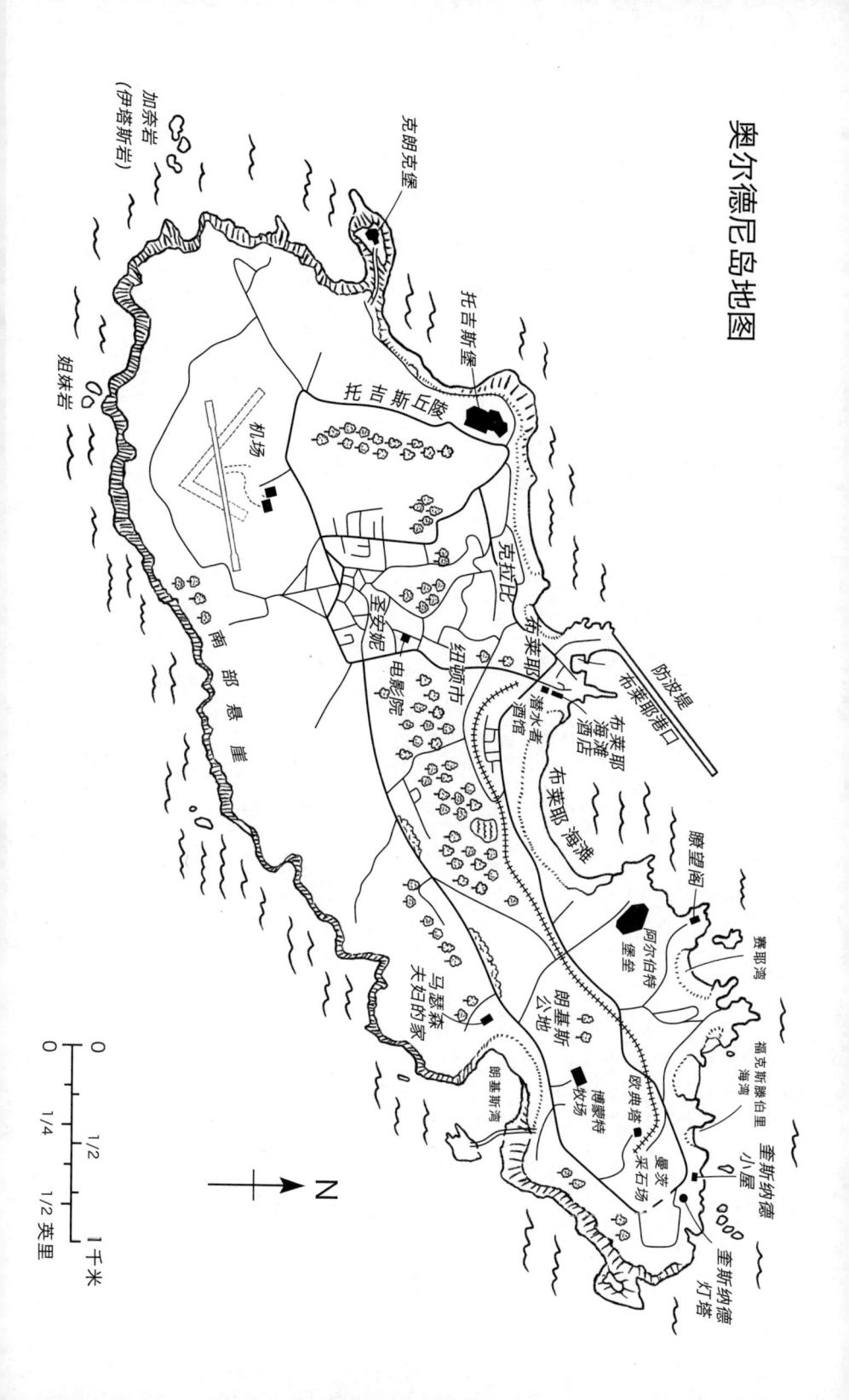

奥尔德尼岛地图

目录

1	第一章　邀请
14	第二章　出发
26	第三章　BAN NAB
36	第四章　黑桃A
44	第五章　盲视
59	第六章　第三排的男人
70	第七章　瞭望阁
87	第八章　风月楼
98	第九章　玫瑰与蝴蝶
113	第十章　积怨
124	第十一章　灰女士
132	第十二章　非暴力不合作
142	第十三章　更多信息
153	第十四章　几项推论
164	第十五章　喧哗之岛
175	第十六章　搜查队
188	第十七章　光照不到的地方
197	第十八章　赫尔克里计划
205	第十九章　显而易见的答案
214	第二十章　有人在吗？
226	第二十一章　英式早餐
235	第二十二章　加奈岩
245	第二十三章　不要停止阅读
266	第二十四章　来自奥尔德尼的明信片
272	致　谢

第一章　邀请

维多利亚区南边，沃克苏尔桥大街上有一座办公楼，我的出版商企鹅兰登书屋就在那里。那个地方很奇怪，虽然通往泰晤士河，拐角处就是泰特美术馆，却出奇地荒凉无趣。两侧都是早该倒闭的破旧商铺，一幢幢公寓空有一扇扇窗户，窗外却一片惨淡萧条。街道笔直宽阔，有四条行车道。繁忙的车流在其间穿行，就像飞进吸尘器管道中的灰尘。当然，街边也有岔路，但没什么值得一去的地方。

企鹅出版集团很少请我去做客。做书不易，就算没有作者添乱他们也忙得不可开交，但我其实很期待去坐坐。写一本书要整整八个月，这八个月里我只能独自面对书稿。作家这个职业很奇妙。光看状态，刚出道的作者和国际畅销书作家并无二致，都是和电脑一起被困在房间里，面对着太多垃圾食品，缺少交流对象。

从开始创作到现在，我已经写了千万余字。我的肉体坐在一片寂静之中，精神却溺亡在喧闹的文字之海，这种矛盾又割裂的感觉让我饱受摧残。

但只要走进那扇印着企鹅标志的门，我就不再是孤身一人。

每次我都忍不住感慨，出版社里竟然有这么多人，又都那样年轻。和写作一样，出版既是一种职业，也是一项事业。从业者的那种"热情"是很难在其他行业里找到的。这栋楼里的所有人——无论职位高低、资历深浅，都热爱书籍。对于做书的人来讲，这绝对算是个好的开始。但他们都做些什么呢？说来惭愧，我对出版流程几乎一窍不通。比如，校对和案头编辑有什么不同？为什么这两份工作不能交给一个人来做？营销和公关的区别又是什么？

但这些只是无关紧要的细节。我真正想说的是：这里就是梦想成真的地方。你多年前在洗澡或者散步时闪现的灵感，会在这里变成现实。人们常说好莱坞是"造梦工厂"，但对我而言，真正的造梦工厂是这里：沃克苏尔桥大街。

所以在这个明媚的六月清晨，我很高兴能接到责编的意外来电。我的新书《关键词是谋杀》将在三个月后发售，格雷厄姆·卢卡斯邀请我去一趟出版社。

"最近忙吗？"他问，"我们想和你聊一下营销计划。"

他还是一如既往地直奔主题。

试读本已经发给了一部分媒体，反响似乎还不错。不过，就算有差评，出版社也不会直接告诉我，他们很擅长拦截这类坏消息。

"什么时候？"我问。

"星期二可以吗？上午十一点？"他停顿了片刻，然后说，"我们也想见见霍桑。"

"这样啊。"我早该想到的，但还是愣了一下，"为什么？"

"我们觉得他能给销量带来一些质变，毕竟他也是作者之一。"

"不对,他不是作者。他一个字都没写。"

"这毕竟是他的故事,你们不是合作伙伴吗?"

"这个嘛,其实我们的关系不算密切。"

"我觉得读者肯定对他很感兴趣,我是说……对你们两个感兴趣。你能和他说一声吗?"

"好吧,我去问问。"

"记住是上午十一点。"格雷厄姆挂断了电话。

通话结束后,我不由得感到一阵失落。没错,这本书的确是霍桑的主意。他曾经是一名警探,现在作为顾问帮警方解决疑难案件。他最初找到我的时候,正在调查伦敦西区一名富有寡妇的死亡事件。我当时并不想写他,光是构思自己的故事就已经让我筋疲力尽了。我从未想过这本书算是与霍桑"合著"的作品,也不确定自己是否愿意和他分享任何一种舞台。

不过转念一想,我完全可以利用好这次机会。我已经跟在霍桑身边破了两个案子——对,只是跟着而已。我本应该多写一写他这个人,但他对破案的细节讳莫如深,从不多作解释。他似乎很享受看着我在他身后跌跌撞撞、满头雾水的样子。戴安娜·考珀案中,我错过了每一个指向凶手的细节,还差点把命丢了。接下来在汉普斯特德的离婚律师死亡案中,我又犯了更加严重的错误[①]。如果真的要写第二本,我在读者眼中一定会显得相当愚蠢。

所以这是一个扭转乾坤的机会。如果格雷厄姆·卢卡斯足够强势,霍桑就不得不踏进我的世界:出席对谈活动、签售会、媒体采访、各种书展和文化节。这对他而言会是全新的体验,我却

[①]这两个故事参见本系列《关键词是谋杀》《关键句是死亡》。

早已在这行摸爬滚打了三十余年。这一次,我会占据上风。

那天下午,我约霍桑在咖啡厅见面。和往常一样,我们坐在店外的椅子上,因为他要抽烟。

"下周二上午十一点。"我说,"应该只有半个小时左右。他们只是想见见你,聊一下营销计划。等书出版了,你就得做好准备,参加几个重要活动。"

他迟疑道:"什么活动?"

"爱丁堡国际书展,切尔滕纳姆文学节,海伊文学节——这些都要去!"我知道霍桑最关心什么,就直截了当地告诉他,"你看,事情很简单。书卖得越多,你赚得就越多。为了赚钱,你必须亲自出面。你知道吗?英国每年出版十七万种新书!犯罪小说是最受欢迎的类型。"

"小说?"他瞪着我。

"具体分类不重要,重要的是让大众知道它的存在。"

"你是作者,你去参加不就行了?"

"你怎么总是这么不配合?你知道写一本书有多难吗?"

"有什么难的?案子都是我破的。"

"对,但是要把你写得讨人喜欢可是难上加难。"

霍桑好像受到了冒犯。我见过他的这种眼神,这种一闪而过的受伤表情。只有在这种时候我才会想起来,他也只是一个普通人。他和妻儿分开,独自住在空荡荡的公寓里,心怀某种童年阴影,日复一日地制作飞机模型。霍桑远没有表面上那么坚强。然而无论他再怎么烦人,我都会不自觉地被他吸引,这可能是他最讨厌的一点。我想了解他。写书时,案件和他本人对我的吸引力一样强烈。

"我不是这个意思。"我说,"我只是希望你能来趟出版社。

只是聊聊天，答应我一定要来，好吗？"

"只聊半个小时？"

"上午十一点。"

"好吧，我会去的。"

但是他没有来。

我在前台等了十分钟，然后一个实习生把我接到了五层的会议室。我怀着一丝期待，也许霍桑已经到了呢？但门打开后只有一个方方正正的房间，没有窗户，也没有霍桑的身影。屋里坐着四个人，他们面前的长桌上摆着咖啡、茶，还有一碟饼干。他们先是看了看我，然后看向了我的身后，难掩脸上的失望之色。

我的责编坐在长桌的一端。见我进来，他起身招呼道："霍桑呢？"

这是他对我说的第一句话。

"我还以为他已经来了。"我说，"他应该在路上了。"

"我还以为你们会一起来。"

嗯，他说得没错，我们应该一起来的。"没有，"我说，"我们约好了在这里见面。"

格雷厄姆看了看手表，现在是十一点十五分。

"好吧，那就再等他几分钟。请坐……"

格雷厄姆·卢卡斯这个人让我琢磨不透。他刚来到企鹅兰登书屋不久，担任高级编辑。他五十岁左右，身材瘦削，脸上稀疏的胡子让他看起来像个学者。他穿着一件昂贵的高领毛衣，应该是山羊绒材质的，外面穿着西装外套，无名指上戴着一枚金戒指。我在他旁边坐下的时候闻到了花香，是须后水的味道，但不太适合他。我们之间的关系称得上"密切"，但也仅限于工作。我不知道他住在哪儿，业余时间都做些什么，有没有孩子，更重要的是——孩子看不看我的书。我们见面的时候他从来都只谈工作。

"你开始写第二本了吗？"他问。

"当然，正在很顺利地创作中。"我撒谎了。我之前告诉了我的经纪人希尔达·斯塔克，我觉得自己赶不上截稿日期。

她比我到得早，但我进屋时她并没有起身迎接。她坐在桌边，正拿着一支电子烟吞云吐雾。这很奇怪，因为我从来没见过她抽烟。我知道她不想来开会。希尔达穿着无袖上衣，夹克外套挂在椅背上。她拿起咖啡杯喝了一口，在杯沿留下了一弯亮红色的月牙。

因为一瞬间的软弱，我曾答应和霍桑平分版税。这是霍桑的提议，我没有问过她就稀里糊涂地同意了。而且她还没能说服霍桑让她来担任经纪人。他们打过电话，但没有见过面。所以她现在只能拿到百分之五十的百分之十……这当然比她期望的数值要少得多。

坐在希尔达对面的是塔玛拉·摩尔，兰登书屋的营销主管。她三十岁出头，神情严肃而专注。她面前摆着一台笔记本电脑，眼睛从未离开过屏幕，一支签字笔如同武器般在她纤长的手指间翻转。她微微抬头，说："你好啊，安东尼，最近怎么样？"还不待我回答，她就开始介绍旁边的助手，"这是崔西，新来的。"

"您好。"崔西二十岁出头，看起来疲惫不堪。她有一张宽圆脸，浓密的卷发，笑容十分友善。"很荣幸见到您，我特别喜欢您的《失恋排行榜》[①]。"

"那是下一场会议的作者。"塔玛拉轻声提醒道。

[①]《失恋排行榜》(*High Fidelity*) 是英国作家尼克·霍恩比的第一部小说，也是其最重要的代表作。

"哎呀。"崔西沉默了。

接下来的十分钟，我们有一搭没一搭地聊着，所有人都在等霍桑推门进来，任何话题都难以进行下去。我气坏了，霍桑居然爽约。终于，格雷厄姆转向了我，双唇紧抿，说道："丹尼尔不在，我们能聊的事情不多，但还是赶紧开始会议吧。"

"没人叫他丹尼尔。"我说，"大家都喊他霍桑。"一片沉默。"你需要的话，我可以给他打个电话。"我补充道。

"没必要吧。"

"我十二点半有个午餐会。"希尔达毫不留情地说道。

"嗯，我们会给你叫车的。"格雷厄姆说，"你去哪儿？"

希尔达犹豫了一下，说："威茅斯街。"

"交给我吧。"崔西把地址输入了iPad。

塔玛拉按了键盘上的一个键，《关键词是谋杀》的封面出现在了大屏幕上，会议开始了。

"我们可以先聊聊年底的营销计划。"格雷厄姆说道，"样书大概什么时候寄出，塔玛拉？"

"样书这个月底就能到。"塔玛拉说，"我们会给图书博主、书评家和主要客户寄出五十本。"

"广播和电视台那边呢？"

"刚刚开始联系……"

"书展呢？"我问道，"有爱丁堡国际图书节，下个月的哈罗盖特犯罪文学节，诺维奇图书节……"大家都木然地看着我，于是我继续说道："我喜欢去书展，而且如果你们想把霍桑介绍给读者，这不就是最佳时机吗？"

希尔达吸了一口电子烟，又呼出来，白色的烟雾瞬间消散在了空气中。"在书取得良好销量之前去书展根本毫无意义。"她解释了一个显而易见的事实。

"而且，在见到霍桑本人之前，我们不能做这样的决定。"格雷厄姆尖锐地补充道。

就在这时，发生了一件让我如释重负的事：门打开了，实习生带着霍桑走进了房间。他一脸无辜，嘴边挂着疑问的微笑，显然对自己迟到了三十分钟毫无自觉。和往常一样，他穿着一身黑色西装，搭配白衬衫和一条细领带。我忽然觉得穿着运动衫和牛仔裤的自己看起来有点寒酸。

"霍桑先生到了。"实习生介绍道，然后转向格雷厄姆，"先生，您夫人打来了两次电话，她说事关紧急。"

"我可以告诉她您在开会。"崔西说着看向了塔玛拉，然后又看向了格雷厄姆，仿佛在征求同意。

"不用了，没事。"格雷厄姆说，"告诉她我晚点打给她。"实习生离开后，他站起身说："你好，霍桑先生，很高兴见到你。"

"我也是。"霍桑这句话是真心的吗？还是在反讽？我完全看不出来。他们握了握手。"我好久没来这边了。"霍桑继续道，"之前我查封过一家卡斯顿街上的妓院，里面有六七个东欧来的妓女。就在立陶宛大使馆旁边。可能她们就是从那儿弄到护照的吧……当然我们也没有证据。"

"真神奇，"格雷厄姆对此很感兴趣，"明明事情就发生在家门口，你却完全注意不到，太不可思议了。"

"也许托尼有一天会把这个故事写出来。"

"托尼？"

"是我。"我说，"你迟到了半个小时。"

霍桑震惊地看向我："你告诉我十一点半开始。"

"不，我说的是十一点。"

"真抱歉，托尼老兄，你说的肯定是十一点半。我从来不会记错时间和地点。"他用手指敲了敲自己的脑袋，对着屋里的所有人说道，"这是我的职业素养。"

"没事，不用在意这些。"格雷厄姆说，然后瞪了我一眼，"我来介绍一下，这位是塔玛拉，营销主管。这位是她的助手，崔西。"

霍桑和她们握了手。我发现他特别关注了一下塔玛拉，仿佛她身上有什么让他看不懂的地方。"那么你一定就是大名鼎鼎的希尔达·斯塔克了。"他在她身边坐下说道，"很高兴终于见到你了，托尼总是提起你。"

希尔达是个难以取悦的人，但她显然很喜欢霍桑。霍桑总能这样轻易地影响他人。我描写过很多次他的外貌：修长的身材，齐耳的短发，还有那双敏锐而探究的眼睛。但我可能没有写过他是如何把控氛围的。他一走进房间就能抓住所有人的注意力，只要他想，就能让整个屋子的气氛变得令人敬畏、危机四伏或者极具吸引力，全凭心情。

"恭喜你出了一本新书。"希尔达说。和我的责编一样，她也忘记了我才是书的作者。

"我还没看过呢。"霍桑说。

"哦？"

"犯罪小说，知道了结局再去读就没什么意思了。"

这句话肯定是他准备好的台词，所有人都对此点头称是。

"你不担心托尼是怎么塑造你的吗？"格雷厄姆问。

"完全不担心，只要能卖就行。"

格雷厄姆转向我："希望你不会把我们写到书里。"他故意开玩笑一样地说道。

我微笑道:"当然不会。"

崔西问霍桑要不要咖啡和饼干。他接受了咖啡,拒绝了饼干。他会尽可能避免在其他人面前吃东西。接下来的五分钟里,格雷厄姆浅谈了一下出版业现状、当下流行的趋势,还有他对本书的期望。"开启新系列总是很难。"他说,"但我们也有机会冲一下畅销榜。今年九月新书不多。有一本斯蒂芬·金的新书,丹·布朗当然也会在榜首。但我们可以选没有新书的那周推出。你愿意参加广播节目吗?"

最后这个问题是问霍桑的,不是问我。

"广播没问题。"霍桑说。

"你有参加其他媒体节目的经验吗?"

"我只参加过《犯罪观察》[①]。"

听到这里,不苟言笑的塔玛拉微笑起来:"我们联系了BBC广播四台的《前排》和《周六现场》。"她接着对屋里的所有人说道,"他们还在等样书,但霍桑先生曾经为警方工作,这一点很有吸引力。"

他被开除这一点也是吗?我很想这样问,但是没有问出口。

塔玛拉的视线回到了笔记本电脑上。"我们刚才在聊文学节的事。"她继续道,"事实上,我们确实收到了一个文学节的邀请。"

听到这句话,我瞬间来了精神。不得不说,文学节对作者而言就是最棒的活动。首先,你可以走出房间,离开自己的家;其次,你可以见到其他人,无论读者还是作者。你可以前往牛津、剑桥、切尔滕汉姆、巴斯这样美丽的城市。甚至,你还有可能出

[①]《犯罪观察》(*Crimewatch*)是英国BBC电视台的一档犯罪纪实类节目,节目中会对重大疑难案件进行重构,二〇一七年因收视率低迷而停播。

国，去悉尼、斯里兰卡、迪拜，或者柏林。就连玛丽皇后二号游轮上都有文学节！

"在哪里？"我问。

"在奥尔德尼岛。他们打算在八月创办一个新的文学节，也很希望你们能前去参加。"

"奥尔德尼岛？"我喃喃道。

"是海峡群岛的其中一座。"霍桑提供了一条毫无用处的信息。

"我知道它在哪儿，只是不知道他们也有文学节。"

"嗯，其实有两个。"塔玛拉按了几个键，把网站主页投影到大屏幕上。上面写着：奥尔德尼岛文学基金会——夏季文学节。转盘公司独家赞助。

"转盘公司是？"我问。

"是一家线上赌场。"和我不同，她对此毫无顾虑，"奥尔德尼岛是线上赌场的一个国际会场，岛上很多东西都是转盘公司赞助的。"她又打开了一个网页。"他们五月办的历史文学节很成功，所以想再办一个。目前他们邀请了伊丽莎白·洛弗尔、马克·贝拉米、乔治·埃尔金、安妮·克莱利和……"她凑近了一些，"马萨·拉马尔。"

"这些人我一个都没听说过。"我说。

"马克·贝拉米有个电视节目。"格雷厄姆说。

"他是一位厨师。"希尔达补充道，"他在ITV2频道有个晨间节目。"

"我不太确定。"我意识到了自己是屋里唯一一个对此持消极态度的人，"奥尔德尼岛很小，不是吗？而且很远……"

"从南安普顿机场出发四十分钟就到了。"霍桑说。

"没错,但是——"等等,刚才这句话是霍桑说的?我又看了他一眼。

"我可以去。"我难以置信地看着霍桑愉快地说道,"我一直想去奥尔德尼岛看看。那个地方很有意思,'二战'时被德军占领过。"

"但是就像希尔达刚才说的,我们没有可以卖的书。"我提醒大家道,"现在去有什么意义呢?"

"可以帮助提高预售销量。"格雷厄姆说,"你觉得呢,希尔达?"

希尔达一直在看手机,这时才抬起头来。"听起来没什么问题。我们可以把这次活动当作一次彩排,让安东尼和霍桑先生彼此适应一下。而且这种小场地,就算搞砸了也没什么损失。"

"感谢你对我们的信心。"我说。

"那就这么定了。"格雷厄姆看起来急着要走,"还有别的事吗?"

接下来的话题都围绕着霍桑展开,尤其是他的工作。他居然能在滔滔不绝的同时没泄露任何私人信息。写第一本书的时候,这曾让我十分恼火。刚过十二点,崔西提醒格雷厄姆还有下一场会议,接希尔达去威茅斯街的出租车也已经到达。塔玛拉合上笔记本电脑,希尔达穿上了外套。显然,他们四个都很喜欢霍桑,握手告别的时候都露出了由衷的微笑。

我们离开出版社,走向沃克苏尔桥大街时,甚至连门口的保安都兴奋地冲他露出了笑容。我心情很不好,也懒得掩藏。

"怎么了,老兄?"霍桑拿出一支烟点上。

我指了指身后的办公楼。"他们都被你迷住了!这是怎么回事?"

"他们看起来人都挺好的。"霍桑若有所思地盯着手中的香烟,"也许你应该多理解一下,很明显,你的经纪人正在担心检测的结果。"

"什么检测?你在说什么?"

"而且格雷厄姆正在和妻子闹离婚。"

"可是他完全没提到!"

"没有这个必要。他正在和营销主管搞婚外情。那个女孩,崔西,是知情人。她也不容易,刚生了孩子还要担心自己的饭碗。"

每次我们去新的地方他都会这样,我知道他是在诱我上钩,但我不会让他如意的。

"我不想去奥尔德尼岛。"我说着就往皮姆利科车站走去。我才不在乎霍桑有没有跟上来。

"为什么?"

"因为八月书还没出来,去了也没用!"

"好吧,那就到时候见。"

奥尔德尼岛的犯罪率极低,甚至不需要一支完整的警队。当地的警察局里只有一位警长,两名警员和两名临时警察。而且都是从隔壁根西岛借调来的,因为那边也没什么事可做。最近发生的两起案件分别是"未经允许使用车辆"和超速。两起案件之间的关联尚不明确。

如果我们暂且忽略第二次世界大战时发生的惨案,那么这座小岛在历史上从未发生过一起谋杀案。

这一切都即将改变。

第二章　出发

六周后,我和霍桑在滑铁卢火车站集合,前往南安普顿机场。这是我们第二次结伴出行。上次是在一年前,我们乘火车去了约克郡。霍桑带着和当时一样的手提行李箱,可能也是他上学时用的行李箱。他身上有一种迷惘的气质,有时会让我想起那些在战火中流离失所的孩子。

今天霍桑看起来异常愉快。和他相识这么久,我对霍桑已经有了一些最基本的了解。虽然我仍不知晓他的过去,但我能分辨出他的情绪。他肯定对我隐瞒了什么。他明明说过对文学节不感兴趣,却不肯错过前往奥尔德尼岛的机会。他甚至知道航班的飞行时间!他肯定在暗中策划什么——但究竟是什么?

列车按时出发了。霍桑掏出了一本平装书,是萨拉·沃特斯的《小小陌生人》。这是一本精彩绝伦的灵异小说,应该是他的读书俱乐部安排的。列车还未出站我就忍不住说道:"好了,你必须解释给我听。"

他抬起头来。"什么?"

"你知道我指的是什么,就是你在企鹅出版社门口说的那些话。你说格雷厄姆和塔玛拉有婚外情,而且崔西知情,她刚生了个孩子,还在担心丢掉工作。你还说希尔达在等待检测结果。"

"那都是好几周之前的事了，老兄！"他有些难过地看着我，"你一直在纠结这个吗？"

"不是纠结，当然不是。我只是想知道。"

"你当时也在屋里，托尼，你应该也能看出来的。"

"请你行行好，直接告诉我吧……"

霍桑思考了片刻，把书倒扣在桌面上。"那么，首先是希尔达。你看到她的胳膊了吗？"

"她穿着夹克。"

"不对。她脱下了夹克，搭在椅背上。她胳膊上有一块皮肤比别的地方都白，就在胳膊肘正中的静脉上。"

"我甚至不知道那是什么东西。"

"就是抽血做血检的地方。她很紧张，一直在不停地吸电子烟，查看手机，就像是在等一条短信……可能是医生的短信。然后就是她在威茅斯街的'午餐会'，我猜是她随口编的，威茅斯街拐角处就是哈利街，名医聚集地。"

"那格雷厄姆和塔玛拉呢？"

"那个实习生说格雷厄姆的妻子打了两次电话，很紧急，但他甚至没问原因。显然是因为这件事已经持续了一段时间。崔西没有等他做出决定就开口，这一点也很奇怪。我可以告诉她您在开会。她这么说的时候正看着塔玛拉。"

"但这些也不能证明他们两个有婚外情。"

"你没闻到塔玛拉的香水味吗？"

"没有，没闻到。"

"好吧，我闻到了。格雷厄姆身上全是那个味道。"

我缓缓地点了点头。我当时还以为那是须后水的味道。"那崔西呢？"我问，"我没注意到有婴儿车或者婴儿照片。"

"哼，肯定有什么让她晚上睡不好觉，她看起来累坏了。而且她左肩上有一块污渍。只有把婴儿抱在胸前，让孩子的头枕在肩上拍嗝的时候，才会在那种地方留下污渍。但是小孩长到七八个月以后就不需要这么做了。所以，她为什么没有休满十二个月的产假呢？她才二十岁出头，肯定刚参加工作。我猜她刚入职就怀孕了，出版社又不能因此辞退她。出于对未来职业生涯的忧虑，她不得不尽快回到岗位上。"

他说得好像很轻松就能观察到这些。当然，他肯定是故意的，他喜欢这样提醒我：他才是掌握主动权的人。之后我们就陷入了沉默，霍桑继续看书，我则拿出iPad开始查看邮件。

自从出版社应下前往文学节的邀请，我就开始被无数的邮件轰炸。活动策划者朱迪斯·马瑟森有点吓人，一想到要见她我就紧张。只要我几个小时内没有回复她的邮件，她就会不停追问相关信息。我愿意住在布莱耶海滩酒店吗？我有特殊的饮食要求吗？我需要租车吗？我愿意签售吗？她帮我订了火车票、机票和酒店房间，还给我发了文学节最新的日程安排。昨晚她还写邮件告诉我，另外几名作者会在机场集合，我应该在过安检和海关之前去机场的餐吧找他们。她甚至建议了我应该吃什么：出发前你可以点一杯啤酒加拼盘。

我打开文学节的官网，看了看其他几名参加活动的作者。我会和他们一起度过一个漫长的周末。

马克·贝拉米

只要你看过ITV2周日早上的烹饪节目《可爱的美食》，你对马克就不会感到陌生。马克从不做奢华的高级料理，他的烹饪手法简单直白，也不怕因此冒犯他人。他的菜单上是深受喜爱的传统美食：酥皮牛肉派、炸鸡还有太妃糖布丁。就像他说的那样："吃的就是卡路里！"他将来到奥尔德尼岛，宣发《可爱的美食》节目食谱书。马克还将在周六为活动组织者与嘉宾们准备晚餐。

伊丽莎白·洛弗尔

先天性糖尿病让伊丽莎白在三十岁生日前丧失了视力。然而与此同时，她发现自己拥有了"看见"灵魂世界、听到心灵之声的能力。她的自传体小说《盲视》网络销量高达二十万册。她随后出版了《暗视》，继续讲述自己的故事。伊丽莎白与丈夫锡德住在泽西岛。她曾在世界各地做巡回演讲，我们很荣幸能请她来到奥尔德尼岛。

乔治·埃尔金

乔治·埃尔金是奥尔德尼岛最著名的历史作家，生长于奥尔德尼岛克拉比海湾，至今仍与妻子定居于此。他在《德军对海峡群岛的占领：1940—1945》中，生动地讲述了一九四〇到一九四五年间德军对海峡群岛的占领。之后他又出版了《绿箭行动与太平洋战争》，两本书都入围了沃尔夫森历史奖。他将在文学节介绍自己的新书，主要研究德军战时在奥尔德尼岛建造的四座集中营。乔治也是一名观鸟爱好者兼业余艺术家。

安妮·克莱利

十岁以下的读者中，恐怕没人不知道比利和凯蒂·闪光弹的冒险故事。比利会飞，凯蒂会隐身，他们一起从鬼魂、恶龙、疯狂机器人还有入侵的外星人手中拯救世界！安妮曾是一名护士，曾多次造访监狱，并成立了"狱中图书馆"慈善项目。她将为我们介绍作品的灵感来源。此次活动还有一场为儿童举办的特殊见面会！会场位于圣安妮小学，孩子们可以借此机会锻炼自己的写作与绘画能力。

丹尼尔·霍桑与安东尼·霍洛维茨

你可能读过侦探小说，但现在你有机会见到真正的侦探了！成为私家侦探前，丹尼尔·霍桑曾在伦敦苏格兰场任职多年。他目前正作为特殊咨询人员协助警方解决疑难案件，最近破获的一起案件已被改编为小说（将在今年不久后出版）。小说由畅销作家安东尼·霍洛维茨执笔，其代表作为"少年间谍亚历克斯系列"。科林·马瑟森将采访他们二人，对真实罪案感兴趣的观众也有机会提出自己的问题！

马萨·拉马尔

我们很荣幸能请到著名的法国表演诗人马萨·拉马尔。拉马尔生长于鲁昂，使用科舒瓦语进行写作与表演。科舒瓦语是一种东诺曼底方言，名称源于法国诺曼底的科地区。《世界报》称她为"一盏复苏科舒瓦文化的明灯"。除此之外，马萨还是卡昂大学的副教授，目前已出版三本诗集。今年的奥尔德尼夏季文学节上，她将用英语和法语（附英文字幕）进行演出。

总结一下，出席人包括：一个倡导不健康饮食的厨师，一个盲人灵媒，一个战争史学者，一个儿童文学作家，一个法国表演诗人，还有霍桑和我。我不禁想道，我们七个实在算不上什么超级七人队。

到机场时，餐吧里只有三个人。乔治·埃尔金（历史学者）多半正在他位于克拉比海湾的家中，伊丽莎白·洛弗尔（灵媒）和丈夫锡德则是从泽西岛乘渡轮前往。而马克·贝拉米（厨师），安妮·克莱利（童书作者）和马萨·拉马尔（诗人）则仿佛相识已久的老友般，围在桌边相谈甚欢。他们似乎是一起坐前一趟列车来的，同行的还有另一名年轻女士，凯瑟琳·哈里斯。她介绍说自己是马克的助理。

想想就觉得不可思议，单单英国就有三百五十多个文学节，我也参加过不少。阿普尔多尔，伯明翰，坎特伯雷，杜汉……像这样以字母顺序游遍整个英国并不难。在繁忙的现代生活中，人们还愿抽出一个小时坐在剧院、体育馆，或者巨大的帐篷里，出于对阅读和书籍的热爱齐聚一堂，还有什么比这更慰藉人心，更美妙的事吗？文学节总有一种纯粹的气息，大家都那么友善。我遇到的作者，无论多么有名，都不会表现得难以相处或者冷漠疏远；相反，我和许多在文学节上认识的作者都成了挚友。每当我想起文学节和书展，总会想到明媚的阳光，就连常年阴云密布的海伊文学节也不例外。

但这次我坐到桌前加入谈话，却觉得很不自在。餐厅的环境更是雪上加霜。毕竟，这是个机场餐厅，提供的都是速食简餐。这是它最大的优点，也是最致命的缺点。明亮的顶灯，开放的布局，近处的航站楼无一不在强调我们身在何处，让人感觉像是在机场跑道上吃饭。我依旧认为接受邀请有些不妥，这次只有六个星期的准备时间，太紧张了。也不知霍桑在台上的表现会怎么样。公开谈论少年间谍亚历克斯或者歇洛克·福尔摩斯是一回事，但书中的主角本人站在旁边就完全是另一回事了。不仅如此，我在那三位作家身边坐下后，只觉得自己像个突然闯入的局外人。我不属于这里。

我认出了马克·贝拉米。他长得和文学节官网上的照片一模一样，甚至穿了一样的衣服：敞口衬衫外搭深绿色夹克，眼前架着一副半框眼镜，金色的眼镜链挂在脖子上。和许多电视名人一样，他本人看起来要更瘦小一些。虽然他肤色黝黑，牙齿洁白，但脸色还是不太健康。可能这也是他人设的一部分，毕竟他专攻垃圾食品，会公然在节目里与纯素食者、蛋奶素食者和海鲜素食者为敌。（"最糟糕的就是那群人……他们真的有问题。"）当然了，他只是在开玩笑。他会对着镜头眨眼、点头，用夸张的约克郡口音说出这句冒犯人的笑话。他有点超重，但算不上肥胖。他的头发向后梳起，呈现出波浪的形状，耳旁隐约有一丝银色，鼻头布满破碎的血丝，四十岁左右。

"好嘛！"他看到我们后招呼道。这是他标志性的开场白之一。"你们肯定就是安东尼和霍桑先生了——还是我该换个顺序？霍桑和安东尼先生。"他哈哈笑了两声，"别那么拘谨，快过来坐。我是马克，这是我的助理凯瑟琳。她是马萨（Maïssa），i上面有两个点哦——当然我说的是她的名字，不是额头[①]。这位是安妮·克莱利（Cleary），虽然名字和枯燥（dreary）押韵，但她一点也不枯燥！我们应该管自己叫……写手联合会。飞机还在跑道上，咱们能先吃点东西，他们还没把那玩意儿的发条拧好呢！"他又笑了起来："我们已经点过了，你想吃什么？"

我们坐下，霍桑要了一杯水，我要了健怡可乐。

"你怎么能喝这种东西！好了，亲爱的，当个乖孩子，帮忙追加一下吧？"他最后那句话是对助理说的。她二十岁出头，身

[①]这是个谐音梗，字母 i 发音与眼睛（eye）一样。

材苗条，一副大大的眼镜遮住了半张脸，有些羞涩。她一直盯着自己的膝盖，不想引人注目，听到马克的话之后便慌忙起身去点单。"她是个好孩子。"马克有些夸张地用手盖住嘴，小声道，"不久前刚入职。她是我节目的粉丝，这很好，因为我不用付她那么多工资！"

他说话有些用力过猛，好像每句话里都要掺杂一个笑点，又怕自己讲不出什么有趣的东西。我虽然没有霍桑那种观察力，但我敢打赌，马克应该是单身，很有可能离异了。

"你好啊，安东尼。"安妮·克莱利熟络地和我打了声招呼。我的心沉了下来。虽然我知道她是谁，却完全不记得见过她。

"能再见到你真好，安妮。"我说。

她生气地瞪了我一眼。"你忘了，"她责备道，"几年前我们在沃克出版社的夏季聚会上见过，还聊了很久。那个时候他们每年夏天都办聚会。"

"你在他们那儿出书吗？"我问。沃克出版社出版了我的少年间谍系列。

"不完全是。我在那里出了一本单篇，是个绘本，叫《刺猬不长在树上》。"

"我以前吃过刺猬。"马克插话道，"包在黏土里烤熟的，其实还挺好吃的。是几个吉卜赛人做的菜。"

"你是说流浪民族。"安妮说道。

"他们爱怎么流浪就怎么流浪，亲爱的，但对我来说就是吉卜赛人！"

安妮又转回我这边。"我们当时聊了政治的话题……托尼·布莱尔什么的。"

"啊，当然，我记得。"

"你肯定忘了,唉,算了。我也和你差不多,记不住人!当作者就是这样,明明平时都是独处,突然间又要同时见五十多个人。但我很开心能再见到你,在嘉宾名单上看到你的时候我就是这么想的。"

我想起来了。我们当时聊了半个小时,甚至交换了邮箱,但没再联系过。她说过她住在牛津,丈夫是个肖像画家,家里有两个孩子,都已成年,其中一个在布里斯托尔上大学。她曾经支持工党,但是在伊拉克战争之后彻底失望,加入了绿党。我生气自己刚才没想起来,于是开始仔细观察她,决定下次再见时不要犯同样的错误。我的第一印象是她让我想起了母亲。或者说,她身上有种母亲的气质:温暖、充满安全感。她有一张圆脸,黑色的短发造型随意却不失品位,没有刻意去遮盖逐渐斑驳的白发,穿着一身舒适的衣服。

"你为什么要去奥尔德尼岛?"我问。我是想问她为什么会接受邀请。

"我最近很少被邀请参加活动,肯定不如你多。你是去讲少年间谍亚历克斯系列的吗?"

"不,我写了一个侦探故事……"我指了指桌对面的霍桑,"……关于他的。"

"我是丹尼尔·霍桑。"我从来没听他介绍过自己的全名,霍桑似乎很惊讶。"很高兴见到你,安妮。"他继续道,"我儿子以前很喜欢你的书。他现在长大了,已经不怎么看了。但他七八岁的时候我经常给他读你写的书。"

"谢谢!"她微笑道。

"尤其是那本讲海盗的《闪光弹危机》,我们都笑得前仰后合。"

"哦！那本也是我最喜欢的作品之一。"

"我也是。"

眼前这个霍桑很陌生，和我认识的那个人完全不同。我再次认清了我们之间的距离。我曾见过他的前妻一面，但从来没见过他的儿子。他和安娜很快就熟络起来，聊得不亦乐乎。于是我转向了表演诗人马萨·拉马尔，问道："你怎么会在这里呢？"

"我来乘飞机去奥尔德尼岛！"她仔细斟酌着用词，带着浓浓的法式口音。也有可能是科舒瓦口音。她看着我，好像我刚说了什么很可笑的话。

"我的意思是……我以为你会直接从法国过去。"

"昨天晚上我在伦敦有一场表演，在卡姆登的红狮剧院。"

我暗自记下要找时间去 YouTube 上搜一搜。她可能是法属阿尔及利亚人，穿着一件重工刺绣的外套和宽松的长裤，鼻翼上有一颗银钉，几乎每根手指上都戴着厚重的银指环。她头发剃得很短，几乎可以看见头皮，一侧还剃出了 Z 字形的图案。那双大而明亮的棕色眼睛在我身上停留了片刻，然后看向别处。有些当代诗人我很喜欢，比如杰基·凯[①]、西雅·费奇尔[②]，还有哈里·贝克[③]。但我跟马萨可能合不来。

服务员端来了食物和饮料：咖啡、茶、沙拉、地中海拼盘、马萨·拉马尔点的绿茶，还有马克·贝拉米的苦啤酒。距离飞机起飞还有一个小时。过了一会儿，马克的助理凯瑟琳拿着我和霍桑的饮品回来了。她把新账单塞进服务员放在左边的账单夹里，坐在了我旁边。

[①] 杰基·凯（Jackie Kay），苏格兰诗人、编剧、小说家。代表作为《其他恋人，小号和红尘之路》。
[②] 西雅·费奇尔（Sia Figiel），美国当代萨摩亚小说家、诗人、画家。
[③] 哈里·贝克（Harry Baker）英国表演诗人、作家。

"所以，你也是作者吗？"马萨问霍桑。

"我不是，亲爱的。"霍桑微笑了一下，"我是个侦探。"

"真的吗？"她睁大了眼睛，"那你去奥尔德尼岛做什么呢？"

"他写了一本关于我的书。"霍桑指向我，"他会在文学节聊书的事，我只是跟着来的。"

"你都调查什么案件呢？"安妮问。

"我现在主要是做咨询。经济犯罪、家庭犯罪，还有谋杀。"他故意让最后那个词萦绕在众人耳边："只要有案子找上门来，我都会接。"

餐桌陷入了一阵漫长的沉默，新认识的这四个人好像都有点紧张。

马克换了话题："我从来不懂为什么要把牛油果做成泥。"他舀起一勺涂在皮塔饼上，"我讨厌'泥'这个词。该死的杰米·奥利弗①最喜欢做这种东西。要我说，直接用刀切片就足够了，最好再配上脆培根。"

"你想点一些培根吗，马克？"凯瑟琳问。她自己要了一份奶酪沙拉。

"不，不用。我只是说，现代社会就流行这种'健康餐'。我小时候根本没有这种东西，我们以前都管牛油果叫鳄梨，谁都不知道该怎么吃！甚至还有个老头儿拿它蘸蛋奶糊！"

我们一边闲聊，一边观察彼此的反应。马克喝完了啤酒，吃了一大半地中海拼盘，牛油果早已消灭殆尽。终于，凯瑟琳看了看手表。"还有四十分钟起飞，"她说，"我们应该去登机了。"

我拿出两张纸币说："我来结账吧。"

---

①杰米·奥利弗（Jamie Oliver），英国厨师。代表作为《原味主厨》(The Naked Chef)。

我不知道自己为什么要这么说，话音刚落就后悔了。我这么迫切地想融入这个小群体吗？账单是二十九英镑，我留下了三张十英镑钞票。因为没有零钱，我又放了五英镑纸币作为小费。

我们起身离开，马萨去了卫生间，其他人一起去安检处排队。南安普顿机场就是这点好，因为很小，所以要排的队伍也很短。

走到安检区时，我感觉口袋里好像丢了什么，这份怀疑很快就被印证了。我在餐厅拿出手机查看消息，肯定是落在桌子上了。最近我越来越丢三落四了。

"我马上回来。"我对霍桑说。

他还在和他最新的挚友安妮聊天，敷衍地点了点头。

走向餐桌时我听到有人在讲法语，语速飞快。于是我四处看了看，发现马萨就站在卫生间门口，和一个穿着黑色皮夹克的年轻男子说话。她背对着我，不知道我在看她。那个男人二十来岁，有一头油乎乎的金发，脸颊瘦长，蓄了一层薄薄的胡须。当然，他们有可能是偶然碰到的熟人，但两人的语气和肢体语言都让我觉得没有那么简单。马萨似乎很烦躁，语速很快。虽然我可能听错了，但她好像提到了霍桑的名字。

她看了看手表，快速走向安检区。年轻男子在原地等了一会儿，接着也去了那边。奇怪，他们好像不希望被人看见他们在一起。

很快我就找回了手机。手机盖在了一张餐巾下面，我拿起它，准备离开，却忽然发现了另外一件事，一件非常奇怪的事。

服务员还没有清理桌面，脏盘子、杯子都在，还有我付的三十英镑。

但是那张五英镑的小费不见了。

第三章　BAN NAB

事实证明，马克·贝拉米说的那个给飞机上发条的笑话并非空穴来风。这架前往奥尔德尼岛的飞机简直是我坐过最小的飞机。它有两个螺旋桨，一片长长的机翼，像是用绳子绑上去的。不得不说，它让我想起了霍桑做的模型飞机。

和霍桑并肩坐在一排，各种意义上都让我觉得很不好受。霍桑喜欢和人保持距离。工作时，我们要么相对而坐，要么是我跟在他身后两步左右的位置。坐在他身侧让我莫名有些不安。

飞机开始滑行，然后停顿了一分钟，仿佛飞行员也在内心最后一次质问：这玩意儿真的能飞起来吗？终于，引擎轰鸣，我们系上安全带，冲向天空。飞机爬升，我们的心却沉向谷底。飞起来了！我们穿过云层，在天上飞了三十多分钟，螺旋桨的噪音杜绝了任何谈话的可能。下降时，奥尔德尼岛的景象在窗外呈现。我凑近窗户向下看，那座岛就像一块荒无人烟的巨岩，漫无目的地漂浮在海面上。盘旋下降时，我看到岛屿的一端立着一座黑白相间的灯塔，下方是破碎的浪花。霍桑一路上都在看书，此时他合上书本，我终于忍不住了。我靠近他，问道："你为什么愿意来？"我必须扯着嗓子大喊才能盖过飞机的引擎声。

"什么？"

"在伦敦时，你说你一直很想去奥尔德尼岛。"

他耸了耸肩："这地方看起来不错。"

我认识霍桑这么久，从来没见他大声喊过。他不只是镇定，如果我能像记录心跳一样用仪器录下他说的话，屏幕上肯定会显示一条死寂的直线。这是我第一次听到他抬高音量说话。

他在说谎。他肯定有自己的理由，但这个理由绝不是观光。

飞机降落了，我们跌跌撞撞地滑过一块灰色水泥。飞行员关闭引擎，我盯着螺旋桨缓缓停止转动，终于在快要停稳时看清了它的样子。舱门打开，我们从座位上起来，走了出去。航站楼就在正对面，看起来像是临时搭建的，又显得有些年久失修，仿佛荒废了三十多年。我们穿过一扇双开门，进入一个乱糟糟的小房间。这是机场的抵达大厅。空无一人的接待台后贴着一幅标语：始自一九六八年。可能从那时起这个地方就没变过了。

一名四十来岁、稳重又高雅的女性正站在称量机旁等我们。她穿着一件毛呢外套，戴着珍珠项链和纱巾，手举标牌，上面用放大的字体写着：奥尔德尼岛文学节。她应该就是朱迪斯·马瑟森了。她独自一人站在空荡荡的大厅里，显得有点局促，但她很快就发现了我们，露出了惊喜的笑容。她肯定花了很多时间梳妆打扮，尤其是发型，那头栗色的长卷发柔顺无比。她是一个很注重外表的人，至少今天的她会给人这种印象。

"大家好！"我们走过去时她招呼道，"我是朱迪斯，欢迎来到奥尔德尼岛！希望你们路上都还顺利，飞机降落的时间也刚刚好。行李还要等一会儿才到，如果有人想去厕所的话可以趁现在，就在旁边。"

"从这里到酒店有多远？"安妮问。她好像有点气喘吁吁的，不知道是不是因为坐飞机太紧张了。

"十分钟路程。"朱迪斯把每句话都说得很激动人心,"这座岛上去哪儿都不远,外面有辆小型巴士会带我们去酒店。你想喝杯水吗?行李很快就到了。"

"不用了,谢谢。"

我听到了发动机的低鸣,传送履带开始工作了,没过多久,行李箱就穿过橡胶帘被传送到银色的台面上。我注意到凯瑟琳·哈里斯取了自己的行李之后,还在挣扎着去拿她老板的两个箱子。于是我走过去问她:"我来帮你拿一个吧?"

"啊——谢谢你。"

我拿起一个箱子,胳膊差点被拽脱臼了。这箱子出乎意料地沉,居然也能上飞机。

"里面都是马克的新书。"凯瑟琳解释道,"回去时肯定就没这么沉了!"

马克·贝拉米听到了我们的谈话。"最好是这样!"他插嘴道。

我的行李箱也出来了,然后是霍桑的。我们都得以脱身,带着箱子前往停车场。停车场的一边是出租车和汽车租赁,另一边停着辆白色的小型巴士。巴士门上印着"奥尔德尼旅游"的字样。

朱迪斯一直尽心照料我们,帮大家上车放好行李。终于,车子发动了。奥尔德尼岛长三英里,宽一点五英里。巴士行驶在笔直的车道上,我的第一印象是:太空旷了。附近没有建筑物,褪色的草坪被海风带走了绿意,铺向远方。大巴驶上一条同样荒凉的主路,交叉路口竖了一块木制的临时路标,上面用红色的油漆写着 BAN NAB。这是什么意思?我甚至看不出这是什么语言。

巴士在路口左转,路过了一家农场,但除此之外,仍然没有其他建筑。一路下坡之后,我们看到了一座拿破仑风格的堡垒。

那座堡垒方方正正，外表坚实无比。一排排烟囱从顶端竖起，高大的窗户整齐地挂在墙壁上，窗户之间的距离也完全相等。这座建筑孤零零地坐落在一片柔软的草坪上，背靠波光粼粼的大海。凯瑟琳·哈里斯坐在我前面，拿起手机对着车窗拍了好几张照片。我的目光却不由自主地飘向了一个废弃的油桶，那上面同样用红色的油漆写着刚才路标上的文字：BAN NAB。我想问问朱迪斯·马瑟森这到底是什么意思，但她正在和安妮·克莱利聊天。

"你看见那个了吗？"我问霍桑。

"什么？"

"BAN NAB，是个回文字。"他没有反应，于是我补充道，"就是正着读和反着读都一样的词。"

"鹅能看见上帝吗（Do geese see God）？[①]"

"什么？"

霍桑摇了摇头，看向了别处。

道路向前蜿蜒；我们来到了一个不伦不类的港口。聚集在此的小商贩和工业区破坏了原本的景致，就连薯条店都被水泥围在中间，拒人于千里之外。然而，当我们抵达岛屿另一端的布莱耶海滩酒店时，眼前的景象却焕然一新。这是一座传统的滨海酒店，会让人想起童年——漫长的夏日，还有圆筒冰激凌。整座酒店由几栋相连的建筑组成，一端是华丽的温室，另一端则是条长长的露台，面向沙滩。

巴士在酒店正门口停下，朱迪斯带我们走进门内，边走边说："自由活动时间到今天下午四点半，第一场活动开始之前。大家可以先拿钥匙回房间休息。乔治·埃尔金会在教堂街做开幕

[①] Do geese see God 是回文句，正读和反读是一样的。

演讲，主题是战争期间奥尔德尼岛市政厅被占领的历史。你们的床上有主办方准备的迎宾礼包，里面有岛屿地图和各类通讯号码。开幕式结束后，我们打算在潜水者酒馆小聚一下，喝点东西。晚餐则是在酒店。如果大家有什么疑问，随时都可以给我打电话。"

酒店大堂十分敞亮，摆放着不太成套却很舒适的家具。四处装饰着干花和浮木雕出的船只，几个书柜立在墙边，里面摆满了书。

"待会儿见，托尼。"霍桑走向前台。

"你打算干什么？"我问。

"放行李，然后出去逛逛。"

"需要我一起去吗？"

"不用了，老兄。回头见。"

其他作者排在霍桑身后，等着拿自己的房门钥匙。我漫步到大堂中央，发现这里只有我和朱迪斯两人。我们有些犹豫地看着对方，终于，我率先开口道："所以，这是你们第一次办文学节吗？"

"嗯。今年早些时候办了一次，但这是我们第一次办小说和诗歌类的文学节。"

"你一直住在奥尔德尼岛吗？"

"当然。这座岛很美，希望你能抽时间四处转转，绝对不要错过加奈岩，岛上还有一些很棒的步行路线。我们在勒罗彻有幢房子。"

"我们？"

"我和我丈夫，科林。还有三个孩子。不过有两个已经去上寄宿学校了。说起来，你明天就能见到科林，他答应了我会采访你和霍桑先生。"其实我知道这件事,因为活动介绍上面有写到。"我花了一些功夫说服他,"她继续道,"不然他会更想采访乔治·埃尔金。"

我不太确定该怎么回答这句话,所以我微笑着说:"我能问你一件事吗?"

"当然。"

"BAN NAB 是什么意思?"

她的脸色沉了下来,似乎不太想回答。

"我之前在几个路标上看到了这个词……"我试图解释。

她用手指拨弄着珍珠项链,冲我露出了一个紧张的笑容。"真希望你没注意到,这件事挺让人难过的。奥尔德尼岛的社区本来很团结,但这件事让大家彻底分裂了。"

我等她说下去。她不太情愿地继续道:"NAB 的意思是诺曼底(Normandy)- 奥尔德尼(Alderney)- 不列颠(Britain)。诺德电力公司想在英国和法国之间连一条电缆,穿过奥尔德尼岛。这其实能给我们带来很多收益,比如更便宜的电力、无线网,还有每年六万英镑的补偿金。但总有人觉得这是个坏主意,所以在抗议。"

"为什么?"

她叹了一口气。"这对我来说尤其困难,安东尼。"她解释道,"科林是 NAB 委员会的代表,负责这次谈判的相关决策,他正好处在整个事件的中心。他是一名律师,也是奥尔德尼岛的议会成员,所以大家很自然就选了他做代表。但这一下就让我们的处境变得很危险。"

"他支持拉电缆吗?"

"委员会有过一次投票,虽然不是全票通过,但最终的结果是同意开展 NAB 工程。"

"所以,人们有什么不满呢?"

"确实有一些问题。"朱迪斯·马瑟森警觉地看了看周围,像是怕被人听到一样,"大家对电缆具体会穿过哪里有一些争论。但归根结底,这里的人都不想改变。"她说话时,目光一直越过我,看向对面的阳台。忽然间,她变得笑容满面,说道:"看!洛弗尔女士和她丈夫正在晒太阳呢,我来介绍你们认识一下吧?她是个了不起的人。"

显然,朱迪斯抓准时机转换了话题,趁我还没反应过来,把我拉到了室外。

这条露台沿着酒店修建,对面的景色也十分宜人。翠绿的野草连着海湾的沙滩,远处的石丘上立着另一座古堡,准备迎击那永远不会到来的敌人。唯一的入侵者是天上飘浮的云朵,如舰队般遮蔽了背后的蓝天。

伊丽莎白·洛弗尔和她的丈夫坐在露台中间位置,刚刚吃完午餐。伊丽莎白背对着大海,对身后的美景漠不关心。她戴着一副圆圆的黑色墨镜,这副眼镜太过显眼,掩盖了她的其他面部特征,但也许本来就没什么可遮掩的。她看起来病恹恹的,面色苍白,脸颊凹陷,唇色发青,黑色的头发烫着细密的小卷。天气很暖和,她却穿着长袖连衣裙加开衫外套。她的丈夫穿着网球衫和宽松的棉质长裤。洛弗尔先生个头不高,体型圆润,还有点秃顶。他正在喝一杯红酒。洛弗尔夫人则点了一碗汤。他应该吃了龙虾,手边都是龙虾壳。

"嗨,伊丽莎白,你们午饭吃得怎么样?"朱迪斯找回了那种欢快的语气。

"很不错,谢谢。"伊丽莎白转向我们,有些尴尬地伸长了脖子。她说起话来很费劲,好像词语都卡在了喉咙里。

"他是安东尼,刚刚和其他作者一起来的。"

"深色头发,发型凌乱,有白发。犹太人,五十多岁。早上没剃胡子。穿短袖衬衫,亚麻布长裤……皱巴巴的。看起来不太愿意来这里。"洛弗尔先生不带感情色彩地说出了这串对我本人的描述。他语速飞快,而且毫不客气。"希望你不要介意。"他继续道,"莉兹希望知道自己在和什么样的人说话。"

我为什么要介意呢?"很高兴见到你。"我说。

但事实并非如此。我不相信幽灵,不相信死后的世界。在我看来,任何一个自称专业灵媒的人,都是在消费和利用他人的悲痛。我曾经在一家昂贵的餐厅和某演员吃饭,据说他妻子能通灵。她坚称我已故三十年的母亲正站在我身后,还要帮她给我捎话。她说我母亲很开心,也希望我能开心。我盘中的鱼排顿时变得索然无味。

当然,我没有告诉她这些。相反,我问她:"你们什么时候到的?"

"昨天。"伊丽莎白说。

"我们从圣赫利尔飞来的。"她丈夫补充道,"在南安普顿机场和根西岛机场转机,花了大半天时间。坐船也不会快到哪儿去。"

"很高兴你们都平安抵达了。"朱迪斯说,"你们还有什么需要的吗?"

"酒店棒极了。"锡德·洛弗尔拿起一条龙虾腿,用牙齿叼出中间的肉,"你想坐下来一起吃吗,安东尼?"

"谢谢你,"我说,"但我刚下飞机,而且我们待会儿肯定还会再见的。"

我为什么要用"见"这个字？为什么每次我遇到盲人都这么笨拙？伊丽莎白似乎没注意到我的措辞。她丈夫继续消灭龙虾，她喝着自己的汤，我对朱迪斯点点头，离开了露台。

朱迪斯和我一起回到了酒店大堂。其他作者都拿到了房门钥匙，只剩下我了。

"那我们下午四点半见。"她说，"然后去潜水者酒馆。如果你需要什么，可以给我打电话。"

我拿上房门钥匙和行李箱去了二楼。酒店房间被分成了好几类：白金、白银、超高级、诸如此类。取钥匙的时候，前台还给了我一张卡片，卡片上显示我住的是一间普通客房。房间很小，有两张单人床，两把椅子，两张布莱耶酒店的照片。窗外的景色是停车场，稍微有点令人失望；但这个房间还算舒适，再说了，我也只住两晚。

我打开行李箱，拿出笔记本电脑，但我实在太累了，根本无法工作。今天为了和霍桑在滑铁卢站集合，我起得很早。于是我躺在床上，拿出一本书翻看起来，没多久就睡着了。

我被震耳欲聋的敲门声吵醒了。我睁开眼，慌忙站了起来，内心感到有点难为情，我竟然在大白天睡着了。很快我就意识到，被敲响的不是我的房门，而是隔壁房间。我听到了房门打开又关闭的声音。

很快，墙那边就响起了争执的声音。虽然隔着一堵墙，但两人都在大喊，所以我能听到完整的句子。

"你为什么不告诉我他也在这儿？"

"对不起，马克，我不知道。"

"但是你接受了邀请！"

"我问过你了！你说过没问题的！"

是马克·贝拉米和他的助理凯瑟琳·哈里斯。他是那个敲门的人,所以隔壁应该是凯瑟琳的房间。马克的声音越来越大,越来越愤怒。

"我他妈的不能住在这儿!"

"对不起……"她听起来快哭了。

"你全都搞砸了!"

我听到了很大的撞击声。他可能是踢了什么东西,或者把什么扔到了她身上。我不由得担心起她的安全,于是打开了房门。

开门的时候,我正好看见马克·贝拉米冲过走廊。他攥紧拳头,目视前方,根本没发现我。

他看起来仿佛想要杀人。

第四章　黑桃 A

很遗憾，我错过了乔治·埃尔金讲述奥尔德尼岛被德军占领的开幕式。我应该去的，但我睡了整整两个小时，不得不花时间处理各种消息——电子邮件、短信、推特提醒、WhatsApp 来信。晚上的聚会六点半开始，我正好那时下了楼。我问了前台霍桑的行踪，但他出去之后一直没回来。

我走出酒店时，太阳正缓缓落向地平线。在夕阳的余晖下，这座岛仿佛回到了遥远的过去。窄窄的街道两旁是那不勒斯冰激凌色的联排房屋，彩色的旗帜成 Z 字形从街道这端挂到那端。远方，一片陡峭的山坡遮挡了视线，让人无法分辨现在到底是哪个世纪。附近没有人，商店已经关门了。我不禁想道，这里的人们晚上都做些什么呢？也许举办文学节对他们来说是不错的消遣。

我不用走很远，潜水者酒馆就在酒店旁边。事实上，它们甚至位于同一座建筑物内部。酒馆外停着一辆崭新的奔驰双门轿跑车，车身洁白，车牌号是 CLM16。它独自停在这里，上方盘旋着海鸥，看起来有点不太和谐，像是一不小心走错了广告片厂。

潜水者酒馆是个传统的酒吧。木头桌子、飞镖游戏、铃铛和酒瓶一应俱全。拱形天花板上挂着各种海军纹章，角落里放着一整套维多利亚式潜水服，甚至包括头盔和面罩。吧台上摆满了饮品——红葡萄酒、白葡萄酒、橙汁和水——还有几碟小吃。酒馆里有三十来人，但是面积很小，所以显得很拥挤。

我一眼就看到了马克·贝拉米和他的助理凯瑟琳。他们站在一起，马克正在品尝一根鸡尾肠，凯瑟琳则在吃一小节芹菜。距离争执已经过去了几个小时，怨气却仍未消散，他们还在回避彼此的视线。童书作家安妮·克莱利正在和朱迪斯·马瑟森聊天。她们旁边站着另一个男人，看起来有些学究气，秃顶，蓄着胡须，眼中闪着狂热的光。他穿着一件胳膊肘上打了补丁的西装外套。他就是科林·马瑟森吗？他和朱迪斯看起来并不像夫妻。我试图寻找马萨·拉马尔，但是没有找到。机场那个穿黑皮衣的年轻人也不在。我还没和霍桑说过这件事，他肯定会笑话我的。

事实上，霍桑看到我走进了酒馆，于是过来迎接我。

"你去哪儿了？"我问他。

"出去走了走。"他的目光十分无辜，但也只有目光是无辜的，"你呢？"

"工作。"

"你工作太久了，应该多出来玩一玩。"

别看他现在这么说，之前他可一点都不想让我跟着。即便如此，我还是很高兴能跟他会合。毕竟，至少在这座岛上，我们是一个团队。如果他不在，我会觉得自己孤立无援。

我们走向安妮·克莱利和朱迪斯·马瑟森，朱迪斯把我们介绍给了她旁边的男士。

"这位是乔治·埃尔金。"她说，然后又补充道，"真遗憾没在开幕式上看到你，乔治的演讲很精彩。"

"非常抱歉，"我说，"我们有工作要做……"

我帮霍桑捏造了缺席的借口,我以为他会感谢我,谁知道他惊讶地看了过来,说:"不,我去听了,托尼。演讲真的很有趣。"他转向埃尔金,"你提到你祖父被关进了西尔特的纳粹集中营。"

"是的。"

"具体是怎么回事?"

"一九四〇年时,祖父拒绝离开海峡群岛,但祖母逃到了英国,到了那边才发现自己怀孕了。"这个故事他讲过很多遍了,声音里没有什么情绪起伏,"他们觉得我祖父是个麻烦,所以把他关进了西尔特。我们也不知道他是什么时候去世的。"

"西尔特是劳改营还是集中营?"安妮问,"我总是分不清。"

"西尔特是党卫队管理的,他们的政策是'劳动灭绝',里面的人没有生还的可能。"

"所以,西尔特是一个集中营。"

埃尔金皱起了眉头。"可以说,整座岛都是一个巨大的集中营。这里死了四万余人,被埋葬在岛屿各处,不过主要集中在朗基斯公地附近。"

这真是一个轻松愉快又适合在文学节酒会时谈论的话题。正当我想要找机会退出谈话时,屋里忽然响起一阵大笑,然后一个声音高喊道:"老天爷!我简直不敢相信!是小猪扒!"

我们看向了那边。

说话的人是一名英俊非凡的男人,浓密的灰发像波浪一般从高高的前额垂下。他说话带着明显的公学[①]口音,举手投足间也是一副贵族做派。他有一双明亮的蓝眼睛,鹰钩鼻,面颊干净,穿着昂贵的服装。你几乎不可能忽略他的山羊绒高领毛衣,阿玛

[①]公学(Public school),是指位于英格兰和威尔士的一种自费独立学校,如伊顿公学和哈罗公学。

尼外套，崭新的牛仔裤和乐福鞋，还有手腕上那块沉甸甸的劳力士手表。他黝黑的肤色恰似一名资深游艇爱好者，或者一位百万富翁。很可能他都是。他看起来四十来岁，身材修长、健美，而且对自己十分满意。

他走向马克·贝拉米，后者正张着嘴巴，震惊而懊恼地看着他。人群散开，仿佛要给他们让出空间。

"好嘛！查尔斯。"马克说。他仍然在用那句标志性的约克郡风味开场白，却完全丢掉了在机场时的自信。你为什么不告诉我他也在这儿？我几乎可以肯定，这位先生就是马克口中的那个"他"。

"我在嘉宾列表上看到你的时候简直不敢相信！你可真是出息了！顺便一提，我超爱你的节目。仔细想想，你确实一直很喜欢用手去扒牛肉派，从十三岁开始就没变过！"这位新来的男士摊开双手，对周围的人群解释道，"小猪扒和我一起上的韦斯特兰公学。"

"你为什么喊他小猪扒？"安妮问。

"我们彼此都喊这种傻兮兮的外号。"马克赶在查尔斯进一步羞辱自己之前回答道。

"我们已经多久没见面了……？"查尔斯努力回想道。

"二十五年。"

"你离开得太突然了！"

"是啊，人生总要向前……"

他们上过同一所学校，却不像是老朋友。我能感觉到两人之间紧绷的氛围。

"你结婚了吗？"查尔斯问。

"结了，又离了。"

好吧，至少这一点我猜对了。

"我从没想过你会变成电视名人！我印象中你一直都很安静，总是偷偷跑回宿舍！你的节目叫什么来着？"

"《可爱的美食》。"

"对，就是这个！"查尔斯大笑道，"我从来没看过，但海伦说很有意思。真高兴能见到你，小猪扒。我们得找时间好好叙叙旧。"他转而对人群说："关于这家伙，我可有太多能讲的故事了！"

虽然他们只是在开玩笑，脸上也都挂着微笑，但我注意到查尔斯靠近时，马克·贝拉米露出了极度厌恶的神情。凯瑟琳·哈里斯一脸惊恐地看着两人。是她带贝拉米来到这里的，这都是她的错。

查尔斯走到我们面前，朱迪斯介绍他说："这位是查尔斯·勒·梅苏里尔先生。他住在岛上，多亏了他我们才能办这个文学节。"她说得很熟练，肯定是练习过的台词，但缺乏热情。她在和他保持距离。"梅苏里尔先生的公司为我们提供了赞助，我们十分感激。"

"我很高兴能回馈一些东西给这座小岛。"查尔斯练就了一种完全浮于表面的欢快，从他和马克·贝拉米的谈话中就能窥得一二。虽然他句句恭维，但每个字都带了一把小刀。"一开始是父母带我来的，不对，应该说是把我和该死的保姆送到了这座岛上！我从来没想过会在这儿定居，但我还是希望你们明天晚上可以来我家坐坐。瞭望阁去年刚刚竣工，风景堪称一绝。这几天的天气也很不错。我们要开个大型派对，主厨就是马克！晚上七点到十点半，所有人都可以来！"

"海伦会去吗？"朱迪斯问道。她的语气让我觉得她好像不希望海伦去。

查尔斯的脸上闪过一丝烦躁。"她被困在巴黎了。她非得把所有的商店都买空不可！她说能赶上今晚的聚会，但我们可能得明天才能见到她了。"

酒会又持续了四十分钟，但早在结束之前，霍桑就趁机离开了。他没说过要提前走，但我猜他可能想在房间里吃点东西，然后去停车场抽烟。也许我晚点还能见到他。与此同时，安妮·克莱利邀请我共进晚餐，我也欣然应允，正好能借此机会弥补我在机场的糟糕表现。

离开之前，我看到了查尔斯·勒·梅苏里尔。他已经和整个酒馆里的人都打过招呼了，看起来心情颇佳。查尔斯不像是一名普通赞助商，更像是整个活动幕后的老板。虽然我之前就不太喜欢他，但接下来发生的事却让我瞠目结舌。你要记得，现在距离哈维·韦恩斯坦因"Me Too"运动被捕入狱还有整整一年。但无论如何，人与人之间总该保有最基本的底线，任何人都不该去触犯的底线。至少我当时是这么想的。

我就站在几英尺外，所以看得很清楚。

凯瑟琳·哈里斯在门边，努力和自己的老板保持距离。我之前说过，她很年轻，二十多岁，戴着一副过于厚重的眼镜，但我漏掉了一点：她其实很有魅力。她身材苗条，有一双灰色的眼睛和一头沙色及肩卷发。查尔斯·勒·梅苏里尔走向门口时注意到了她，露出了不怀好意的微笑。他本可以绕过她，却直直地走上前去，擦肩而过的同时伸手抓住了她的臀部。她挣扎了一下，但在她能挣脱之前，他弯下身，在她耳边低语了几句。凯瑟琳的脸忽然变得通红，眼中盛满怒火。

我就站在旁边，目睹了一场货真价实的性骚扰。我感觉很反胃，觉得自己应该做点什么，但我太紧张了。如果我发扬骑士精神冲上前去，很可能会让场面变得更糟。甚至可能会让凯瑟琳觉得我是在小看她，认为她无法照顾好自己。所以我僵在了原地，动弹不得。万幸，在我做出决定之前这一切就结束了。勒·梅苏里尔放开了她，她羞愤他瞪着他。他笑了笑，走开了。

我没能看到接下来发生了什么。之前在酒会上见过的几个人走过来和我聊天，等我再看过去，凯瑟琳已经离开了。勒·梅苏里尔也消失在了门的那端。我等了一会儿才出去，因为我真的不想和他说话，尤其是目睹了刚才那件事之后。

很不幸，他正站在街边等我。"所以，你给小孩写书，对不对？"

又来了。勒·梅苏里尔专属的讽刺艺术。

"其实，我也写成人书。"我说道。

"哦，对。你和那个侦探一起来的。"

"是的，他叫霍桑。"

"我一直很想谋杀我的妻子，也许他能给我一些建议。"他微笑道，"你们的座谈会是什么时候来着？"

我告诉他，我和霍桑的采访在明天下午四点。

"我倒是想去看看。"他说，"我不怎么看犯罪小说，但我很喜欢丹·布朗，他的书卖了好几百万册，你知道他吗？"他没等我回答："但我手下有个小子很想去听听，我说了会跟他一起去。他特别期待霍桑警探的采访。"

他在玩同一套把戏，那套他拿来对付马克·贝拉米的把戏。我的书卖得当然不如丹·布朗多，他为什么要看我写的东西呢？那一刻，我眼前浮现了他和马克·贝拉米在韦斯特兰公学的样子，毫无疑问，他当时也是个十足的恶霸。

"你肯定还能买到票来看我们的。"我说。

"哦,当然,我问过了,票还剩好多呢。"

我们走下高街,在他的车边停下。当然,那辆定制了车牌的奔驰是他的座驾。但是勒·梅苏里尔打开车门时,我却注意到雨刷下压着什么东西。是一张扑克牌。他也看到了,于是把牌取出来,拿给我看。

"瞧瞧!"他叹道,"我可真是走运了。"

那是一张黑桃A。

他拿着扑克牌,坐进车里。车门轻轻地撞上,仪表盘的灯光亮了起来,驾驶座笼罩在一层朦胧的光晕中。

我看着他发动引擎,开车远去。忍不住想道:黑桃A可算不上什么好运的象征。恰恰相反,那张牌的黑桃里画着骷髅和一对交叉的骨头,我看得很清楚。

我很喜欢扑克牌,自己也收集了不少。我记得,黑桃A中间的那个黑桃象征着——甚至是源自——殡葬员使用的铁锹。美军在越战期间曾将它用作武器,把它留在杀死的士兵身上,为了恐吓幸存者。在伊朗,黑桃A是美军给萨达姆·侯赛因的通缉标识。

查尔斯·勒·梅苏里尔觉得那是幸运的象征,我比他更了解那张牌。

那是一张死亡之牌。

第五章　盲视

　　第二天早上，我和霍桑一起吃了早饭。不对，更正一下，是我吃了炒鸡蛋、培根、红茶和吐司，他则有些漠然地坐在对面看着我吃，一边喝咖啡一边抽烟。

　　如果一个人拒绝和你一起吃饭，你是很难和他成为朋友的。霍桑跟食物和人类都无法建立健康的关系。我去过他在黑衣修士桥附近的公寓：厨房一尘不染，冰箱空空如也。他平时就吃那种用微波炉加热的预制食品，装在塑料小盒里，打开后总是和包装图有天壤之别。他只请我喝过一种酒精饮料：朗姆酒加可乐。他自己喝的则是白水。

　　我们唯一一次坐下来吃饭是在约克郡里布尔德的一家车站旅馆，当时我们在调查理查德·普莱斯的死亡事件。普莱斯是一名富有的离婚律师，他的死牵扯出了一起多年前的矿洞探险案。那天晚上霍桑变得健谈了吗？其实并没有。我之所以记得那顿饭，是因为我们遇到了一个不速之客。一个陌生人走进旅馆，认出了霍桑，还叫他"比利"。陌生人坚称他和霍桑在附近一个叫"里斯"的地方一起长大，霍桑否认了这一点。从结果来看，这顿饭并未加深我和霍桑的友谊，反倒增加了霍桑身上的谜团。

　　这顿早饭和昨晚跟安妮·克莱利的晚饭形成了鲜明对比，我还不如自己一个人吃呢。昨天晚上的气氛轻松又温馨，我点了一瓶红酒，但安妮说她在服用抗生素，不能喝酒。结果那瓶酒基本都被我喝掉了。我们聊了许多，沃克图书、其他作家、奥尔德尼岛，还有到目前为止的文学节活动。安妮说，她和丈夫分开了。我们上次见面的时候她还没有离婚。她说，她最近过得很艰难——具体有多艰难，我很快就会发现。

我边吃边寻找她的身影，但她可能早就离开了。今天早上她在圣安妮小学有一场活动。不过，我倒是在露台看到了其他人。凯瑟琳·哈里斯独自坐在我们旁边的那桌，用勺子戳弄着一碗什锦麦片和酸奶。马克·贝拉米位于露台的另一端，远远地保持着距离，正在埋头读一份《每日邮报》。伊丽莎白·洛弗尔和丈夫刚刚吃完早餐，起身离开时对我们微微点头致意。她的活动是在今天下午。朱迪斯·马瑟森说，这场活动的票已经全部售罄。

他们离开后，我对霍桑说："也许我们应该找个安静的地方，排练一下流程。"

他看起来很惊讶："你觉得有这个必要吗？"

"当然有必要了！"终于，我等到了这个时机。这才是我熟悉的领域。"人们会问各种问题，你是这本书的主角，他们肯定会对你感兴趣。所以我们最好提前准备好答案，这样回答的时候就不会自相矛盾。"

"这又不是在演戏。"

"其实就是演戏。我们站在舞台上，下面也有观众。他们花钱买了票来看我们。"他一脸怀疑，于是我继续道，"也许我们应该去找科林·马瑟森，他负责主持采访，可以告诉我们一个大概的方向。"

霍桑耸了耸肩："只是提问和回答，老兄。而且应该只有六七个观众,你不用那么担心。"

就在这时,我看到马萨·拉马尔回到了酒店。她穿着黑色紧身衣,戴着束发带,塞着耳机——她去跑步了。我看着她走进酒店,然后想起了在机场看到的那一幕,于是告诉了霍桑。

"很奇怪,"我说,"她似乎是一个人来的,但你们离开后,她又去见了另一个人。"我描述了一下那个年轻男人。"他们好像在争论什么。"

"在机场遇到熟人是很常见的。"霍桑说。

"那可是南安普顿机场!而且她在说你的事,我听到她说了你的名字。"

"他们都对我感兴趣,你自己刚说的。"

果然,霍桑根本没有在认真听我讲话。但我还是继续说道:"还有另一件事,有人从机场的餐吧偷走了我放在桌子上的五英镑。"

"你觉得是马萨拿走的?"

"我说不好。"

"也有可能是服务生。"

"都有可能。"他看起来不太感兴趣,所以我提起了在查尔斯·勒·梅苏里尔车上找到的那张黑桃A。

霍桑摇了摇头:"托尼,老兄,你把这些事拼凑在一起,就像是又在写一本书。但这里什么也没发生,没有人遇害。所以这些都与我们无关。"

"你是这么想的吗?"

"我只是觉得你应该放松一点。"他说得很有道理,但同时又很烦人。他到底是怎么做到的?

于是我断然起身离开,留霍桑独自坐在露台上。走过旁边那桌时，我和凯瑟琳·哈里斯对上了目光。我朝她笑了笑，问："你还好吗？"

"嗯，我很好。这里真的很美，我很开心能来帮忙。我们今天晚上要办一个大型派对，你去看过查尔斯·勒·梅苏里尔的房子了吗？"

"还没有。"

"那里真的很棒。"她抬头看了看天空，"今天天气很暖和，我好想去岛上转转。但我白天要花时间做准备工作。"她看向另一端的桌子："马克要给大家做一顿大餐。"

她似乎对昨天的那些插曲毫不在意。无论是和马克·贝拉米的争吵，还是在潜水者酒馆遇到的查尔斯·勒·梅苏里尔。也许是我想多了。她比我年轻很多，看问题的方式也与我不同。

奥尔德尼岛景色宜人。我租了一辆自行车，花了一上午绕岛骑行。这座岛有一种错乱的年代感。一条条鹅卵石铺就的小路，简·奥斯汀式的建筑，还有各种堡垒、营地、炮台和战壕……那些投入了巨大的精力去修建，却从未投入过使用的设施，都令人深深着迷。

我骑到了西边一座十九世纪的堡垒，克朗克堡，又从那里一路骑到了东部的山丘。丘陵上有一座粗犷主义的海军测距塔——欧典塔。路过加奈岩时我停了下来，走到陡峭的悬崖边向下看去，汹涌的海水冲刷着岩壁。前方两块巨大的岩石从海底升起，数以千计的白色海鸟在岩石上停歇。加奈岩是塘鹅的繁殖栖息地。看着眼前的景象，我忽然想到，这大概是我去过的最荒凉、最与世隔绝的地方之一。

昨天我是唯一错过乔治·埃尔金演讲的作者，今天我不会再犯同样的错误。我在下午一点前赶回了奥尔德尼电影院，听到了诗朗诵的最后二十分钟。电影院不大，从外面看就像一家商店或者一间律师事务所。走进去后只有大约十二排座椅，包裹在颇具年代感的红色绒布中。即便如此，马萨·拉马尔还是与周遭格格不入。影院里只有三十个听众，看起来都不太开心。

　　马萨的朗诵很糟糕。她甚至没能背下自己的诗，而是站在讲台后心不在焉地读稿子。好像她只想快点念完，快点结束。她用磕磕巴巴的英文介绍自己的诗，我怀疑她自己都不能理解她在说什么。诗歌是用科舒瓦语写的，大家都听不懂。虽然她背后的屏幕上有英文翻译，却同样对理解毫无助益。我在后排坐下时，她正在朗诵一首有关圣女贞德的诗，我听着却只觉得像一堆随机的文字被组合在了一起。

　　朗诵结束后，影院里响起了一阵稀稀拉拉的掌声，让人有点尴尬。马萨微微笑了一下。"非常感谢。"她听起来也没什么热情，"最后，我想用一首俳句收尾。这是我写给分手的男友的一首诗。它表达了我想对他说的话，而且很短，我可以念翻译的版本。"

　　她停顿了片刻，翻开面前的讲稿，然后开始朗读。

　　　　我看向光明，
　　　　却又被黑影追赶。
　　　　是你，还是我？

　　她低头鞠了一躬，我和大家一起鼓掌致意，心里却犯嘀咕。我肯定在哪儿读过这首诗，但是这怎么可能呢？在受邀来到奥尔德尼岛之前，我从未听说过马萨·拉马尔这个名字。

从影院出来的时候我还在思考这个问题。就在这时，我看到了他——机场的那个金发男人。他站在人行道上，脱掉了皮夹克，穿着网球衫，身上和手臂的肌肉很结实，脖子上还戴了一条金链子。

我心血来潮地走上前去，说："你好，你也是来参加文学节的吗？"

他面无表情地看着我。

"我好像在机场见过你，你当时在和马萨说话。"

"抱歉，你认错人了。"他转身走开了。

从这短短的几句交谈中，我得知了两件事：第一，他绝对是法国人；第二，他不想被认出来。

我看着他消失在路口，然后过了马路。

主办方在影院对面的一家餐吧兼民宿——"乔治亚饭店"举行午餐会。我在那里找到了霍桑，他正在和一名陌生男子谈话。那人看起来四十来岁，干枯的黑发下是一张布满皱纹的脸，眼中愁绪万千，像一个即将宣布噩耗的实习医生。

"这位就是科林·马瑟森。"霍桑告诉我。

我愣住了。早餐的时候我说要先见见科林·马瑟森，但当时霍桑对此毫无兴趣。"哦，你们见过面了！"我说。

"是的，我们刚才聊了一下流程……就是采访的流程。"他向我投来指责的目光，"你去哪儿了？"

"我去听了马萨·拉马尔的朗诵。"

"很遗憾，我决定不去听那场活动了。"马瑟森说道，像是抱歉又像是松了一口气。朱迪斯说过他是一名律师，但见到本人我还是很惊讶。他的语气很轻柔，不够果断。"我刚刚和霍桑先生过了一遍采访的问题。"他继续道,"对了,我们的票已经快要卖光了。"

"快要"卖光了算是好消息还是坏消息?我不知道。毕竟这个影院总共也只有九十来个座位。

"你可以和我再过一遍问题吗?不用很细致。"我不太确定地问道。

"时间可能不够了。"科林微笑道,"而且,我敢说,你这么专业,肯定不需要提前排练。"说完他看了看手表,好像这件事就这么定下来了。"我们想吃完午餐后去参加伊丽莎白·洛弗尔的活动。"他继续道,"朱迪斯帮我们抢到了座位,你应该听说了,她真的很有人气!你要一起来吗?"

我不想去,但如果霍桑要去的话……

"当然。"我说。

"好的,好的。我听她讲过书,简直棒极了。如果你相信那些东西的话……"

"你相信吗?"

"我尽量保持眼界开阔。"

有人过来了。他穿过午餐会上聚集的人群,径直走向我们。是历史学家乔治·埃尔金,他看起来不太高兴。科林·马瑟森转过身,肉眼可见地瑟缩了一下。他知道接下来会发生什么。

"我听说了……"埃尔金说。

"乔治!你有没有看到——"

"电缆,听说你已经决定了路线。"

马瑟森没有反驳,那双忧愁的眼睛陷得更深了。"事实上,乔治,我们还没有公布这件事。"

"我知道你们还没有公布,也明白你为什么不想公布。但你还是这么做了。"他面向我和霍桑,"朗基斯公地有五个万人坑。一千多个被纳粹残杀的灵魂,好不容易能获得片刻安宁,我祖父就是其中一个。想想看!他二十来岁的时候,被人强迫劳动,忍饥挨饿,直到死亡。但这些人……"他努力控制住自己的眼泪:"他们要挖开那整片区域,就为了几个子儿,完全不管别人会怎么想。"

"其实岛上有很多人支持NAB。"马瑟森说。

"但是有更多的人反对。"埃尔金怒气冲冲地站在原地,"都是因为那个查尔斯·勒·梅苏里尔,对不对?他才是NAB的幕后推手,你们都只是他的提线木偶。"

"不是这样的。"此时的马瑟森与其说是生气,倒不如说是忐忑不安,"而且,说实话,我们真的不应该在这里——"

埃尔金插嘴道:"你知道以前的受害者是怎么给这座岛命名的吗?*被诅咒的岩石*。现在看来,还是一点都没变。"说完他就转身离开了。

马瑟森双手交叉,抱歉地耸了耸肩。"一提到电缆的事,他就会变得很激动。"他解释道,"让你们见笑了。乔治其实是个很好的人,他也是好意,但刚才那样真的很不得体。"

"他说得不对吗?"霍桑问道。刚才的谈话引起了他的兴趣。"勒·梅苏里尔是幕后推手吗?"

"不是的。"马瑟森的脸红了起来。"这个决定是我做的。或者说,是委员会决定的。勒·梅苏里尔先生是NAB项目的支持者,因为他相信这能促进岛屿的经济发展。我可以保证,他也是为了奥尔德尼岛,和我们所有人一样!"他看向人群,试图找到埃尔金,"他真的不应该那样谴责我。当然,他祖父死得很悲惨,都怪那些纳粹。但即便如此……!"

我们尴尬地吃完了剩下的三明治，走回影院。门口早已排起了长队，但马瑟森带我们从侧门进去，坐到了前排的三个预定席上。影院里的人越来越多，很快座无虚席，还有不少人站在过道和后方。台上银幕前有两把扶手椅，灯光渐暗，朱迪斯·马瑟森走上前来，被丈夫搀扶着前进的伊丽莎白·洛弗尔紧随其后。朱迪斯站在原地等两人入座。

"大家下午好。"朱迪斯开口道。她故意停顿了一下，等大家安静下来。就像一位严厉又温柔的小学校长。"很开心能看到这么多人来参加这场特殊的活动。伊丽莎白·洛弗尔不需要我多做介绍，但如果你们上次没能来到现场的话，我必须要指出：坐在她身边的这位男士是她的丈夫锡德。虽然他并不会参与问答，但是他会在接下来的一个小时中为伊丽莎白提供帮助。因为视力的缘故，伊丽莎白看不到你们，所以他的第一份工作就是成为你们与她之间的桥梁。伊丽莎白在谈及某些话题时可能会比较激动，所以需要他在身边，相信大家都能够理解。"她转向锡德，"也欢迎你回到奥尔德尼岛，锡德。"

他微笑着点了点头。

"还有两件事。如果意外发生火灾，请从出口有序离开。以及，伊丽莎白想提醒大家，谈话结束后，她会在马路对面的乔治亚饭店举办签售会，现场购书有九折优惠。那么，事不宜迟，让我们热烈欢迎伊丽莎白·洛弗尔！"

朱迪斯离开了舞台，台下掌声如雷。我看了看四周，果然，乔治·埃尔金没有来，马萨·拉马尔也不见踪影。（我到底是在哪儿读到的那首诗呢？还是想不起来。）马克·贝拉米和凯瑟琳应该正在瞭望阁的厨房里准备晚餐，查尔斯·勒·梅苏里尔也没有出现。但是安妮·克莱利来了，就坐在不远处。她朝我们举起一只手,微笑示意。

"下午好。"伊丽莎白面向观众席,看着我们头上方几米的位置。她的头微微后仰,灯光打在那副墨镜上,反射到我们脸上。她的坐姿僵硬,肩膀像是被钉在了椅背上一样,双手扶着膝盖。她身着和之前一样的黑白衣服。我忽然想到,如果从侧面看的话,她应该会很像那幅名画——《艺术家的母亲》。

"来了很多人。"锡德小声对伊丽莎白说。他穿着一件运动夹克,白色衬衫配宽松的长裤。"观众看起来很友好……有一百来人,没有小孩。倾斜式座椅。一些观众站在后方。女性比男性多。"

"谢谢你,锡德。"然后她又对着观众大声说道,"虽然我很久以前就失去了视力,但我还是希望知道自己在哪里、和谁说话。我能感受'气场',判断人们是否友善,但有时很难辨别这种善意是来自'镜子'的哪一面。女士们先生们,生与死的区别就是这样,它们是彼此的倒影,存在于同一面'镜子'的两侧。"

开场白之后,她花了三十分钟左右讲述自己的经历和人生哲学,基本就是我在官网上读到的加长版。她出生在埃克塞特,家庭和睦,度过了幸福的童年,接受了普通的教育,成了一名图书管理员。她一直很喜欢书,希望能成为一名作家。在泽西度假时,她遇到了锡德,他是一名出租车司机,从机场把她接到了酒店。

目前为止都还算正常。显然,这个故事她已经讲过无数遍了。后来,她因糖尿病失去了视力,整个故事开始变得神秘有趣。这一关键性的事件发生在十二年前,她即将三十岁时。

"当然,我那时很愤怒。"她对观众说,"我很震惊,不愿意面对这个事实。但也正是在那时,我发现自己虽然无法看到镜子的'这一面'——你们生活的世界——却渐渐察觉了'另一面'的存在。我开始把这种新的视觉称作'盲视'。虽然我看不到你们眼中的世界，但你们也看不到我眼中的世界。我可以十分确定地告诉你们，我眼中的世界美丽非凡。死亡并不存在，我们被家人朋友环绕，他们并不想伤害我们，相反，他们想要指引、守护我们。我从不叫他们'鬼魂'，那是用来吓唬小孩子的概念。我也不会叫他们'灵魂'，这个词过于神圣，但他们并不是这样的。对我而言，他们就是镜中的倒影。我能通过'盲视'看到他们的身影，我现在就在看着他们。"

于是，通往灵界的列车开始隆隆向前。我看了一眼霍桑，想知道他对此做何感想，但他没有任何情绪表露，只是安静礼貌地听着。伊丽莎白继续讲述"镜子另一面的世界"，然后忽然指向虚空。我顺着她颤抖的手指看去，是一张贴在墙上的电影海报：《碟中碟5：神秘国度》。但她应该不是想让我们看那张海报。

"那里！"她说，"我看到了一位女士，她叫玛丽，或者玛格丽特。她生活了七十年，然后跨越了镜面，前往彼端……"

我见过这种话术。她说"玛丽或者玛格丽特"就能把中奖概率提高一倍。把一百来人关进屋里，很有可能就有人认识一个去世的玛丽或者玛格丽特。如果这两个名字都不对，她还可以换成玛贝尔、米兰达，或者米莉安。

"她的头发是湿的。"伊丽莎白补充道。

我确实没想到她会这么说。

影院内出现了一阵短暂的寂静。伊丽莎白看向海报上的汤姆·克鲁斯，然后忽然有人高声喊道："是玛丽·加灵顿！"

"第四排的女士，五十来岁，戴眼镜。"许久没有讲话的锡德低声说道。

伊丽莎白的头转向观众席，问道："玛丽·加灵顿是谁？"

那位观众回答道："她住在镇上，大伙儿都认识她。她开过一家糖果铺，但是有天洗澡时忽然脚底打滑，撞到头淹死了。"

"她和丈夫……埃里克在一起。"

"不是埃里克，是埃内斯特！"一个坐在后排的男士喊道。

"她想和他团聚，现在他们在一起很快乐。不过他们很想念你们，想念这座岛。"

"她最讨厌这地方了。"那位男士说。

"她嘴上这么说，但并不是真心的。而现在……"伊丽莎白深吸了一口气，仿佛忽然听到有什么人在她脑后说了一句话。"这里还有另一个人，一个年轻男性。他离开得太早了，他叫……"她犹豫了一下，"威廉？"

我知道这都是骗人的把戏。我一直对魔术很感兴趣，看过哈里·胡迪尼的自传，他大半辈子都在揭露各种魔术手法。以前我还会在电视上看加拿大魔术师詹姆斯·兰迪的节目，他解释过这种骗术背后的原理。如果观众席没人认识因溺水或车祸而英年早逝的威廉，伊丽莎白就会随便编个故事然后继续下一个话题。观众愿意相信她，这份信任就是她手中的武器。她是怎么知道玛丽·加灵顿的呢？其实很简单，可能她只是在奥尔德尼岛的某篇日志里读到过，这种死亡事件肯定会有媒体报道。

她在等待观众里的某人做出反应，正当我以为她会把威廉的名字改成沃尔特或者韦恩的时候，她忽然惊讶地问了一句："安妮在这里吗？"

这时我才终于意识到，影院里开始变得燥热不堪。这里没有空调，虽然后门是敞开的，但空气还是凝滞而沉重。我能感觉到一百个人粗重的呼吸声，在这个昏暗的室内，台上失明的女性竟显得咄咄逼人起来。我想起了小时候去看儿童剧，战战兢兢地坐在台下，生怕被演员选中上台去互动。我父亲走得早，现在我身体里的每一个细胞都在祈祷他不会是下一个出现的"幽灵"。不过，他活着的时候就对我缺乏兴趣，死后大概也一样。

"安妮？"伊丽莎白盲目地"扫视"着观众席。

锡德接了她的话茬："你是说安妮·克莱利吗？"

"是的。"

"第二排，就在你左边一点。"

伊丽莎白面朝那边，说："有一个叫威廉的人，他和你很亲近，是你的儿子吗？"

我看向三个座椅外的安妮，不由得心生同情。她脸色煞白，震惊不已。"请不要……"她不希望伊丽莎白继续说下去。

"威廉那时很苦恼，做了错误的决定。他离开的时候还很年轻，他知道你很悲伤，也知道是他的行为导致了你的悲痛，他希望你能原谅他，他是因为——"

"他是在上大学的时候服药过量去世的。"安妮插嘴道，也许是希望能早点结束这场闹剧。她身边的观众陷入了难堪的沉默，因为他们不得不目睹这样残忍的场面。

"是的……"伊丽莎白缓缓点头，憔悴的脸上露出了同情的神色。

"他是个瘾君子，根本不知道自己在干什么。"安妮哽咽道。之前一起吃晚餐时，她并没有提起过儿子，只说了女儿和她一起住在伦敦。虽然我们当时聊得很开心，但我总感觉她似乎很悲伤，仿佛有什么没能说出口的难言之隐。如今伤口以这样的方式被人揭开，实在太过残酷了。

"不要难过，安妮。"台上的伊丽莎白说，"镜子的另一面没有悲伤，他已经都放下了。"

"也许吧。"安妮站了起来，"但他也抛下了我和家人，这份痛苦永远都不会消失……至少对我们而言是这样的。"她已经没有什么好说的了。安妮做出了决定，她呼吸急促，穿过观众席，经过我和霍桑，一路走到后门，头也不回地离开了影院。

"我知道，要接受我看到的真相很难。"经过刚才的插曲，伊丽莎白·洛弗尔不得不努力赢回观众的心，因为他们随时有可能反过来指责她。她用一只手抚上心口，说："相信我，我能感受到她的痛苦，但我也知道她能通过这次接触获得安慰。我们总说失去了死去的人，但其实他们从未离开。"

她继续这样讲了十几分钟，但现场并没有出现新的"访客"。朱迪斯走回台上，对伊丽莎白和锡德表达了感谢，然后提醒观众不要忘记签售会。大家都迫不及待地想要到对面去（当然，是马路对面），出口一时间拥挤不堪。与此同时，锡德扶妻子离开了舞台。朱迪斯在一旁等着带两人去乔治亚饭店，但他们在我们面前停下了。科林·马瑟森在我的一侧，霍桑在另一侧。

"讲得很棒。"我说。

伊丽莎白靠在锡德身上。"希望安妮没有太伤心。"她说，"我无法决定谁会来访。"

"她会没事的。"锡德说。

"这位是我的朋友，丹尼尔·霍桑，你们见过了吗？"我问。

我之所以会介绍他们认识，是因为我真的很好奇霍桑会说什么。

她向霍桑所在的方位伸出一只手，他握住她的手笑了笑。

"很高兴见到你，霍桑先生。"

"我也是，洛弗尔女士。"

"你觉得我讲得怎么样?"

"令人印象深刻。"霍桑说,"你肯定累坏了。"

"是的,我真的很累。"她努力倚靠着锡德站直,"但我必须先走了,还要签书呢。"

"可不能让粉丝等太久。"霍桑是在挖苦她吗?我看不出来。

我们目送锡德和伊丽莎白离开影院,他一直用手扶着她的腰侧。

"她的上一本书卖了五十万册。"科林·马瑟森喃喃道,仿佛不敢相信刚才发生了什么。

"是电子版销量。"我提醒道。

霍桑看了我一眼。"对,但是她能拿到百分之七十的版税。"

我们的版税要少得多。之前我们讨论过很多次这个问题,但他竟然现在提起,这让我很沮丧。

忽然间,影院里只剩下了我们两人和一些负责清理会场的志愿者。我看向舞台,问道:"我不知道她为什么要做那种事。你知道她是个骗子,对吧?"

"当然知道。"霍桑点了点头,"我一开始就发现了。"他停顿了片刻:"但那些鬼魂可是货真价实的。"

第六章　第三排的男人

我和霍桑的问答会上来了八十多个人,虽然比不上鬼魂和镜子,但这个数字还是很可观。我随科林·马瑟森来到舞台中央,霍桑则在稍远的另一侧。我看了看观众席,注意到有几个人没来。首先是安妮·克莱利。昨天晚饭的时候她说一定会来,但经历了刚才的事,改变主意也无可厚非。马克·贝拉米和凯瑟琳·哈里斯在瞭望阁准备晚餐派对的高热量食品。最令人惊讶的是,哪里都不见朱迪斯·马瑟森的身影。我凑近科林,小声问他发生了什么。

"她说很抱歉不能来。"科林回答道,"下午家里出了点问题,她不得不留下来处理。"

"希望不是什么严重的问题。"

"不,不严重,只是很烦人……"

当然,到场的人也有不少。伊丽莎白·洛弗尔、她的丈夫锡德,还有乔治·埃尔金都坐在后排。马萨·拉马尔也到场了,只是没带上机场的那位神秘友人。查尔斯·勒·梅苏里尔也没有食言,在临开始前最后一刻赶到,走向前排的预定席。

他不是独自一人。查尔斯说过会带一个工作伙伴来,也确实有一个人跟在他身后。那个人挂着拐杖,左腿明显受过很严重的伤，走路时完全不听使唤。他至少比勒·梅苏里尔年长十岁，穿着过于正式的西服，还打了领带。他在影院的人群中穿行，满头大汗，像一头气喘吁吁的公牛。他戴着一副金属框架眼镜，面颊通红，黑色的头发像石油般流过他的头顶。他双目圆瞪，努力跟上梅苏里尔的步伐。他们的座位在第三排中间，像他这种身体情况，当然是安排在过道会更方便。我不禁想道，难道勒·梅苏里尔是故意选了中间的位置？他面带微笑，看着自己的朋友挣扎着挤过人群，跌倒在座位上。

灯光渐暗。

科林·马瑟森开口道："女士们，先生们，今天很荣幸能请前警探丹尼尔·霍桑来到奥尔德尼岛。霍桑先生曾在伦敦苏格兰场工作多年，是一名备受尊敬的资深警探。离开警察局后，他成了一名顾问。"科林微笑了一下："协助警方破案。如今，霍桑先生是一名私家侦探。虽然我们都在电视和书上听过这个职业，但我可以向各位保证，今天坐在我们面前的不是大侦探波洛，我们要讲的也不是《骇人命案事件簿》，而是真正的凶杀案。这也是给奥尔德尼岛的一次特别优待，因为今天将是霍桑先生第一次公开介绍自己的工作内容。我有幸在谈话开始之前和霍桑先生简短地聊过几句，我敢说，接下来的一个小时一定精彩绝伦。警方会请他解决最棘手的难案，而就我所知，他每次都能成功破案。其中不乏著名案件，比如几年前发生在里士满河畔的谋杀案，你们应该在报纸上看到过。"

《河畔谋杀案》听起来是个不错的标题，我默默记下，之后要问问霍桑当时发生了什么。

西装革履的霍桑坐在那里，安静地听科林说完。除了被夸得有点不好意思以外，他没有表露任何情绪。他好像很惊讶有人会这样夸他。

然后马瑟森开始介绍我:"安东尼写过许多电视剧本,包括我刚刚提到的两部剧集。霍桑先生亲自选择请他来担任传记作者。虽然第一本书《霍桑探案》尚未出版,但我相信安东尼也有很多想要分享的内容,包括从虚构写作转向真实罪案面临的种种挑战。最后,希望我可以说服他为我们朗读一小节书中的片段。"

台下响起一阵礼貌的掌声。

科林·马瑟森转向霍桑:"那么,霍桑先生,我想先问你一些问题。你当了多久的警探?"

我本以为霍桑最多回答一两个音节,但他意外地放松自在。也许是因为他午饭时和马瑟森提前练习过了。"我是从级别最低的巡警开始做起的。"他说道,"现在你只要有两年工作经验,再加上大学学历,就能直接成为实习警员。但我那会儿不一样,所以我要从头开始往上爬。实习警员到警员,不久后我被破格提拔成警探,在伦敦警察局工作了十一年。"

"你介意我问一下你的年龄吗?"

"我三十九岁了。"

"你一直负责调查犯罪案件吗?"

"有几年我在儿童保护部门,但我还是更习惯搞刑侦。"

"你为什么会想成为一名警察?"

霍桑一动不动地坐着。"我小时候看过一些书。《梅格雷探案集》和《布朗神父探案集》,觉得很有趣。"

"你有兄弟姐妹吗?"

"没有,我是独生子。"

听着两人的谈话,我的心情也愈发沮丧。我认识霍桑好几个月了,我和他一起工作,侦破了两桩谋杀案,甚至正在写第二本以他为主角的书。但就在他和科林·马瑟森谈话的这短短一分钟内，他已经说了太多我从未听过的事。比如，我并不知道他的年龄。我在书里写过他当了十年警探，不是十一年。霍桑为什么愿意在奥尔德尼岛的电影院里，当着这么多人的面回答这些问题呢？他明明那么注重隐私。难道他是觉得，自己接受了邀请，就必须要好好表现吗？还是说，他只是心情好？他脸上一如既往地没有露出任何情绪。

我以为马瑟森会开始向我提问，但他显然还没和霍桑聊尽兴。

"你觉得，当警探最棒的部分是什么？"

霍桑花时间想了想。"这是个好问题，科林。"最终，他开口道，"我想，我的答案是'逮捕罪犯的瞬间'，我总是很享受这部分工作。请原谅我的用语，但谋杀犯都是些该死的蠢货，脑子里塞满了屎。就连那些聪明的也没有自以为的那么聪明。我遇到过好多个凶手，觉得自己能赢我一招，但他们都会犯错。如果你要问我最喜欢警探工作的哪个环节，我一定会说是抓住他们马脚、揭开面具、侦破案件的瞬间。"

"所以你并不是在保护市民、维护法律？"

"我想你可以说这是工作的一部分，尤其考虑到你是一名律师，这对你来讲也许很重要。但这不是我的工作。当我被喊去现场的时候，并不需要保护什么人，因为需要保护的对象已经死了。至于法律，这就是法官和律师的工作了。说实话，我不怎么喜欢出庭做证，受不了他们整天吵来吵去。判个十年或二十年……又有什么区别？我的工作已经结束了。"

我还在等待马瑟森的提问，但与此同时，我也被他们的对话吸引了。我从来没听霍桑说过这么多话——尤其是谈论自己的时候。仔细想想，他刚才说得很对。几乎每本悬疑小说，结尾都停在罪犯被逮捕的瞬间，你很少看到他们被审判的过程。因为到那时他们就变得无趣了，就会从人们的视野中消失。

"但是你让世界变得更安全。"马瑟森坚持道。

"是吗？"霍桑眨了眨眼，"我之前也说过，等我到达现场时，凶案往往已经发生了。没有人获救。更多情况下，凶手已经达成了目的。继承了他想要的遗产，或者摆脱了烦人的妻子。而且他们也往往不会再动手继续杀人。"

"所以你的工作……只是程序的一部分。"

"当然可以这么说。没有执法机构就没有法律，我就是在为执法机构工作。"

"但你很擅长做这个。"

霍桑点了点头："我是这么认为的……"

"你遇到过很多谋杀犯吗？"

"是的。"

"然后……？"马瑟森微笑着等待着更多，但霍桑没有回答，所以他继续道，"所有杀人犯都被抓到了吗？"

"我遇到的都被抓了。"

观众席传来一阵笑声。

"是什么让他们露了马脚？"

"什么都有可能。"马瑟森示意他讲下去，这次霍桑很配合，"他们面临的压力很大，冒的风险也很大，时刻掌控情况几乎是不可能的。某个细节，甚至是一点点表情的疏忽，都有可能让他们暴露。就像是打牌时拿到了一手皇家同花顺，能赢到一百万英镑，只有真正的专家才能隐藏自己的反应，而大部分凶手都不能。"

我用眼角的余光看到，查尔斯·勒·梅苏里尔听到这句话之后点了点头。他是一家线上赌场——转盘公司的CEO，奥尔德尼岛的文学节就是这家公司赞助的。所以他很欣赏霍桑的这个比喻。他的朋友（或者工作伙伴）身体前倾，听得很认真，但好像并不享受这个过程。

我已经很久没开口说过话了，但马瑟森还没结束对霍桑的提问。

"你将要出现在系列小说里，这会让你觉得担心吗？"他问。

"不会。"

"因为这是你自己的提议。"

"对。"

"但你为什么会这么提议？"

霍桑耸了耸肩："我需要钱。"

台下响起了更多笑声。如果这次活动算是为爱丁堡和海伊文学节做的排练，那么霍桑肯定没问题。他根本不需要我。

"安东尼是你的第一选择吗？"

"这么说吧，他是第一个答应我的人。"

我不甘示弱地笑了一下，台下响起了一阵掌声。

终于，马瑟森转向了我，问道："那么，你是如何被说服答应写《霍桑探案》的呢？"

我一直沉默地坐在边上旁观，没反应过来他在说什么，过了一会儿我才想起来。"事实上，书名不叫《霍桑探案》，第一本的书名是《关键词是谋杀》。"

"原来如此。"听到他的回应我顿时了然，他还是更喜欢霍桑起的书名。

"我答应写是因为觉得会很有趣。"我说。

但是我的回答显然不够有趣,马瑟森又转回了霍桑那边,问:"你应该已经读过这本书了吧?"

"不,还没有,托尼还没给我看过。"

"你会紧张吗?被人写进小说里,而且作者还是写小说出身的。"

霍桑摇了摇头。"我觉得无所谓,只是一本书。"

"两本。"我补充道。

"人们怎么想是他们的事,我知道真相就行。"

"最后,安东尼,我还有一个问题想问你:对你而言,描写霍桑先生是一种什么样的体验?"

回答前我不得不停下来想了想:"嗯,这是一种截然不同的体验——"我开始道。

这只是我的开场白,但马瑟森以为我已经回答结束,于是插嘴道:"你之前答应过我们会朗读一些书中的片段。"

"是的……"稿件在我的 iPad 里,我点开了屏幕。

我斟酌了一下要选哪一段来读。显然,观众想听有霍桑出场的片段。但霍桑本人就在这里,我不想读带有批判意味的段落,也不想剧透太多。终于,我选了第四章的一段:霍桑检查犯罪现场。虽然我不得不省略一些带有主观色彩的句子,但大体上说,这段描写是正面的。读完之后现场响起了稀稀拉拉的掌声。

"谢谢你,安东尼。"马瑟森示意工作人员打开观众席的灯光,"接下来是问答环节。我相信在场的观众肯定有很多问题想问……"

接下来的二十分钟我们都在回答提问。不过大部分问题都是提给霍桑的,而且基本都和我们即将出版的书无关。他讲了几个曾经参与破获的案件,包括那天在兰登书屋提到的卡斯顿街妓院案,还有我刚才读过片段的戴安娜·考珀谋杀案。我觉得心烦意乱。和我不同,他对案件的描述并未止步于现场勘查。我觉得下次座谈前必须提醒他,不要随便把凶手的名字说出来。

有三个人向我提问。一位前排的老妇人问了关于《战地神探》的问题。一个后排的小朋友想知道会不会有下一部"少年间谍亚历克斯",如果有的话,会不会出现更酷的装备?还有一位金发碧眼、魅力非凡的女士针对学校图书馆的重要性做了一番演讲,然后问我:你会如何拯救圣安妮的图书馆?我联系了一下上下文,猜她指的是圣安妮小学,而不是圣安妮小镇。我恰好做过这方面研究,于是便回答说:根据英国法律,监狱中必须设立图书馆,但学校没有相关规定。这是真事,在场的观众也对此表达了相应的愤慨。

然后就全是给霍桑的问题了。他相信司法体系吗?他支持死刑吗?他喜欢看侦探小说吗?他有没有看过《骇人命案事件簿》?(没有。)他的照片会出现在书封上吗?如果拍电视剧的话,哪位演员会出演他的角色?问题源源不断,直到马瑟森抬起一只手,说很抱歉,我们没有更多时间来回答问题了。

有一位举手的观众一直没被选中。他举了好几次手,试图引起马瑟森的注意。是那个坐在第三排,和勒·梅苏里尔一起来的人。在有人能阻止他之前,他忽然奋力站起来,大喊道:"我有一个问题。"

"实际上——"马瑟森试图打断他。

"霍桑警探没有告诉我们他离开警局的原因。如果他那么擅长这份工作,同事又都喜欢他,又为什么会把他踢出队伍呢?"

我看了看霍桑,又看了看观众。他没有任何情绪波动,还是一副放松自如的样子。但坐在他旁边的我却觉得无形中好像有一根紧绷的弹簧。也就是在这个瞬间，我明白了一件事：他们认识彼此。

"你搞错了。"霍桑说，"我没有被踢出队伍，是我主动离开的。"

"所以，你不是在攻击了一个由你监管的无辜男性之后才被解雇，那条新闻是假的？"

"不是我。"霍桑温和地回答道，歪了歪头，说，"那个人也不无辜——如果我没记错的话。"

观众们看看霍桑，又看看提问的人，充满了困惑与担忧。

"你是说，警察行为独立办公室①没有进行过调查？你没有因严重不当行为被解雇？"

"当然没有。"

"哈哈，那是我弄错了。"他面带嘲讽地说完这句话之后就坐下了，已经清楚地表述了自己的观点。

然后座谈会就结束了。我们没有签售会，因为书还没出版。观众们鱼贯而出，科林·马瑟森凑过来说："刚才真的太抱歉了，德瑞克·阿伯特是个十足的恶棍。他为查尔斯·勒·梅苏里尔工作，给他提供投资建议。你看到他们一起走进来了吗？我都不知道他为什么要来。他几乎不会出现在公共场合，而且说实话，如果我提前知道他要来，可能会拒绝来这儿帮忙。他就住在这座岛上，简直是个畜生。"

"你刚才说他叫什么？"我问。

"德瑞克·阿伯特。"

---

①警察行为独立办公室（IOPC, Independent Office for Police Conduct），英格兰和威尔士的一个非政府部门公共机构，自2018年1月8日起，负责监督处理对英格兰和威尔士警察部队的投诉的系统。

忽然间，我全都明白了。这就是霍桑愿意来奥尔德尼岛的原因——德瑞克·阿伯特！他就是那个从楼梯上跌下去的人。阿伯特涉嫌拍摄和传播儿童色情，当时霍桑正在押送他去地下的审讯室。他住在这座岛上！霍桑到底是怎么想的？他是来寻仇的吗？他想再给阿伯特补一刀，好让他死透吗？那个混蛋！他觉得能瞒住我吗？

曾经有位警察和我说过那件改变了阿伯特人生的"意外事故"。虽然霍桑否认了此事，但我一直觉得他是有意为之的。我努力不要因此对他产生偏见。就算受害人是个十恶不赦的混蛋，要把滥用职权的警察塑造成英雄还是太难了。而且，如果我那么做了，我也会变成共犯。

我用尽了一切办法，就是为了忘记这件事。所以当我们走出影院，走上大街时，我才会这么生气。"你为什么不告诉我德瑞克·阿伯特住在这里？"科林·马瑟森离开后，我几乎立刻质问霍桑，"为什么不告诉我他在这座岛上？"

"我不觉得有必要告诉你这件事，老兄。"霍桑不为所动，但这无异于火上浇油。

"当然有必要，你是我书里的主角。"

"但你不用把他写进书里。"

"什么？那你是想让我在书里撒谎吗？或者装作那件事从未发生过？"我试着厘清思绪，"你为什么还想见到他？"

"我想知道他现在过得怎么样。"

"你明明知道，你让他变成了一个瘸子！"

"他绊了一跤，摔了，我什么都没做。"

"那你为什么要来这里？这次又要对他做什么？把他推下悬崖吗？"

霍桑受够了,他走向远处。

"我简直不敢相信你做了这样的事!"我喊道。

"派对上见。"他说。

他拐过街角,不见了身影。

第七章　瞭望阁

我在房间里待了一个小时左右才下楼去酒店大堂。我试图读一本赠书，讲的是当代希腊史，但我头脑一片混乱，根本无法集中精神。我读到了韦尼泽洛斯和民族分裂，却一个字也没看懂。派对晚上七点开始，但我想晚半个小时再去。我甚至不知道自己到底想不想去。我躺在床上，盯着天花板发呆。过了很久才终于下定决心起床、洗澡、换衣服，然后乘电梯下楼。

朱迪斯留下的手册上说"瞭望阁"是查尔斯·勒·梅苏里尔的住所。开车大概需要十分钟，但我打算走过去——无论霍桑是否同行。我真的不在乎。只要沿着海岸就能走到，我想看着晚霞洒在海面上，听听浪花拍打的声音。

我离开房间来到楼下，刚出电梯就听到了安妮·克莱利的声音，她似乎很沮丧。"你确定没人拿过来吗？"她背对着我，面向酒店前台，"虽然不是什么值钱的东西，但它对我很重要。"

"非常抱歉，克莱利女士。我们翻了失物招领处的柜子，但是没有找到。我明天可以帮你问问保洁人员。"

"它就在我屋子里，在床上。"

"他们肯定不会拿走的，我会问清楚。"

我走过去，她转身看到了我。"发生了什么？"我问。

"哦，没什么。我弄丢了一支签字笔，那支笔很好用，日本产的，樱花牌。是经纪人送我的。"

"你还记得上次看见它是什么时候吗？"我问。

"我刚才还在说，我以为它在我房间里。"

"你锁上房门了吗？"

"门是自动上锁的。"她深吸了一口气，"可能我把笔落在学校了。我签了好多本书，但我明明记得把它放回包里了。"

我不由得同情她的经历，尤其是在发生了下午那件事之后。我本想问她怎么看伊丽莎白·洛弗尔说的那些话。她这么理性的人，应该不会相信去世的儿子威廉会突然和一个灵媒说话。她肯定知道自己被卷进了一个残忍的玩笑。但最后我什么都没有说，毕竟，我和她并不熟，也不想侵犯她的隐私。"你要去晚上的派对吗？"我问。

她穿着一件带银色亮片的黑色紧身上衣，搭配长裙。她点了点头，说："其实我今晚不是很想去参加派对。但不去的话显得不太礼貌，而且待在房间里也没什么意思。所以，嗯，我打算去派对看看。"

"我想走路过去，你要一起吗？"

"不用了，谢谢。我在等乔治·埃尔金，他说要开车载我去。"

然后霍桑出现了。他没有乘电梯，而是走楼梯下来。下楼后他径直朝我们走来。看他脸上的表情，你绝对猜不到我们之前刚刚吵了一架。"你还好吗，托尼？"他问。

"挺好的。"我说，"我打算走过去。"

"我和你一起吧。"

"我刚刚在和安妮聊天。"我说，"她的笔丢了，她觉得可能是有谁拿走了。"

"银色笔尖的樱花牌笔?"

"你见到了?"安妮的眼睛亮了起来。

"没有,昨天你在前台签到的时候,我看见你用了。"

这真是典型的霍桑。他不是在炫耀,我不知道他是怎么做到的,但他从不错过任何一个细节,全都能记进那个无与伦比的大脑里,随时可供查阅。我甚至记不清自己午饭吃了什么,所以我从未赶在他之前破过一次案。

我们一起离开酒店。

我决定不再提起德瑞克·阿伯特和他住在岛上这件事,我不想破坏晚上的心情。相反,我保持沉默,走到布莱耶海滩时才开口问道:"你觉得她是怎么知道的?"

"什么?"

"你觉得伊丽莎白·洛弗尔是怎么知道威廉·克莱利的?怎么知道他是个瘾君子,因服药过量而死呢?"

"你确定她是这么说的吗?"

"她说得比较隐晦,但她肯定知道自己在说什么。"

霍桑耸耸肩,说:"要查到这些也很简单吧。"

我点了点头。"我也在网上查了一下。除了威廉在二十一岁时死于服药过量之外,几乎没有其他的报道。内容主要是围绕学校,很多媒体指责大学失职,没能给学生提供足够的关注和支援。学校的自杀率也很高。顺带一提,你喜欢的那两个角色——比利和凯蒂·闪光弹——就是以她的子女为原型,所以她才不再写这个系列了。她的婚姻也因此破裂,丈夫是一名艺术家,事故之后他的精神一度崩溃,现在住在康沃尔郡。"

"你倒是没闲着。"霍桑说。

"我只是觉得她经历的悲痛太多了,也更让我觉得伊丽莎白·洛弗尔的所作所为不可原谅。"

之后我们再度陷入了沉默，沉浸在各自的思绪中，无言地穿过小岛，走向目的地。

这是个美丽的夜晚。我们沿着博蒙特街前进，脚下的路顺着海湾的弧度铺向远方。眼前是一片绿色的草坪，更远处则是岩石和洁白的海滩，最后隐入一片深蓝的大海。夕阳西下，将海的一端染成紫红。布莱耶港口，长长的防波堤一直修到了大海深处，仿佛建造者们想要沿着堤坝前往地平线的边缘。博蒙特街的另一侧立着一排普通房屋，与眼前的美景格格不入。我们路过了一座经典的吉尔伯特·斯科特[①]复古电话亭，漆成了蓝色而非红色。我忽然想到，如果我要写一本与奥尔德尼岛有关的书，我就会想用这座蓝色的电话亭当封面。

终于，我们走过了那排房屋。几只海鸟在头顶盘旋，就像天幕上的黑影。越往前走，荒野的气息就越发浓厚。杂草丛生，岩石也更加棱角分明。我能听到海浪拍打悬崖的声音。有几辆车超过了我们，那辆从机场送我们去酒店的迷你巴士也追了上来。巴士里坐满了盛装打扮的人。我看到马萨·拉马尔倚在一扇窗边，拿着串珠手包，裹着颜色鲜艳的头巾。她可能看见了我们，但并没有反应。车开了过去，扬起一阵尘烟。

我们经过了阿尔伯特堡垒。我在酒店时远远地看到过，它伫立在海湾那头的岬角上，样子十分古旧，甚至有点像是亚瑟王时期的造物。周围的景色险恶，像是被黑魔法诅咒了一般。霍桑认得路，他指向一条通往海滩的小径，两旁有更多德军留下的遗址。我看到了灯光，有几辆车停在前面，还有那辆迷你巴士。我

[①] 乔治·吉尔伯特·斯科特爵士（George Gilbert Scott, 1811—1878），英国哥特复兴式建筑建筑师。他设计了英国经典的红色电话亭。

们到了。

瞭望阁一看就是那种有钱名流的居所，是为了炫耀而建的房子。房屋形状酷似一支箭头，不，应该说更像一架美军的隐形轰炸机，时刻准备飞越海岸线，发起攻击。走向大门，建筑伸展的两翼将我们围困其中，通往门口的沥青路上立着一排高至脚踝的聚光灯。查尔斯·勒·梅苏里尔说过，这栋房子一年前刚刚竣工。那一扇扇细长的横向窗户、钢制窗檐，还有巨大的双开门无一不在彰显其前卫的风格。建筑师应该也受到了艺术装饰风格的影响，因为房子的外墙上覆盖着一层白色的粉饰灰泥。三层屋顶延伸出来变作露台，叠成金字塔状，给整座建筑添加了一丝动感与个性。

前门敞开，屋内传来乐声。一个当地爵士乐队正在用小军鼓、班卓琴还有合成器演奏重新编曲的《带我飞向月球》，激情四溢。迷你巴士里没有人，马萨和其他客人已经进屋了。屋内攒动的人影就像印尼木偶剧里的人偶。查尔斯肯定在哪儿挂了一盏水晶灯，因为地上散落着斑驳的光点。走进这座房子，就像闯入了另一个世界。

查尔斯·勒·梅苏里尔为了建造这座岛上的世外桃源真的是不遗余力。这座房子确实像他描述的那样令人叹为观止。果然，门廊上方挂着一盏华丽的水晶灯，设计风格同样是现代而非复古的。灯下是洁白无瑕的大理石地板，墙上挂有达明安·赫斯特[①]和班克西[②]的画作。一条拱廊通向客厅，客厅的一侧是玻璃房顶的阳光房和餐厅，另一侧是通往厨房的拱门。而现在，可滑动的

[①]达明安·赫斯特（Damien Hirst, 1965— ），英国成交价最贵的当代艺术家。
[②]班克西（Banksy, 1974— ），英国街头艺术家，被誉为当今世界上最有才气的街头艺术家之一。

墙壁被收起，让这三个房间连成了一个更大的空间。我从未见过这么大的房子，大到远处的人都因为透视变小了。

前方的落地窗也被打开了。室内的灯光洒向祖母绿色的草坪和精心打理的花田，一条石子路通向花园深处，路面上嵌着星星点点的灯光。尽头是一座石头搭建的小屋，正面有两扇窗户。远处隐约传来了柔和的海浪声。

这不只是一座房子，简直就是一个电影片场。那些艺术品、硬木地板、厚厚的地毯、三角钢琴、意大利灯饰和家具——全都是用来营造氛围的。它衬托了查尔斯·勒·梅苏里尔的人格，或者至少是我了解的那部分人格。一条生活在小池塘里的金鳞。他想让所有来到这里的人都知道，他不是一个无名小卒。这不只是一个家，更是他给自己树起的一座丰碑。

我看向霍桑，他对周遭的景色无动于衷。但他从来都不表露情绪，所以就算他感到惊讶，我也不可能知道。

屋里有一百来人，其中一些西装革履，打着黑色领带。马克·贝拉米自诩是餐宴的"主持人"，正忙着招呼来客。他穿着全套传统主厨套装：白色的双排扣上衣，宽松的灰色裤装，还有红色头巾。唯独少了一顶厨师帽。

他看见了我们，于是走了过来。

"好嘛！"这是他惯用的开场白，"托尼，你今天过得怎么样？还有霍桑先生，今天是不是很忙？"没等我们回答，他就继续道："希望你们都饿了，有什么想喝的吗？"他朝凯瑟琳招了招手，她端着一盘玻璃杯走了过来。她穿着黑色的长裙，搭配白色围裙，就像一位法国服务生。他们两个仿佛约好了要一起穿这样华丽的衣服。"你觉得这个地方怎么样？其实不太符合我的品位，但肯定花了他不少银子。这就是奥尔德尼岛上的凡尔赛宫。"

"凡尔赛宫"这几个字从他嘴里说出来,仿佛直接从法国搬到了约克郡。

"希望老百姓们可别突然奋起,砍掉地主的脑袋!"他眨了眨眼说道。

马克接着去招待其他客人,我转而看向屋内。查尔斯·勒·梅苏里尔站在钢琴边上,穿着T恤和白色长裤,搭配宽松的丝绸外套。他正在和一群人说话,他们聚精会神地听着他说出的每一个字。伊丽莎白·洛弗尔和丈夫锡德一起坐在沙发上,他正低声在她耳边描述其他客人的样貌,手里拿着一大杯像威士忌的饮料。我在找一个人,而且很快就发现了他的身影。德瑞克·阿伯特站在厨房的入口处,挂着一根拐杖,正在和一位陌生女士谈话。她留着一头金色中略带红色的头发,画着厚厚的妆容,穿着昂贵的衣服。霍桑也看到了他。

"你知道他会来吗?"我问。

"不知道。"

"你要留下吗?"

霍桑耸了耸肩,说:"我为什么要走?"

确实,这幢房子很大,有足够空间让他们避开彼此。如果我们不穿过走廊的话,阿伯特甚至看不到我们。就在这时,我听到了车门撞上的声音,回头就看见安妮·克莱利和乔治·埃尔金从土灰绿色的大众车里走了出来。我站在原地等他们过来。埃尔金穿得很随意,格子衬衫搭配带补丁的外套,和白天一样。他似乎不太想来。

我对安妮露出了一个微笑,问:"你找到那件东西了吗?"

但是安妮没有看我,她愣在了原地。我顺着她的目光看去,发现她正盯着德瑞克·阿伯特和那个女人。她看上去一脸震惊。

"安妮?"我问,"你还好吗?"

她这才意识到我的存在。"那个男的……!"她的声音微微颤抖,"是谁?"

"德瑞克·阿伯特。"我说,"你认识他吗?"

"我在哪儿……见过他。"

"可能是在监狱里吧。"我说。

我知道,这句话说得有点蠢。但安妮之前和我聊过监狱福利、狱中图书馆的事,而我又总觉得有点不甘心,想借题发挥一下。霍桑的事还是让我生气,我是想借机刺痛他,但他没有反应。

安妮的脸色却变得煞白。"天哪!"她惊呼,"你说得没错,我确实在监狱见到过他。他在我的一个阅读小组里……肯定是这样!"她转向埃尔金:"他会在这里久留吗?万一他记得我,我又该说什么?"

"最好什么都别说。"埃尔金喃喃道,"反正这儿没人跟他说话,他会来这件事本身就挺让人惊讶的。"

"我不知道……"

凯瑟琳·哈里斯挽救了尴尬的场面。她从客厅匆匆来到我们面前,手里举着饮料托盘。"红酒,白葡萄酒,还是玫瑰红葡萄酒?"她语气欢快地问道,"那边的桌子上还有啤酒、柠檬水和气泡水。"

安妮和我各拿了一杯红酒,霍桑选了柠檬水。

"鸡肉沙哆马上就好了。"凯瑟琳继续道,"但你们要记得留一点肚子给牛排和牛腰子派,这可是马克的拿手菜!"

她介绍完晚餐的菜品之后,阿伯特已经背对着我们,一瘸一拐地走向了阳光房。我不由得露出了微笑，现在这里有至少三个人不得不和他保持距离了。

即便如此，晚餐时光还是非常愉快的。虽然我之前犹豫不决，但现在我很庆幸自己来了。乐队的三位男性成员穿着条纹西装外套，白色长裤，头上还戴着草帽，他们叫"海峡乐队"。摆在合成器前的宣传牌上说，每周四他们都会在潜水者酒馆演奏。天已经完全黑了，花园笼罩在一片夜色中，但小径的两旁有闪烁的光点，尽头的小屋窗口也透出柔和而昏黄的灯光。多亏了马克·贝拉米（还有出了钱的查尔斯·勒·梅苏里尔），晚餐非常丰盛。鸡肉沙嗲端上来后紧接着就是威尔士干酪烤面包片、鸡肉酥皮派、约克郡布丁、香肠卷和烤虾串，全都是经典的"热量炸弹"。烤虾甚至还配上了玛丽玫瑰酱。

我和几个客人聊起了天，其中包括朱迪斯和科林·马瑟森。这是我第一次见到他们夫妇一起出现。很奇怪，他们看起来一点也不般配。她比他高几英寸，也更健壮一点。站在她旁边时，科林仿佛瑟缩得更厉害了。他手里拿着一杯清澈的饮料，紧张地环顾着房间。

"是金汤力吗？"我问他。

"巴黎水。"科林苦着脸说，"我是今晚的司机。"

"听说你们下午的座谈会反响很不错。"朱迪斯说。

"真遗憾你没能来。"

"是的，太遗憾了。希望科林和你说了，因为家里出了点事，我赶不过来。"

家里出了点事。她的措辞很谨慎，没有透露太多内容。在丈夫能说出下一句话之前，她就拉着他快速前往隔壁。

我再次看到了德瑞克·阿伯特。你几乎不可能完全避开他。

此时他移动到了角落里的躺椅上，拐杖靠着扶手，一副拒人于千里之外的模样，但同时又看起来很危险。虽然大部分人都无视他，但他并不在乎。"我收到了邀请，所以我来了。"他似乎想要表达这样一种态度。如果他下午没在舞台上见过我，我可能会直接走上前去和他说两句话。但他知道我是谁，我又该怎么开口呢？"霍桑真的因为你涉嫌传播儿童色情制品就把你推下混凝土楼梯了吗？"听起来不像是个很好的开场白。

霍桑本人则完全没有靠近过阿伯特所在的方位。我看到他站在厨房里，正在和科林·马瑟森聊天。虽然是一起来的，但我们整晚都没说过几句话。可能也确实没什么可说的。以往，在伦敦、肯特郡和约克郡，在乘出租车和火车的时候，在我们彼此的家里——我们都只谈案件。他是侦探，我是作者。对于霍桑来说，我们之间的关系仅此而已。

即便如此，我们还是作为一个团队来到了奥尔德尼岛。我曾幻想过，也许我们会享受这次海岛之旅，但这小小的奢望也随着德瑞克·阿伯特的出现破灭了。我是不是不该生气？霍桑就是这样，他为人处世有一套自己的规则。他不在乎你是否同意他的观点，但如果你想说服他，一定会惹他不开心。我现在才开始意识到这一点。

我正想上前去找他，就被查尔斯·勒·梅苏里尔拦下了。他站得离我太近了，我都能闻到他呼吸中的酒气。"你们下午的那个谈话挺不错。"他说。

"谢谢，我喜欢你的房子。"

"是啊，我请了一整个团队的设计师，但最后都是我一个人想出来的创意。"他喝醉了，说话有点口不择言，语气也过于强硬。我发现，虽然给客人们准备了红酒或啤酒，他自己却举着一支水晶高脚杯,里面毫无疑问是香槟。他用拇指和食指圈住了杯沿。

"花园尽头的那个屋子是什么?"我问。

"那是德军留下的建筑,原本是个射击塔,但我买下这片地之后把它改成了一个避暑地……一个可以私下聚会的地方。"他奸笑了一下,"我管它叫风月楼。我觉得挺好,不是吗?从射击塔到风月楼。"

"你常住在这边吗?"

"天哪,当然不!我很少住在这儿!你知道他们是怎么说这个地方的吗?两千个醉鬼,死命抓着一块破石头。我要是在这儿住上几个月,肯定要疯了。我有自己的生意要做,转盘公司什么的。而且我喜欢到处走走。伦敦,法国南部,纽约……"

"你还打算在这边拉一条电缆。"我想起了埃尔金说的话。

他奇怪地看了我一眼。"是谁告诉你的?"

"我看到了那些标语。"

BAN NAB,禁止拉电缆。他不怀好意地笑了起来:"你瞧,就像我说的吧?这岛上的人都活在十九世纪。你若真想给他们的生活带来点改变,弄点便宜电力给大英帝国,再往他们口袋里多塞几张英镑,半数岛民都觉得天要塌下来了!"

他还想继续,但马克·贝拉米端着一盘魔鬼蛋走了过来,他随即转身,大喊:"嘿!小猪扒!你不介意的话,我想偷走一个。"他拿走了半颗魔鬼蛋,扔到嘴里,"真不错,"他满嘴食物,但还是继续道:"不得不说,小猪扒你真的出息了。在第五台[①]都有自己的节目了!"

[①]第五台(Channel 5),是英国第五个全国性无线电视频道。

"是ITV2[①]。"马克说。

"也许你应该去《我是名人,救我出去!》[②]当嘉宾,你肯定很擅长把那些肉虫和袋鼠睾丸做成美食。"

马克愤恨地瞪着他,我还以为他要反击,但他只是默默离开了。

查尔斯·勒·梅苏里尔在冒犯人的艺术上简直登峰造极,尤其是他喝醉了的时候。酒精加重了他的公学口音,仿佛每一句话里都夹杂着轻蔑。他帅气的外表——卷曲的灰发、贵族般的鼻子,也让他看起来更加高高在上、唯我独尊。他真的是个很不讨人喜欢的人。

"我还没给你介绍过我的妻子。"他说。

我一时间没听懂他在说什么,直到我转过身,看到了她。我刚到派对的时候,查尔斯的妻子正在和德瑞克·阿伯特说话。现在她则悄悄走到了我背后,面对着自己的丈夫,双手叉腰,愤怒地看着他。

"我要去睡了。"她说。

"你是在开玩笑吧。"

"我累死了,查尔斯。"

"你这次花了多少钱?"

"我不知道,等月底你就知道了。"

他还不想放她走,于是指了指我。"海伦,这位是安东尼,一位有名的作家。"

"你好。"我说,"听说你去了巴黎。"

[①] 英国独立电视台也称 ITV (Independent Television),是英国第二大无线电视经营商,比第五台受众更广,知名度也更高。
[②]《我是名人,救我出去!》是一档英国野外生存真人秀节目,节目内容为十二位名人在森林中共同生活三个星期。

"我今天下午刚回来的。"

"是直飞的航班吗?"

她看了我一眼。"我们有一架私人飞机。"她解释道。

当然,她很富有。一望便知。她的裙子一看就是高定时装。粉色的印花薄麻,串珠,还有羽毛——只覆盖了她身体很少的一部分,却需要花掉很多钱。她的脖子上还挂了一圈瀑布般的钻石。她现在很累、很烦躁,但这仍无法掩盖她浑身散发出来的魅力。她草莓金色的头发、玛丽莲·梦露般的嘴唇,还有曼妙的身材都让她显得性感可人。

她和查尔斯·勒·梅苏里尔之间的关系让人有些摸不着头脑。他们对彼此说话时很随意,就算当着我这个外人的面也毫不遮掩。我敢说,当众吵架对他们来讲也是小菜一碟。但是毫无疑问,两人间有着某种温情。就像两个相识已久的人,早就摘下了客套的面具。你必须接受真实的他们,如果你不接受,那是你的问题。

查尔斯·勒·梅苏里尔做了最后一次尝试:"我们正在办一场派对,亲爱的,你不能现在就去睡觉。"

"这是你的派对,查尔斯。没人认得我,也没人在乎我。你一个人也没问题,记住上楼时别把我吵醒就行。"

"好吧,好吧。"他倾身靠向我,用手捂住了嘴,仿佛不想让她听到,"我们在一起十五年了,我真不知道没了她我该怎么办。看看她!那张脸值一千个筹码。"他被自己的笑话逗乐了,然后挥了挥手,离开了。

他走之后,就只剩下了我和海伦。忽然间她放松了下来。"真抱歉,"她说,"查尔斯其实人挺好的,但他喝醉了之后真的很没劲。有的时候我都想亲手杀了他。"

"他刚才说的是什么意思?"我问,"一千个筹码?"

她笑了起来:"他总是这么说。那个时候我还在转盘赌场给他打工。"见我还没听明白,她又补充道:"是赌场的筹码。"

"啊。"

"天知道他为什么会想赞助一个文学节,他根本不读书。可能他觉得能给自己脸上贴金吧。抱歉,你叫什么名字来着?"

我告诉了她。

"你是一位作家吗?抱歉我没读过你的书,但其实我也没读过几本书。唉,对不起,我必须上楼了,今天真的太累了。很高兴见到你,晚安。"

她消失在了走廊深处,我看到她左转,可能是往楼梯的方向去了。我看了看手表,现在是九点十分,我也该回去了。

查尔斯·勒·梅苏里尔肯定是在哪儿等着她离开。因为海伦前脚刚走,他后脚就窜进了厨房。他注意到了穿着法式女仆装的凯瑟琳·哈里斯——正站在厨房另一边,就着盘子吃最后一个奶酪泡芙。这座房子里的人肉眼可见地变少了,可能奥尔德尼岛上的人都不熬夜,所以我清楚地看到了厨房里发生的事。

在凯瑟琳刚要吃掉泡芙时,勒·梅苏里尔凑了过去,在她耳朵边低声说了些什么,然后带着扭曲的微笑站直了身子。就算听不到他的原话我也知道他说了什么,这几乎就是潜水者酒馆事件重演。女孩后退了几步远离他,被厨房的墙壁挡住了身体,离开了我的视线范围。虽然我看不到她的反应,但勒·梅苏里尔似乎心情颇佳。他又喝了一口香槟,然后走向了客厅的另一伙客人。

这次我没有视而不见。我抛下疑虑,走向了那间前卫又时髦的厨房,台面闪闪发光,设备都是全新的。凯瑟琳站在水池边,把一个个杯子放进充满泡沫的水池中。旁边还有二三十个待清洗的杯子。"抱歉打扰你了,"我说,"你还好吗?"

她背对着我说:"我很好,谢谢。"

"我看到了刚才发生的事……"

"什么都没发生。"她转过了身,我这才看到她眼中愤恨的泪光,"真的,谢谢你关心我,但真的没什么。"

"他不能随便做出那样的事。我知道这是他的房子,他的派对,但即便如此——"

"拜托了!什么都别说。"她听起来甚至有些害怕,"我不想丢掉这份工作。他什么都没做,就是个色老头儿,和其他人一样。"她又转过身,面对水池:"我必须把这些杯子洗干净,我们十点就要下班了。"

"你确定没事吗?"

"非常确定。"

"好吧,那么,很抱歉打扰了……"

走出厨房的时候,我心里很不好受。整整两个小时的酒足饭饱、纵情声色之后,派对散发着一股陈腐而餍足的气息。海峡乐队正在演奏一首爵士乐版的《蓝色多瑙河》,他们也累坏了,乐曲的节奏愈发凌乱。到处都散落着吃了一半食物的盘子。我试图在人群中寻找霍桑,但是阳光房和客厅里都不见他的身影。于是我走向露台,他很有可能去外面抽烟了。

夜晚的空气十分凉爽,我能看到小径两旁的灯光,还有隐匿在阴影中的那栋小屋。勒·梅苏里尔管它叫什么来着?风月楼。外面也没有霍桑的影子,我四处查看,发现有个人独自坐在长木椅上,是伊丽莎白·洛弗尔。她离得有点远,手里拿着一支点燃的烟,这让我有点惊讶。虽然没人规定失明的灵媒不能抽烟,但我总觉得这和她展现出来的人设不符。她的丈夫不在身边,我很开心能这样默默走开，不引起她的注意。

霍桑抛下我先行离开了。忽然间，我很庆幸明天这个时候就能回家了。我想念妻子，也没理由留在这里。我穿过一扇敞开的门回到厨房，又到了走廊。有一摞书堆在桌子上，是马克·贝拉米的《可爱的美食》。封面上，他正举着一只不锈钢碗和一柄长勺，今天可以特价购入，二十英镑一本。

我拿起一本书，随手翻了翻，翻到了蓝带鸡排。我曾经在七十年代吃过一次，吃完就让我觉得恶心反胃。蓝带鸡排的做法是用鸡胸肉夹奶酪、黄油、奶油，再裹上面包糠油炸，简直就是一列直通心脏病的快车。我合上了菜谱，马萨·拉马尔从楼上下来。我不知道我们两个谁更惊讶，她似乎不想被人看到。

她走过来，我把手里的书递给她，说："菜谱书。"

"什么?

"这是一本菜谱。①"

"你会说法语?"

"会一点点。"

我的法语并没有让她对我刮目相看。她试图把书放回我手里，但我还想聊几句。"你上午的演出很棒。"我说。

"谢谢。"

"我还见到了你的朋友。"

"什么?"

"金发，留小胡子，他当时也在机场。"

她面无表情地看着我。"对不起，我没有朋友。"

她忽然把书扔到了桌上，走进客厅。

---

①这里用仿宋字体来表现法语。

真的该离开了。我走出门，爬进了第一辆开过来的出租车。我在车里又等了一会儿，直到另外两个乘客来拼车，然后就出发了。不知不觉中，我也喝多了。我没醉，却能感觉到酒精带来的负罪感。十分钟后，我们回到了酒店。我拿起钥匙走进自己的房间，脱掉衣服，随手扔到了扶手椅上。我刷了牙，然后上床睡觉。

再一睁眼，已经是早上了。我发现屋里还有别人，那个人把我叫醒了。我睁开眼，又合上。霍桑站在我床边，这怎么可能呢？他是怎么进来的？

"霍桑……"我嘟囔道。这太荒唐了。我没睡醒，没刮胡子，穿着短裤躺在被子里。

"托尼，老兄，快起来穿好衣服。"霍桑说，"有人被杀了。"

第八章　风月楼

"谁被杀了?"我问。

霍桑还没告诉我这个关键问题的答案,不如说,他什么都没告诉我。

"查尔斯·勒·梅苏里尔,你觉得还有可能是谁?"

确实。勒·梅苏里尔很有钱,而且很讨人嫌。他几乎嘲讽了每一个他遇到的人。而且此时此刻,我们乘坐的出租车正在前往瞭望阁,所以受害者只能是查尔斯或者他的妻子。

"是谁通知你的?"我问。

"科林·马瑟森。海伦·勒·梅苏里尔发现了尸体,给他打了电话,他在那边等我们过去。"

司机一直在听我们说话,他转过头来说:"奥尔德尼从来没发生过谋杀案!"他听起来很兴奋,好像一直盼着身边能发生这样的事。

"你叫什么名字?"霍桑问。

"特里。"

"好,特里。麻烦你开车的时候看着点路。"

"没问题,先生,您说了算。"他沉默了大概三十秒,然后再也忍不住了,"是昨天晚上发生的吗?我知道有个派对,我还去了！可能是我开车把凶手送过去了呢！"

瞭望阁外面还停着几辆车，但是没有警车。前门敞开着，我们直接走进了那三个连通的房间——滑动隔板墙还没有组装起来。餐具都被清理了，但家具尚未摆至原位，整间屋子都给人一种空荡荡的感觉。设计并建造房屋的主人已经永远离开了，一想及此就更让人觉得凄惨悲凉。科林和朱迪斯都在等我们，还有另一个在派对上见过的人。经介绍后，我们得知他是奎利佩尔医生。

"谢谢你特地赶来，霍桑先生。"科林·马瑟森说。我从未见过有人这么手足无措，他似乎完全不明白自己为什么会在这里；更糟糕的是，他不知道该做些什么。他的妻子坐在一把扶手椅中，脸色和她颈上佩戴的珍珠一样白，手里攥着一团纸巾；但她并不像是哭过的样子，恰恰相反，她看起来很愤怒。

"我不知道该不该给你打电话，你可能会觉得这样很冒昧，但这件事太不凑巧了。"科林说道，"谋杀在任何时候都不能算好事，但我的意思是，岛上的两位警员都在休假，威尔金斯警长因为腰痛正在卧床休息。而且说实话，这件事可能超出了他的能力范围。我们给根西岛打了电话，那边会派两位警官来增援。不过，我们可以先试着开始调查，趁热打铁。"

"你做得没错。"霍桑安抚道，然后转向了医生，"你检查过尸体了？"

"那场面太可怕了。"奎利佩尔医生说。他三十多岁，面颊瘦长，头顶的金发日渐稀薄，穿着一套老式西装，像个十足的绅士。他就像是那种会拿着烟斗抽烟，或者牵着狗去散步的人。当然，应该不是一边抽烟一边散步。

"死因是？"

"勒·梅苏里尔先生是被一把拆信刀捅死的。对了,我觉得那应该是他自己的刀。"

"你见过他用?"霍桑问。

"我不是他的私人医生,但也来过一两次。他在楼上有一间办公室,我见过那把刀放在他的书桌上。"他凑近了一些,为了不让朱迪斯·马瑟森听到,压低声音,"据我观察,他脖子前方有一处很深的伤口。刀可能穿透了椎骨体,直达脊髓。现场有很多血,所以颈动脉也可能被刺穿了。"

"有没有自杀的可能性?"

"绝无可能,你可以亲自看看。"

霍桑点了点头:"我要去看看……"

"当然,我们得穿过花园。"奎利佩尔看了看我,这才意识到我也在场,"你一个人去吗,霍桑先生?"

"如果你不介意的话,我想带着托尼一起。他总能帮上忙。"

"那我也一起去吧。"科林·马瑟森不情不愿地说道。

"好吧。"

我们四个走出阳光房来到花园。我还沉浸在霍桑刚才那句话带来的震惊中。我真的能帮上忙吗?我只能把他写进书里,而这正是他希望我去做的事。不知不觉间,我再次被卷入了案件。我和出版社签了三本书的合同,而这就是第三本。如果你正在阅读,肯定早就知道了。毕竟,如果我们只是到奥尔德尼岛回答了几个问题然后回家,我就不可能写这本书。

但是对我来讲,一切都在这个瞬间变了样。我在前文描述的一切都只能依靠回忆,因为那时我根本不知道自己会需要更多细节。但从这一刻开始,我必须仔细做好笔记。这真的太奇怪了。我原本是想把霍桑拉进我的世界:书、演讲、文学节;然而现在，我却又一次被卷进了他的世界。

我们走上那条石子小径，这时我才第一次看清花园尽头的射击塔，看清它和主宅之间的关系。光听名字就知道，瞭望阁能看见海，从楼上看景色应该很美。花园位于房屋背面，一直到悬崖边上，下方不远处就是海滩。往前走，就能隐约从树丛间看到海。

阳光下，风月楼就像一个方形的水泥盒子，只有一间车库那么大。金属门像百叶窗一样打开，后面则是时髦的玻璃门。平坦的屋顶延伸出来，变成观景台，下方有三扇狭长的窗户，侧边连着一排水泥阶梯。小屋被灌木和花草围在中间，像是刻意要避开外面的现代社会。这里距离主宅很远，昨晚人声嘈杂，再加上乐队演奏的声音，如果查尔斯·勒·梅苏里尔在这里遇袭，派对上的人很可能听不到他的惨叫。

小屋的金属门开着，玻璃门也是半敞开的。科林·马瑟森留在了原地，不想再回到罪案现场。霍桑和奎利佩尔医生先行进入，我犹豫了片刻，追了上去。

从射击塔到风月楼，这个转变让人有点反胃。这座建筑原本是为了击杀同盟海军而造的，但现在，眼前的水泥盒子却被改造成了土耳其后宫。墙壁被厚厚的丝绒帘幕遮住，地上铺着华美的波斯地毯，小巧的茶几四周围着几张坐垫。后墙上的窗帘被拉开，露出了另一组金属门，和我们刚才见到的那组一样。如果这些门没有从内部被锁上的话，应该可以从对面的海滩爬上悬崖进来。

两侧墙壁各有一排长长的贵妃躺椅，上面放着深色软垫。天花板上挂着精美的吊灯，橙色的光穿过灯罩上小小的三角、圆形和半月形的缝隙洒落在地上。对面立着一个同样充满异域风情的镜面酒柜，酒柜的一扇门开着，露出里面的玻璃杯和酒瓶。只要再摆几个水烟袋，来几个肚皮舞演员，这就是个货真价实的土耳其风月场。

查尔斯·勒·梅苏里尔坐在一把木质高背椅上。不过，与其说那是一把椅子，倒不如说更像一个王座。木椅面向花园，背对着第二组金属门。我在书中和电视剧里描写过很多次死亡的场景，却从未体现过真实的死亡，呈现那种彻底的恐怖。首先你会闻到一种气味，一种令人作呕的味道。演出来的死人和真正的死人完全不同。当血液流尽，生命逝去，留下的尸体看起来甚至不像一个人类。其中刀伤尤为骇人。我竟然靠写这种东西娱乐大众！有时候，我不得不反思自己的行为。

最先映入眼帘的就是刀柄。那把刀深深地插进了查尔斯·勒·梅苏里尔的喉咙。刀身是银色的，形状细长，上面还有繁复的花纹。据奎利佩尔医生说，那是一把拆信刀。查尔斯昨晚穿的丝绸外套和长裤被喷涌而出的血水黏在身上，深色的血液汇聚在他那双流苏绒面乐福鞋下。

"太残忍了。"奎利佩尔医生喃喃道。

这个形容词有点奇怪，但很快我就明白了他指的是什么。在被杀害之前，有人用棕色胶带把勒·梅苏里尔的手脚绑在了椅子上，但是只绑了两只脚和一只手，剩下的那只右手则瘫放在腿上，手掌向上，手指弯曲，好像在和什么人要钱。这是一个诡异的细节。他在死前到底遭遇了什么？凶手为什么只绑住他的一只手？

"怎么样？"奎利佩尔医生问霍桑。

霍桑避开血迹，走向尸体，仔细查看了一番被刀刺穿的伤口，然后又检查了勒·梅苏里尔的脑后。终于，他看向了尸体的双手。"他的惯用手是左手还是右手？"霍桑问。

"我不清楚,为什么要问这个?"

"他的手表。"霍桑说,"他戴了一块劳力士,现在不见了。"确实。染血的袖口敞开着,露出了光裸的手臂。

"不知道。"奎利佩尔医生一脸震惊,"我觉得他好像惯用右手。但你是想说,有人杀了他,只为了拿走一块手表吗?"

"这里没有强行入侵的痕迹,他还穿着昨晚在派对上的衣服,所以他应该是直接从主宅过来的,可能是孤身一人,也可能是和别人一起。也许他和谁约好了在这里见面。他的后脑勺有挫伤,很可能是钝器击打留下的。然后他就被绑在了椅子上,剩下一只可以自由活动的手,这背后一定有什么原因。"

"可能是凶手的胶带用完了。"我说。

这句话让房间陷入了沉默。

奎利佩尔医生向前走了一步,霍桑抬手制止了他。"请小心!"

医生停住了脚步。霍桑指向椅子和敞开的门之间。深红色的地毯和繁复的花纹让那些痕迹变得难以辨认,但只要仔细观察,就能发现上面隐约有一串脚印。圆形的鞋头沾到了血迹,在地毯上留下一串弯曲的痕迹。我无法判断脚印主人的性别,但这个人的脚看起来比较小。

"天哪!"奎利佩尔惊呼。那串脚印一路走向了通往花园的门口。"所以凶手就是从那里离开的!"

"是的,脚印延伸到了花园。"

"勒·梅苏里尔被凶手敲晕、绑住,然后杀害。"奎利佩尔说,"然后凶手又回到了主宅……而这个时候,派对很可能还未结束。"他思考了片刻:"所以,嫌疑范围缩小了。"

我迫切希望结束现场勘查,但离开之前,霍桑轻轻拉开了两侧的帷幕,露出了后面光秃秃的水泥墙壁——没有窗户。他仔细检查了第二组金属门,然后用一张手绢包裹着抬起了门闩。门打开后,耀眼的阳光照进屋内,似乎决意要洗净此地的罪恶,我们三个心怀感激地呼吸着新鲜的空气。终于,霍桑关上了门,再次锁好,把一切恢复原位。

他走回我们身边,却突然停住,蹲了下来。他伸手从外套口袋里拿出了一张布莱耶海滩酒店的名片,用它轻轻地铲起了一枚落在帘幕附近的硬币。他把名片举到我面前,这是一枚两欧元的硬币。

"你觉得这是他的吗?"我问。

"我知道的不比你多,老兄。"

"奥尔德尼岛上用英镑。"奎利佩尔医生说,"但法国离这儿只有八英里远。"

"他的妻子海伦昨天刚从巴黎回来。"我补充道,"而且表演诗人马萨·拉马尔也是法国人。"

我觉得自己在提供有用的信息,霍桑却像没听到一样。

"也许,你应该把它留给警察。"奎利佩尔的语气里有一丝警告的意味。

"好吧。"霍桑轻快地答应道,把硬币放了回去。

科林·马瑟森正站在花园里等我们,一副心神不宁的样子。"你们看完了吗?"他问。

"看到不想再看了。"我说。

霍桑不为所动。"嗯,查尔斯·勒·梅苏里尔昨晚过得不怎么愉快。说起来,勒·梅苏里尔夫人怎么样了?"

"她受了惊吓,回床上休息了。"

"她什么时候发现的尸体?"

"今天早晨。"科林·马瑟森一脸倦容,"她七点半醒来,发现丈夫不在床上,在其他房间也没找到,于是就到这边来找。"他摇了摇头:"她肯定吓坏了。"

"我给了她一点镇静剂。"医生说。

马瑟森转向霍桑。"霍桑先生,不知道您怎么看……"

"首先,所有人都不能离开这座岛。"

"当然。托罗德先生也是这么说的。"

"托罗德先生是?"

"他是根西岛刑警队的副队长,也是正在赶来的两个警官之一。"

"原来如此。"就算此时霍桑心情不佳,他也丝毫没有表露。"那我们就趁他们来之前抓紧时间,我想和海伦·勒·梅苏里尔谈谈。当然,如果你能把马克·贝拉米和他那位助理也带来就更好了。"

"为什么?"马瑟森很惊讶。

"他们组织了派对,负责招待客人。如果勒·梅苏里尔中途溜进了花园,或者有人跟着他去了,他们可能会注意到。"

有道理。整座花园被围栏封住,小屋的后门上了锁,凶手必须从主宅过来。所以肯定是派对上的人,是一个我见过的人。

我们走回阳光房。

"你和勒·梅苏里尔先生的关系怎么样?"霍桑问奎利佩尔医生。

"什么?"

"我想知道,你为什么会去他的书房?你说你来过几次,所以才认得那把拆信刀。但你不是他的医生,你们看起来关系并不融洽……"

"你是说我们关系不好?"

"首先,他死了你并不伤心。你叫他勒·梅苏里尔先生,而不是喊他查尔斯,说明你们并不熟。我昨晚没在派对上见到你,考虑到整座奥尔德尼岛都没什么娱乐活动,我猜你应该是没收到邀请。"

奎利佩尔医生是那种容易脸红的人,此刻他满脸通红。"我必须要纠正你,奥尔德尼岛上有很多可以做的事。"他说,"比如昨天晚上,我就在和妻子打桥牌,非常愉快。但是你说得没错,我和勒·梅苏里尔先生关系并不好,我去见他也只是为了办些公事。"

"什么样的公事?"

"电缆。"

"奎利佩尔医生是诺曼底－奥尔德尼－不列颠电缆工程最活跃的反对者之一。"马瑟森插嘴道。他看起来有些尴尬,也可能是愤怒,总之很不自在。"他组织了很多次反对游行。"

"所以你就是那个在整座岛上涂满 BAN NAB 的人?"霍桑问。

"不,不是。我从不参与那样的活动。但是反对者们有权表明自己的立场。我去过两次勒·梅苏里尔先生的书房,就是为了向他说明我们的观点。"

我们驻足在花园中间,科林·马瑟森和奎利佩尔医生面对着面,就像两个准备出击的拳击手。在这一刻,没人关心刚刚还发生了一起谋杀案。

"你对他说了什么?"霍桑问。

"我只是说了最显而易见的事。电缆工程会破坏掉整座岛的核心,电缆登陆点、电线杆、变电站……拉这条电缆几乎没有任何好处,而且还会对环境、生态、旅游业造成毁灭性的打击。"

"你为什么要和勒·梅苏里尔说这些?"霍桑问,"我以为科林才是负责做决定的委员会代表。"

奎利佩尔医生点点头:"科林是委员会的代表,但大家都知道幕后黑手是勒·梅苏里尔。"他看向对面的人:"我不知道他是抓到了你的什么把柄,科林。我不知道他是怎么让你对他唯命是从的。可能他给得实在太多了——"

"胡说!"

"——但电缆是他想拉的,他也是能从中获益最多的人。"

"怎么说?"

"首先,他把自己的一块地卖给了变电站。他没说具体卖了多少钱,但肯定比这座岛上任何人能想到的数字都要夸张——"

"话不能乱说,亨利。"马瑟森打断道,怒视着奎利佩尔医生,"这些都只是你的猜测。而且所有人都知道,你之所以反对这个工程,只是因为你担心会看不到窗外的风景。"

"奥尔德尼岛的风景确实很美。"

"这座岛很美,很遗憾变电站会挡住你家的海景,但总归要找个地方建的。"

"那它建在勒·梅苏里尔的领地上也是巧合吗?"奎利佩尔医生努力控制住自己,"谁知道他跟那个法国公司签了什么协议?要是没有他,这件事根本不可能推进得这么快。现在他死了,运气好的话,这个电缆工程也会告吹。"

"他死了,你好像不怎么难过。"霍桑说。

"我确实不难过。光是这座岛上,我就能想到五十个愿意把他绑在椅子上、用刀捅死他的人。科林,你别想打断我,要我说你也是其中之一。我认识你大半辈子了,如果不是他逼迫你,你肯定不会同意这种事。你被他玩弄于股掌之间,如果有一天你忽然觉得受够了,决定结束这一切,我第一个举手赞同。"

亨利·奎利佩尔转身走向屋内,科林看着我们,一副欲言又止的模样。"不要听他乱说。"他低声道,"我和查尔斯一点都不熟,我是说,虽然我偶尔会见到他,最近也帮他提供一些法律上的建议……当然,还有这个文学节,由他出资,我妻子负责组织。但是说我被他抓住了把柄,根本就是信口开河。我支持电缆工程只是因为觉得这对奥尔德尼岛有好处。"

"你现在还会支持这个工程吗?"霍桑问。

"当然了。不过……也得看情况。"

我们跟着医生回到了屋内。霍桑露出了心满意足的微笑,他很享受刚才的谈话。毕竟,我们来到犯罪现场才几分钟,就有两个犯罪嫌疑人自暴身份。而他只需要在一旁静静地观察。

第九章　玫瑰与蝴蝶

"我不明白，你是谁？为什么会在这里？我为什么要和你说话？"

海伦·勒·梅苏里尔仿佛从早上发现尸体后一直哭到现在。卧室地板上到处都是湿漉漉的纸巾团，她的眼睛也又红又肿。她的表现是否有点夸张了？昨晚她暴躁又疲惫，对丈夫却并没有那么关心。"有的时候我都想亲手杀了他。"我想起了她说的这句话。其实今天早上，霍桑告诉我被害人是谁后，我首先想到的凶手就是她。

这间卧室很大，位于房屋的中心。两扇狭长的窗户斜向中间，从两个截然不同的角度映出了花园、风月楼和大海的景色。屋里摆放着昂贵的仿古家具，假装十八世纪的法式风格。一段段丝绸和木质雕花勾勒出床铺，不堪重负的梳妆台上堆满了化妆品和香水，简直像是从某部法国电影里复刻出来的场景。海伦坐在一张摆着刺绣坐垫的镀金矮沙发上，穿着一件长至大腿的瑞奇·马丁T恤，搭配黑色紧身裤。有人给她端了一杯茶，陶瓷茶杯和茶托此时就放在旁边的小茶几上。

霍桑从梳妆台旁边拉了一把椅子，坐在她对面。马瑟森介绍说，霍桑是一名侦探，协助警方破案，但海伦并没有被说服。

"职业警察在哪儿?"她质问科林,"是谁让他来我家的?而且。"她用手指指着我:"这个人又是来做什么的?"

虽然我努力想要融入背景,但还是失败了。这也情有可原,毕竟当背景贴满了玫瑰和蝴蝶的时候,真的很难融入。我避开了她的眼神。

"他们只是来帮忙的。"科林面露难色。

霍桑倾身向前。"我们只是想弄清楚,是谁杀了你的丈夫。"他解释道,"警察正在从根西岛赶来,但是谋杀发生后的二十四小时是最关键的破案时机,我们不想浪费一分一秒。这是一起骇人的暴力事件,就像你看到的那样,凶手的手法非常残忍。"他停顿了一下:"你也不想让别人觉得你不配合调查,对吧?"

"我才不管别人怎么想。"海伦·勒·梅苏里尔转向科林,"我必须和他们说吗?"

"我觉得最好说一下。"科林回答道。

"我不知道。"她又抽出了一张纸巾,"他被绑在一张椅子里。还有那把刀!那是我在巴塞罗那给他买的刀。"她又开始哭了。

"我知道你现在很难过。"霍桑轻声说,"但我还是想问一下你昨晚的经历。"

"我什么都不知道,帮不了你。我昨晚回来就去睡了,什么都没看到。"

至少她开口说话了。

"你刚从巴黎回来吗?"霍桑问。

"昨天下午回来的。"

"你去巴黎做什么?"

海伦一边想,一边用纸巾擦了擦眼睛。"我去购物了。"

"都去了哪里?"

"记不清了,玛莱区,皇家宫殿,奥斯曼大道……"

霍桑看了看屋内:"我没看到购物袋。"

她忽然闭上了嘴。我能看到她眼神的变化。刚才她还以为自己只是在回答问题,但现在她知道自己被怀疑了。"我没看到想买的东西。"

"但是你在巴黎待了……两天?"她没有回答,霍桑继续问道,"你当时住在哪里?"

"布里斯托酒店。"

"就你自己吗?"她再次沉默,霍桑看向她的眼神近乎悲伤。"你要知道,勒·梅苏里尔夫人,警察会问你一模一样的问题,而那时你绝不能对他们撒谎。他们会和酒店前台确认。而且在这个时代,监控记录、手机记录随时都能查看……"他摊开手掌,"我知道,你不想暴露隐私,但这些最终都要暴露的,长痛不如短痛。"

"我想抽根烟。"

"抽我的吧。"他拿出一包烟,两人都抽出一根点上。看到有人在室内吸烟的感觉很奇怪,但反正这里是她家,肺也是他们自己的肺。"所以,你和谁一起去的?"霍桑问。

烟似乎拉近了两人的距离。忽然间,她放松了一些戒备。"你要知道,"她说,"我是爱查尔斯的。我和他结婚十五年了。"

"没有孩子吗?"

"没有,缘分没到吧。而且我们本来也没想要孩子。我有侄子和侄女,已经足够了。"

"你们是怎么认识的?"

"我当时是个演员,他在《音乐之声》片场见到了我,我演其中一个修女。他给了我一份工作,然后我们就认识了。"

"什么工作?"

"模特,公关。我帮他打理互联网企业,然后我们开始约会,最后结了婚。你不了解他,所以你可能不明白,但我从一开始就知道。查尔斯不是那种坐在家里看电视的类型。"

"那他是什么类型的人呢,勒·梅苏里尔夫人?"

"他享受人生,喜欢美人,各种各样的美人。没人能阻止他。"她看了我一眼,似乎是在寻求认同,"你昨晚肯定也看到了,他连那个端盘子的女孩都不放过……眼睛一直黏在她身上。他就是这样的人……在纽约、圣特罗佩、伦敦,一直如此。他永远在追逐下一个猎物,我必须接受这一点。"

"你不介意吗?"

"我为什么要介意,霍桑先生?我和查尔斯玩得很开心。他聪明、幽默,为人大方。虽然有的时候很混蛋,但我也能得到相应的补偿。"她掰着手指头数了起来,"我每个月能拿一笔钱,我有这栋房子,能收到昂贵的礼物,还能到处旅游。查尔斯虽然在外面和他的情妇鬼混,登上八卦头条,但最后还是会回家找我。再说了,也不是只有他在玩,我们彼此彼此。我们之间是开放式婚姻,没有秘密。"

"所以,他知道你和谁去了巴黎吗?"

海伦摇了摇头。"我还没告诉他。本来想说的,但一直没找到机会。"

"那个人是谁?"

她第一次露出了脆弱的表情。"如果我说了他的名字,你们会联系他吗?"

"也许吧。"

她不知道该不该继续,却又别无选择。她吸了一口烟,烟蒂发出微弱的红光。"让－弗朗索瓦·贝尔托德，"这个名字随着一股烟雾飘了出来，"我们是在他来奥尔德尼岛的时候认识的。"

"那么，这位让－弗朗索瓦·贝尔托德来奥尔德尼岛做什么呢？"

"他是个土地测量员，在一家法国公司工作。"

"是诺德电力公司吗？"

"没错。"她很惊讶霍桑知道这个名字，也许她希望他并不知道，"他参与了 NAB 电缆工程……"

"你的丈夫也在支持这个工程。"

"这个问题有点不太合适吧。"科林·马瑟森忽然插嘴道，他刚才一直很安静，我差点都忘记他还在屋里了。

"为什么？"霍桑反问。

"查尔斯刚刚被杀害了，海伦受了惊吓，你却在指责他们之间有某种秘密交易……？"

霍桑问海伦："你受到惊吓了吗，勒·梅苏里尔夫人？"

海伦吸了吸鼻子："我很难过，我当然受到了惊吓。"

霍桑起身，走到窗边："你昨天从巴黎回来，没在派对上久留，直接来到了楼上。你知道当时大概是几点吗？"

她不知道，于是我开口道："是九点十分。"

我记得当时看了表。

"你直接上床睡觉了吗？"

"我收拾了行李，然后洗了个澡。"

"当时窗帘是拉上的吗？"

海伦想了想："不，我洗完澡之后才拉上窗帘。"

霍桑向外看去："从这里能看到风月楼。"

"我什么都没看到！我是说，我没看到有人出去或者进来。

你是想问这个吗,霍桑先生?我没往窗外看,就算看了,那么黑的天也不可能看到花园尽头。"她顿了顿,"不过,我好像记得看到屋里亮着灯。我只记得这些了。"她挑衅地问道:"你还有什么想问的?"

"你听到过有人上楼吗?在派对期间,或者结束之后。"

"没有。谁会上楼?只有查尔斯,但是他没上来,不是吗?"她按灭了手中的烟,抬起头来的时候,眼中再次盈满了泪水。"你也知道他为什么没来。"

霍桑同情地说:"谢谢你,勒·梅苏里尔夫人。你的回答很有启发性。不过我还有最后一件想问的事,你丈夫的惯用手是哪只?"

"问这个做什么?"她摇了摇头,叹了口气,"是右手。"

"他把劳力士戴在右手上吗?"

"对。"

"你知道他是在哪儿买的吗?"

"在香港。那是块金表,很贵。"

"有多贵?"

"他说花了两万英镑,但实际上应该更多。怎么了吗?"

"那块手表不见了。他昨晚戴了吗?"

"当然戴了,他从来不摘那块表。"她想了想,又纠正道,"除非……在上床之前。"她有些不自在地说:"摘表的动作是一个信号。"

"什么信号?"

"如果他想发生亲密关系,就会摘掉手表。"

霍桑想了想。"但是他没到床上来。"

"至少没上我的床。"她伸手拿起茶杯,仿佛在说她已经不想再回答更多问题了,希望我们能离开。霍桑最后看了她几眼,点点头,转身走出了房间。我和科林·马瑟森紧随其后。

走出卧室后,霍桑说:"办公室……"

马瑟森茫然地看着他。

"我想看看放拆信刀的那个桌子。"

"哦,好的……在这边。"

他领我们穿过一条纯白色的走廊,尽头是一幅彩色挂画。那是一张安迪·沃霍尔风格的肖像,画上是查尔斯·勒·梅苏里尔。旁边有一扇打开的门,我们走进去,是一间现代的家庭办公室。办公室里有很多书柜,却没几本书。中间是一张气派的黑色木桌,形状很奇特,把两张桌子拼起来就是一个卍字符。书桌后有一张高背黑色皮椅,桌面上立着一盏昂贵的意大利台灯,弯曲的铬合金框架闪着光,延伸到一面巨大的电脑屏幕前。旁边放着一台手机,应该是勒·梅苏里尔的。霍桑用手帕把它拿起来,看了看,然后递给了我。

"你怎么想,托尼?"

手机背面有一块锈色的斑痕。

"是血吗?"我问。

"应该是。"

"但是这怎么可能?如果他是在风月楼被害的,手机怎么会在这儿?"我想了想,"可能是别人的血。"

"得做个检测才知道。"他放下了手机。

这是一间极简风格的办公室,十分整洁,很难看出是否有人来过。霍桑什么也没说,拉开了三个抽屉——第四个被锁上了。他检查了一下电脑,没有开机。墙上挂着另一幅色彩鲜艳的肖像,风格和大小都跟外面的那幅一样。这张画中,海伦·勒·梅苏里尔站在轮盘边上，拿着牌子。那张脸值一千个筹码。

"我觉得我们不应该进来。"科林·马瑟森说。

"没人让你进来。"霍桑亲切地说道。

他四下看了看，寻找锁上抽屉的钥匙，但是没有找到。这里什么都没有，但他应该对事件发生的顺序有了概念……或者至少，我是这样认为的。杀害查尔斯·勒·梅苏里尔的凶手从风月楼回到主宅，然后上楼来到了这里。海伦·勒·梅苏里尔正在睡觉，凶手想来书房找什么东西。也许凶手拿起了手机，才在手机背面沾了血。这会是勒·梅苏里尔的死因吗？凶手需要他手机或者电脑里的某种东西？他被绑在椅子上，也许凶手威胁要折磨他，问出密码。

我们听到大门打开，楼下传来了凯瑟琳·哈里斯的声音。她听起来很生气，我忽然想起了昨天晚上在厨房发生的事：查尔斯·勒·梅苏里尔骚扰了她。我拉过霍桑，对他说了这件事。

"论及杀人动机，"我说，"她肯定理由充分。"

"这是什么时候的事？"霍桑问。

"昨天晚上，他妻子上楼之后。"

霍桑微笑了起来："至少他还知道要避开夫人。"

我们下楼，回到门厅处。马克·贝拉米和凯瑟琳·哈里斯都来了。马克神情倦怠，面色苍白，衣冠不整，看起来像是昨晚没睡好。有人大清早把他从床上拉起来，塞进出租车，带到这里。我现在的模样可能比他好不到哪儿去。

"这都是怎么回事？"马克问。那句标志性的"好嘛！"没有出现。他穿着一件自己电视节目的周边卫衣，上面缝着"可爱的美食"几个字。他没来得及刮胡子，凌乱的胡楂让他看起来更加憔悴，衬得他的皮肤状况很糟糕，还出现了双下巴。"发生了什么?"

"我们去厨房说吧。"霍桑提议道。

"我泡了茶。"朱迪斯·马瑟森说。当然了。她看起来就像是那种无论发生了什么事,都会先泡一杯茶的人。就算你在事故中丢了一条腿,她也会端着一杯泡好的伯爵茶来找你。

马瑟森夫妇跟我们一起走进厨房,然后离开,只留下了我和霍桑还有两位目击证人。

"所以,到底是怎么回事?"马克质问道,"有人死了吗?"

"查尔斯·勒·梅苏里尔被杀了。"霍桑说。

我看着马克消化这个新闻,脸上露出了复杂的表情。"天,这可真是……!你没开玩笑?"

"你是说,他被人谋杀了吗?"凯瑟琳插嘴道。她坐在自己老板旁边,明显更放松一些。也许她今天起得早,已经好好梳洗打扮过了。她的头发梳得很整齐,穿着深色的运动服,戴着大大的框架眼镜。

"没错。"

"天哪,我没听错吧?"马克终于理解了现状,忍不住露出了一丝幸灾乐祸的笑容,"他怎么死的?"

"他被刀刺死了。"

"他就是活该。我知道有些话不该说,但他就是个彻头彻尾的混蛋……那个狗眼看人低的家伙。现在倒好,他死了,没人会伤心的。"

凯瑟琳惊讶地看了他一眼,并不是因为他说的内容,而是他开口说话这件事本身就让她不可置信。"为什么要让我们来?"她问,"我和这件事无关。我是到这座岛上才认识他的。"她又想到了什么:"如果你不介意的话,我还想问一下,这件事和你又有什么关系?你只是受邀来参加文学节的,和我们一样。"

"如果你不想说的话,也可以不说,哈里斯小姐。"霍桑的语气轻缓却不容置疑,"我只是想知道昨晚人们的行动轨迹:谁,什么时候,在哪里。而你和贝拉米先生是最了解这一点的人,你们负责招呼客人,留意他们的行踪也是你们的工作。"

"我当然不介意。"马克率先说道,"没什么不能说的。我整晚都在工作,大部分时候都在厨房,十点十五分离开的。"他盯着霍桑:"别告诉我凶器是菜刀!他有一套很棒的赛巴迪刀具,是有人将其中一把插进了他的脖子吗?"

"谁说过和脖子有关吗?"霍桑问。

马克支支吾吾地说:"只是打个比方。"

霍桑的注意力转向了凯瑟琳。"你为贝拉米先生工作多久了?"

"凯瑟琳六个月前来的。"马克替她回答了,"我之前的助手——乔——去了《星期六厨房》。"他眼中闪现一丝光亮:"她把我'炒'了!"他肯定讲过好多次这个笑话了,也应该料到了这次会冷场。"我本来想发布招聘启事,但乔推荐了凯瑟琳,面试之后我们一拍即合,我当场就雇用她了。"

"我大学毕业后做了两年的派对策划。"凯瑟琳解释道,"乔是我的室友,我一直很羡慕她。马克的菜谱就是最棒的。她告诉我要离职后,我问她能不能帮我推荐一下,她就帮了。"

霍桑看向贝拉米。"你和查尔斯·勒·梅苏里尔上了同一所学校。"

"是的,韦斯特兰公学。"

"你们关系怎么样?"

勒·梅苏里尔活着的时候,马克还有所保留,但现在他死了，马克不怕遭到报复了，便开始口无遮拦："哪有什么关系！没人跟他关系好。他就是个恶霸，是个混蛋，所有人都讨厌他。我碰见他都绕道走。"

"他说你提前离开了学校。"

"确实，他也是罪魁祸首之一。"厨房里并不热，但是他满头大汗。他拿出一方手帕擦了擦脸："我在哈利法克斯长大，父亲是一名海军，被指派到了南岸工作，所以我才会去上那个该死的寄宿学校。从第一天起我就不喜欢那个地方，在那里上学一点也不开心。"

"他为什么叫你小猪扒？"

"因为我爱吃猪扒！不然你觉得是为什么？我们都会互相起外号，以前我们都喊他闪电（Flash），取自《汤姆求学记》里面那个爱欺负人的混蛋的名字，弗拉什曼（Flashman）。不得不说，他长大了也完全没变！"

"他欺负过你吗？"

"得了吧！"马克·贝拉米冷笑道，"你到底想说什么，霍桑先生？你想说我因为在学校被霸凌，就要拿刀子捅他？当然没有！我刚刚告诉你了，我对他避之不及，他根本没机会接近我！"

"那你为什么要同意来奥尔德尼岛？你肯定知道他会参加的吧？"

"我毫不知情。"马克收起了手帕，开始怒斥他的助手，"都是她的错。"

"你这样说不太公平。"凯瑟琳说，"当时我们正好没有拍摄计划，新书刚刚发布，所以我就和马克说了文学节的事。我根本不知道查尔斯·勒·梅苏里尔也在，等发现的时候已经太晚了。"

"我在手册上看到了他是赞助商。"马克怒道。

我记得,周五晚上马克在隔壁屋里大声叱责了凯瑟琳。

"你昨晚和他说话了吗?"霍桑问。

"我根本不可能避开他,不是吗?"马克回答道,"我可是在他家里!但我也不怕他,我干完活儿就走了,还卖了不少书,所以也不算是在浪费时间。"

"你看到他去花园了吗?"

"没有,没看到。晚上十点停止供餐时,我想找他打个招呼再走,但哪儿都找不到,他不在屋里。"

"你有看到其他客人出去吗?"

马克回忆了一下。"只有那位盲人女士。她去花园里坐了一会儿,抽烟。刚到派对时,她丈夫带她去过一次,那之后她应该是记住了路。"

"马萨呢?"凯瑟琳问。

"谁?哦,你说那个黑人女性。"马克皱了皱鼻子,像是在纠正自己这句有种族歧视嫌疑的话,他指向厨房的一角,那里竟然有一扇我从未注意到的门。"对,她从那边出去了,但是很早……大概七点半。"

"她去了风月楼吗?"

"不知道,当时我和凯瑟琳在准备牛排和派。"

"牛排和牛腰子派。"凯瑟琳说。

"秘诀就是要控制好火候和时机,烤太久了就会变得很油腻。"

霍桑起身去查看那扇门。他看向花园,检查不同的角度。从这边刚好能看到风月楼,但应该看不到坐在花园另一边的伊丽莎白·洛弗尔。他按下门把手,门竟然开了。

"你走的时候没有锁上这扇门吗?"他问。

马克·贝拉米摇了摇头。"十点之后,停止供餐后的工作是凯瑟琳负责。她负责收拾餐具、锁好门窗。"

凯瑟琳似乎很生气,但是没有反驳雇主的说辞。"我以为勒·梅苏里尔先生上床睡觉之前会锁门。"她解释道。

霍桑关上门,又打开。有哪里不对劲。他拿出一支笔,插进插栓凹槽。理论上,门关好后碰锁就会撞进去,现在却被什么东西堵住了。是一小团报纸。他拿出报纸检查了一番,又给我看了看。这是一份法语报纸。霍桑小心地把它叠好,放进了口袋。

他回到桌旁坐下。"你是怎么回家的?"他问道。

"那个历史学家开车送我回去的。凯瑟琳留下洗碗,不好意思,但这是她的工作。"

"你有看到其他客人离开吗?"

"不太记得。"

"恐怕我也帮不上什么忙。"凯瑟琳说,"我在厨房工作到十点四十五分左右,听到了乐队收拾东西的声音,于是跟着他们的车回了酒店。他们开了一辆面包车。"她忽然想起了什么:"我看到那个童书作家离开了——克莱利夫人。不知道对你们有没有帮助。大概刚过九点半的时候。"

"你怎么能确定是九点半?"

"当时她要走,在前门遇到了我,她很着急,问了我时间。她说要赶回酒店接个电话。"

霍桑沉默片刻,消化着这些信息。"请问,我可以单独和你聊两句吗,哈里斯小姐?"

"当然,叫我凯瑟琳就可以了。"

"你们不需要我了吗?"马克·贝拉米仿佛受到了冒犯。他已经习惯当主角了。

"目前不需要了,非常感谢你的配合,贝拉米先生。"

"好吧,但你们记住,那姑娘说的关于我的话都不要信,除非她是在夸我,而且她肯定夸得不到位!"

说完这句结语后,马克就起身离开了。

马克一走,霍桑就问:"你知道我为什么要私下和你聊聊吗,凯瑟琳?"

她直视着他的眼睛,说:"不太清楚。"

"很明显,查尔斯·勒·梅苏里尔对你颇感兴趣。"

她红了脸:"我不明白你是什么意思。"

"我的意思是,他喜欢你。开幕式结束后的聚会上,他很快就对你发起了攻势。我朋友托尼也说,昨晚发生了一样的事。你们两个在厨房,他都要把舌头伸进你耳朵里了。"

"我原话不是这么说的。"我嘀咕着。

"他都对你说了什么?"霍桑质问道。

他故意采取了强硬的态度,我之前也见他这样审问过其他人。如果他觉得你挡了他的道,就会毫不留情地把你打翻在地。这是他的惯用技巧。

凯瑟琳生气了:"我为什么要告诉你?他说的话和你有什么关系?"

"我们是在调查谋杀案,当然与我有关。"

她愤愤不平地看着他:"如果你告诉马克·贝拉米,我会被开除的。"

"我不会告诉任何人的,凯瑟琳,但是我必须知道他说了什么。"

她想了想,然后低声说道:"他想让我去花园尽头的射击塔。

他管那地方叫'风月楼',这名字听着就恶心,他想让我——他的提议很下流。"

"你是怎么回答的?"

回答之前,她摘下了眼镜,用餐巾擦了擦镜片。重新戴上眼镜后,她也冷静了下来。"我不知道你是怎么看我的,霍桑先生。但我已经告诉过你了,我在服务行业工作。我遇到过许多醉酒的中年男性,他们觉得我也是菜单的一部分。我让查尔斯·勒·梅苏里尔滚蛋,然后就没再见他。这样说吧,我觉得马克的话有道理。如果真的有人杀了他,那也是帮这个世界除掉了一只害虫。"她轻轻笑了一下,"还有其他问题吗?"

霍桑回答之前,科林·马瑟森出现在了走廊处。他看起来心情不错。

"霍桑先生,"他说,"我来通知你一下,警察到了。"

第十章　积怨

两名警察站在走廊里。他们还带了一个团队，那些人正拿着金属箱、相机和其他器械在屋里勘察。其中一些人还穿着电视剧里那种白大褂。花园里人更多，风月楼前已经拉上了警戒带。

"天哪，霍桑先生！很荣幸能见到你，有你在这儿真是太好了！"

我已经和霍桑联手侦破了两起案件，两次调查中，警方对他的态度都不怎么友善。他们虽然痛恨与他打交道，却又不得不仰仗他的专业知识。然而令人喜出望外的是，这次霍桑受到了热情欢迎。说话的男人个子很高，两颊上有痤疮留下的痘印，一缕缕金发从头顶垂下。他穿着普通的西装外套，系着领带。但最令人印象深刻的是他激动的神情。看到霍桑的瞬间，他那双蓝色的眼睛亮了起来。

"请容我做一下自我介绍。"他说，"我是刑警副队长乔纳森·托罗德。这位是临时警员简·怀特洛克。"

怀特洛克站在他身后，手里攥着一顶帽子，因为太过用力已经被捏到变形。她比他矮，但年龄更大。她穿着深蓝色的制服，长及膝盖的半裙和黑色长袜。这身衣服不太适合她。她深棕色的长发软塌塌的，刘海挡住了方形的前额，落在深邃的眼窝上方。

他们就像一对来奥尔德尼岛一日游的姑侄,刚刚结束了一整天疲惫的行程。

"很恶毒,真的太恶毒了。我们刚才去看了花园尽头的房子,那是什么地方?德军留下的炮台吗?坦白说,我从来没见过这样的事。奥尔德尼岛从来没发生过谋杀案,根西岛也很少见。我当了二十六年警察,唯一一次死亡案件是有个小伙子从梯子上掉下来摔断了脖子。唉,总之这个案子真的完全不一样。死者是叫约翰·勒·梅苏里尔吗?"

"应该是查尔斯。"

"哦,对,没错。我把他和那个演员搞混了。听说他很有钱。"

"好像是的。"

托罗德好奇地看了看霍桑,然后大笑了起来:"哈哈!是的!不能泄露太多信息!我理解。对了,咱们要不去厨房里聊聊吧?"他说完才发现我也在,"你是哪位?"

"我和他一起工作。"我说。

"好,好。怀特洛克,你去给我们泡杯茶吧?顺便再看看冰箱里有什么,我起得太早,没吃早饭,飞机上什么都不提供。"

我有些惊讶,他竟然这样随意使唤自己的搭档,但怀特洛克好像已经习以为常了。她苦着脸走进了厨房,我们跟着她进去,在桌边坐下。

"好,我就直说了吧。"托罗德说,"查这件案子,我需要一切能派上用场的人手。我去看了作案现场,太邪门了。用胶带绑在椅子上,但是留了一只手在外面?这他妈的到底是怎么回事?"

霍桑没有说话。

"显然,咱们得定个方案,好好合作。我听说你为警方提供咨询?"

"是的。"霍桑说。

"我知道你很厉害。来之前我打了几个电话,真的,你要是能帮忙就太好了。你肯定能比我先破案。但我相信你也同意,谁破案不重要,重要的是抓住那个凶手,把他关进牢里。"

"长官,冰箱里有很多牛排和牛腰子派切块。"怀特洛克打开冰箱,看向里面,"还有一些小香肠。"

"用微波炉加热一点。茶怎么样了?"

"正在烧水……"

托罗德把手臂撑在桌面上,双手合十。"所以我想提议:我来负责按流程调查——做笔录、查指纹、看监控录像这些;与此同时,你们也可以自由调查,和证人对话,去任何地方,我都给你开绿灯。反正你们这几天也得留在奥尔德尼岛上,查出结果之前谁都不能离开,这样你们正好也能充分利用时间。"

"你会付咨询费吗?"

"说实话,霍桑,局里手头有点紧。但我可以帮你跟市政部门提一下,他们应该不会乐意,但他们负责审批预算。理论上聘用编外人员是不行的,我们这边也没有相关规定,但肯定会有办法的……比如签一个特殊协议。你觉得怎么样?"

霍桑耸了耸肩,他也没什么选择。

"茶泡得怎么样了,简?"

"马上就好,长官。"怀特洛克正在橱柜前翻找。她连茶包都找不到,让人很难相信她的办案能力。

"那么,如果你同意,简到时候会和你联系,告诉你我们的调查进展。你们住在哪儿?"

"布莱耶海滩酒店。"

"是个好地方！我还查了他们的官网，但是房间都订满了。我们就住在镇上，其实这样更好，因为我觉得最好不要被人看见咱们在一起。官方和非官方的调查……还是要划清界限，你觉得呢？"

"没问题。"

"好，好，好。你现在有什么需要的东西吗？"他拿出了一支笔和一个皮质记事本。

"任何有关勒·梅苏里尔的信息。"霍桑说，"他的人生经历、商业活动、犯罪记录，当然了，还有他在《老爹在战斗》里出演的集数[①]。"

托罗德奋笔疾书，此时却停下了，笔尖悬在纸上。他干笑了两声："有意思，嘿，真有你的。"

"了解死者遗产的去向也会很有帮助。"霍桑继续道。

"遗产相关的信息下周一才能拿到。但我保证，怀特洛克会第一时间通知你们的。还有别的吗？"

"目前没有了。"

微波炉发出了"叮"的一声，怀特洛克从里面拿出了热好的小块牛排和牛腰子派，香气扑鼻。

托罗德合上了笔记本。"对了，我还有几件事要说，"他说，"希望你们不要介意。"

"说吧。"

"谢谢。"他收起笔记本，"首先，我得知查尔斯·勒·梅苏里尔有一个经济顾问，叫德瑞克·阿伯特。"他顿了顿："该不会就是被你推下楼梯的那个德瑞克·阿伯特吧？"

[①]《老爹在战斗》(*Dad's Army*) 是一部经典英国喜剧电视节目，托罗德副队长记错的约翰·勒·梅苏里尔是主演之一。

霍桑板着脸。"我没有推他，他自己摔下去的。"

"至少，据我所知，你们之间可是有不少积怨。"忽然间，他看起来更加危险而严肃了。也许乔纳森·托罗德并不像表面上那么简单。"我觉得你最好还是离他远一点，咱们可不想惹人误会，是吧？"

"我还以为你说要给我们开绿灯。"

"阿伯特交给我就行，我保证你能拿到完整的访谈记录。"

"还有别的事吗？"

"虽然我觉得不必多此一举，你肯定也知道。但如果你真的破了案——我相信你能破案——记得要第一个告诉我，好吗？我不想抢你的功劳，但我们要考虑到根西岛警察局的名誉，希望你能理解。"

"当然。"

"好极了，既然如此——啊，谢谢你，怀特洛克！我的茶终于来了。祝你们调查顺利！"

这是一份逐客令。虽然他脸上挂着善意的笑容，但毫无疑问是在赶我们走。

离开瞭望阁后，送我们来的那个年轻出租车司机还等在门外。霍桑和他说了几句，然后我们上了车。我以为我们会直接回酒店，但车开上主路后很快又停下了。

"你们从这边小路下去就行。"出租车司机说。

"我们二十分钟就回来。"霍桑说。

"我能跟着去吗？"

"不行，在这里等我们。"我和霍桑下车，顺着小路下山。"我雇了他。"霍桑说。我愣了一会儿才反应过来他是在说特里。"在岛上期间，他负责为我们开车。"

"这个主意不错。"

"我说你会付钱。"

"哦。"

我们走到了一个新月形的海滩，上面铺满了粗糙的石砾。霍桑为什么要来这里？我们左转，向着来时的方向走去。我一抬头，原来风月楼就在前面的悬崖边，从这里能看到屋子的上半部分。说是悬崖其实并不准确，这座岩壁只有十米到十五米高，旁边还修了一条Z字形的阶梯，一直到顶端。这段台阶应该不是德军留下来的，他们为什么要给同盟军修建一条直通大本营的捷径呢？所以，这应该是查尔斯·勒·梅苏里尔修建的，方便他在风月楼办完事后下来游个泳。

"凶手有可能从这边上去杀掉他吗？"我问。也许这就是霍桑来查看的原因。

"有这个可能，不过门从里面被反锁了……至少今天早上我们去的时候是这样。"霍桑左右检查起来，我则想到了上次去肯特郡时，我们也一起去了海边。"如果有人从这里进屋，派对上就要有人帮他们开门。"

"勒·梅苏里尔是什么时候遇害的？"

"警察会确认时间。但我们可以猜测一下，他和妻子谈话是九点十分，马克·贝拉米发现他不在屋里那会儿是十点。所以他去风月楼的时间段应该就是九点十分到十点之间。"

霍桑正在检查地面，忽然停下来，指了指前面。沙地上有一串脚印，一直走向上方的风月楼。我不敢确定，但这个脚印圆形的前端看起来很像我们在尸体旁边发现的血脚印。

"你猜得没错，霍桑！"我喊道，"虽然不知道你是怎么想到的，但肯定就是这样。"我抬头看向风月楼，"有人开了门，凶手有个同伙从沙滩上去，他们两个用钝器击打勒·梅苏里尔的后脑，然后把他绑在椅子上。杀了他之后，两个人分头离开。"

"也有这种可能。"在我看来，事件的真相已经清晰明了，但他的语气为什么听起来这么犹豫？"但是还有个问题。"

"什么问题？"

"如果你刚才说的情况成立，屋里一个人，屋外一个人，他们就必须知道勒·梅苏里尔会在什么时候去风月楼。

"他们可以互相发短信告知情况。"

霍桑拿出手机看了看："没有信号。"

我也拿出了手机："我的也没有。"

"你说的那种情况，同伙就要在勒·梅苏里尔出现之前潜伏在屋内，也许是藏在帘幕后面。勒·梅苏里尔进来后，他们就会击倒他，出于某种原因把他绑在椅子上，然后杀掉他。"

"如果他们在更早时就打开了门锁呢？有人能从后面爬上来，藏在窗帘后，可能整晚都在风月楼里伺机而动。"

"这样的话他们就必须要确保勒·梅苏里尔真的会去风月楼，而且是独自前往……"

霍桑拿着手机拍了几张脚印的照片。

"你要把这个发现告诉托罗德吗？"我问。

"他自己肯定也能发现的，但如果你觉得发给他更好的话，我可以把照片发给他。"

他把手机收回口袋，转身离开，我喊住了他。

"霍桑，"我说，"有一件事，你得告诉我。"

"什么事？"

"你为什么要来？为什么同意来奥尔德尼岛？不要告诉我你只是为了宣传书。是因为德瑞克·阿伯特，对不对？我知道你不想谈这个,但你必须告诉我。你一开始就知道他住在这里。那天在伦敦,我们受到邀请时,我猜到了你可能有什么理由,我不想和你吵架,但你不能把我蒙在鼓里,尤其是我最后还要把这些写成书。到底是怎么回事?"

霍桑没有立刻回答。我们站在海边,身后是一片岩石,周围没有其他人。时间还很早,长长的险滩充满了荒芜而野蛮的气息,危机四伏。狂风吹过水藻,锈色的浪花翻滚不迭,海鸥在上方盘旋,太阳被云层遮掩。这并不是一个能让人带着躺椅或小船放松身心的海滩。

"我可以告诉你阿伯特的事。"他说,"但你不能再提起他了,好吗?光是说出这个名字就让我恶心。"

"他是个恋童癖。"

霍桑缓缓点了点头,眼神阴郁而冰冷。"不仅如此。"他开口道,"该死的德瑞克·阿伯特先生,并不是那种把黄片放在车后备厢里卖的小商贩,也不是从网上下载色情片再分享给朋友的那种胡子拉碴的变态。他是个商人,而且受人尊敬。"

霍桑把最后那个词说出了完全相反的意思。

"他一开始是个老师,但可能觉得不适合,很快就转行去做分类广告了。快三十岁时,他已经成了某个大牌娱乐杂志的广告经理,杂志内容就是帆船、马术,还有——很碰巧——裸体。接着,他很轻易就成立了自己的公司'自由传媒'。公司的首次成功是在地铁口免费发放的情报杂志,不得不说,他领先于自己的时代。

"情报杂志没赚多少钱,于是他转而去做生活方式和明星八卦,从这里再进军色情产业几乎是自然而然的发展。当时是九十年代初,托尼,人们还不能敲几下键盘就手握天下。所以阿伯特的杂志里，女孩们的海报会做成折页放进去，胸口还有一排订书钉。这些都是合法的。《欲求不满的人妻》《找乐子的淑女》《我的白日妄想》，任何一家报刊亭都能找到这种东西。

"但阿伯特是个与时俱进的人，千禧年之后，他成立了自己的卫星电视台：成人频道。与此同时，他的出版业务都转向了线上。而在这张肮脏的蛛网中，就有一个只给特定客户群体提供服务的网页。光看名字看不出什么，但它准确地描述了商品的内容。那个网页叫：亚洲青少年。"

"儿童色情。"

"主要是泰国、越南和菲律宾的孩子。这项业务和其他业务有着本质区别，因为制作并发行赤裸裸展现性行为的儿童色情片要面临二十年以上的刑期。你可能会想问，这个人光靠合法色情片和其他业务就能赚到数百万，为什么要冒这么大风险，去做一个根本不赚钱的网页？网页被查处的时候也就几百个用户，都是些每个月只交二十英镑会员费的老色鬼。儿童保护部门查案的时候面临的就是这个问题：他为什么要这样做？最终他们找到了答案：自由传媒的CEO，德瑞克·阿伯特，与拍摄儿童色情片的演员有私人接触。这就是他的目的。有些孩子才十一二岁，'亚洲青少年'为他提供了稳定且新鲜的'货源'。"

他拿出一支烟，用手挡住海风点燃。

"德瑞克·阿伯特在伦敦被捕，但是他根本不在乎。我还记得他被押进警察局时，就像个误入仆人宿舍的领主。警察难不倒他，想都不用想！他一开始就知道，他的产业能保护他。他还带了一队只要有钱，什么事都干得出来的律师团。只要能脱身，他不在乎花多少钱。没人能把他和'亚洲青少年'联系在一起，他自己的员工都被威胁或者收买了。没有目击证人，被侵犯的孩子也没人站出来。他从一开始就表现得高高在上，而且也确实如此。"

"但他被关进监狱了。"

"是啊。他在最后关头露出了马脚——就像阿尔·卡彭①是因为偷税漏税被抓一样。整件事荒谬得可笑，但让人笑不出来。他禁不住诱惑，留了纪念品。他订阅了自己的网页，计算机组破解了他的私人电脑，找到了一个有五百多张图片的文件夹。他们第二次逮捕了他，把他带回局里问话。他就是这个时候摔下的楼梯，那确实是意外事故，托尼。"霍桑指着我，"永远不要否认这一点。"

"他被关了几年？"我问。

霍桑冷酷地看着我。"一年都不到。"他说，"法律规定就是这样。如果我们找到了他制作或者发行儿童色情的证据，就能判他二十年——像我之前和你说的那样。他活该蹲二十年监狱。但是警方发现的证据只能证明他持有儿童色情产品，最多只能判两年。"他停顿了一下。"因为受伤，他进了医院。他的律师团发起诉讼，说他在拘留期间受到了虐待。法官对他从轻发落了，最后只判了六个月。虽然这击垮了他的公司，但这点惩罚远远不够。"霍桑搓揉着手里的香烟，烟雾随风飘扬，"完全不够。"

我想了想，然后开口道："对不起。我知道你很沮丧，但我还是不明白，你来这里是想做什么？"

"我本来也没打算来，但是收到了邀请。"霍桑提醒道，"但是……好吧。我想知道他过得怎么样。"

---

①阿尔·卡彭（Al Capone），二十世纪二十年代美国芝加哥犯罪集团奥特菲的成员之一，也称"疤脸"。卡彭亲手杀害了百余人，但因为没有证据，警方无法将其逮捕。最后是税务局以偷税漏税的罪名将其绳之以法。

"为什么?"霍桑没有回答,所以我继续问道,"你的职业生涯里肯定遇到过很多可恨的人,其中一定也有人犯下过更不可饶恕的罪行,为什么阿伯特就那么特殊呢?"

但是霍桑已经不想再说了。他用手指夹着烟,任由烟头被狂风卷走,转身离开了海岸。我跟在他身后,沉默地爬上山坡,回到了出租车旁。

第十一章　灰女士

司机的全名叫特里·伯吉斯，今年二十六岁，就职于父亲的出租车公司。成年后，他基本上都在机场和布莱耶酒店之间往返，偶尔也会开到克朗克堡和加奈岩。他的乘客要么完全无视他，要么就是对他的开车技术指指点点的老年居民。周六晚上，他偶尔会接到醉酒的客人，如果他们在后座上吐了，他就会多收十英镑罚金。

霍桑给了他一种全新的使命感。在开车送我们回酒店的十分钟内，他完整讲述了一遍自己的人生经历，还补充了他认为能帮助破案的诸多背景知识。

"肯定是那条电缆。自从他们说要挖穿这座岛，两边的人就开始针锋相对。有人为此杀了勒·梅苏里尔先生。"

我本以为霍桑会不耐烦，谁知他竟很感兴趣。"你为什么这么说？"

特里调整了一下后视镜，看着我们。他有一头红发，蓝眼睛，鼻梁有些凹凸不平。"这岛上的一切都由他掌管。"他解释道，"什么事他都要掺和一脚！他有商店、餐厅、酒吧、邮局……他甚至还要成立新的出租车公司！还有他那栋房子，你们知道他花了五百万英镑吗？他取得了建筑许可，能把花园一直修到海岸。大家都说他还有个私人碉堡。"

他对着另一辆车按了按喇叭,不是因为觉得对方碍事,而是因为他认识那个司机。

"我说过吗?我昨晚就在瞭望阁外面,整晚都在工作。案件发生时……我的车肯定还在外面停着。太不可思议了,真的,简直疯了!奥尔德尼岛上从来没发生过谋杀案。"

"原来如此。"霍桑说。

我很庆幸车终于到达了目的地。上午已经过去了一半,和托罗德副队长一样,我们也没来得及吃早饭。出租车在酒店门口停下,霍桑让特里在外面等着,我们走向了餐厅。

不巧的是,安妮·克莱利正坐在大厅里等我们。见我们回来,她瞬间就起身走了过来。

"是真的吗?"她问道,"查尔斯·勒·梅苏里尔被人杀了?"

"恐怕是的。"霍桑听起来并不难过。当然了,凶手给他带来了一个额外的案件,这意味着潜在的额外收入。

"所有人都不能离开吗?"

"根西岛派来了几名警察,这是他们的吩咐,是的。"

安妮·克莱利快要哭了。"但是我必须回牛津,我明天早上要去一趟医院。"

"只能再等等了。"

"不能等。你不明白,这对我很重要。"

霍桑只是面无表情地看着她,我赶忙插嘴道:"我们正好要去吃早饭,你要一起来吗?"

"他们好像停止供应早餐了。"

她说得没错。我们到餐厅的时候已经十一点多,桌子都被清空了。即便如此,我们还是找了个面向港口的窗边坐了下来。我努力说服餐厅服务员帮我们准备了两壶茶,给我的几片吐司,还有给霍桑的一杯黑咖啡。

"我不应该接受邀请的。"安妮依然愁容满面,即使在炎热的夏天也系着围巾。她身上有一种悲伤的底色:逐渐灰白的头发,灰色的眼睛,灰色的围巾。她就像是神话里专为死者送行的摆渡人。"我的经纪人劝过我不要来,而且我现在真的很忙,不该来这么远的地方。"

"那你为什么要来?"霍桑问。

她叹了一口气:"因为我不忍心。他们写信说,由于人口锐减,岛上唯一的小学——圣安妮小学面临倒闭。他们还在募集捐款修建学校图书馆。我不知道去做演讲会对现状有什么帮助,但可能有个著名作家去讲话总是好的。整个演讲过程都很顺利,孩子们很可爱,老师也非常配合,我没什么好抱怨的。奥尔德尼岛很美,我也很喜欢这座酒店。但发生了昨天那件事后,我只想快点离开。"

她说的是伊丽莎白·洛弗尔的活动,她当时提起了安妮的儿子。

"她说的那些话我一个字都不信。"安妮继续道,"什么死后的人生,鬼魂,镜子,乱七八糟。我都不知道自己为什么要去听,可能只是出于礼貌吧。怪我太蠢了。她显然做足了事前调查,要从网上查到那件事简直轻而易举。好多家媒体指责布里斯托大学对学生缺乏关怀。为了不让这件事上新闻,我们也做了不少努力,但还是有文章提了威廉的名字。我不明白的是,为什么会有人利用这种事来自我宣传,太残忍了。"

"可能她相信自己说的那些吧。"霍桑说。

"她相信赚到手的钱。"安妮生气了,但她看起来不像是会大发脾气的那种人。

"然而你还是去了派对。"霍桑说,"你肯定知道她也会去的吧?"

我觉得霍桑是在刻意刁难她。尤其是刚见面的时候,他还说自己和孩子很喜欢她的书。但她并没有意识到。"我不想去的。"她说,"我和安东尼也是这么说的。那天真的糟透了,不只因为那个女人,还有我的笔!肯定有人把我的笔拿走了,那支笔对我很重要,是《闪光弹:大获全胜》进入排行榜前十的时候经纪人送我的礼物。那是系列的第一本书。虽然现在这个系列已经被翻译成了六国语言,销量也不错,但第一本永远是最特别的。"

"那你后来为什么又想去了呢?"

"我也不知道,我只是觉得待在酒店里也没什么意思,只会让自己更难过。但我也不想遇到伊丽莎白·洛弗尔和她丈夫,所以我很开心乔治·埃尔金愿意载我一程。到场之后,我都是绕着他们夫妻走的,整晚都避开了他们。顺便一提,乔治是个非常有趣的人,他对海峡群岛的历史很有研究。"

"你们一直在聊这个吗?"

"不,我们还聊了鸟。他是个观鸟爱好者,说他那天看到了一只黑翅鸢。"

"是吗?"

"这种鸟好像很罕见,英国境内几乎没有出现过。"

"所以你们到瞭望阁的时候,大概是晚上七点半。"

"你不是知道吗?你看着我进来的。"她停顿了一下,"刚到的时候我很震惊,因为看到了一个认识的男子。但一开始我没想起来自己是在哪儿见过他,还是安东尼提醒了我。"

霍桑当时就站在我旁边。

"他是你读书小组里的一员。"他说。

"不。"安妮摇了摇头,"现在想想,我觉得他不一定在读书小组里。但我肯定是在沃尔姆伍德·斯克鲁布斯监狱见到他的。是那根拐杖提醒了我。我没记错的话,他在监狱里拄着医用拐杖。我是在去图书馆的路上看到的他。"

"你昨晚和德瑞克·阿伯特说话了吗?"

"没有,我不想让彼此太尴尬。"

"但你知道他的名字。"

"安东尼告诉我之前,我也不知道他叫什么,当时也没觉得怎样。"她再次停顿了一下,"奇怪的是,没过多久,查尔斯·勒·梅苏里尔就和我聊起了他。"这时服务员端来了茶和咖啡,她拿起茶杯喝了一口。我的四片吐司夹果酱和黄油也上来了,但我总觉得在问话时吃东西不太礼貌,就放着没动。"我和勒·梅苏里尔先生聊了聊。"她继续道,"我知道这样说不太好,但我觉得他不是个好人。"

"为什么?"

"首先,他什么都有了,不是吗?外貌、财富、那栋房子,还有美貌的妻子。但他对所有人都恶语相向。"她转向我,"他当时了很久,说觉得你们的座谈很糟糕。他说你读的那个片段写得太啰唆了,水平不怎么样。"

"哦?他是这么说的吗?"虽然查尔斯·勒·梅苏里尔已经被残忍杀害了,但我还是很生气。

"不只是你,他对所有人都是这样。他特别讨厌乔治·埃尔金,虽然他们自幼相识。他觉得这座岛上的人都又蠢又固执,尤其是那些反对电缆工程的。他还抱怨文学节凭什么要花这么多钱,至少他当时是这么对我说的。"

"他怎么评价德瑞克·阿伯特？"

"我就是这个意思。我甚至还问了他这个问题。我说我可能认识这个人，然后他立刻告诉我，德瑞克·阿伯特蹲过监狱。他说他从一开始就不该相信那个家伙。虽然阿伯特先生为他工作，帮他提供线上出版的投资建议，但他们两个闹掰了。他们大吵了一架……好像和钱有关。他对阿伯特的评价很糟，还说要开除他。天知道他为什么会觉得我愿意听他讲这些。"她思考了片刻，仿佛想要解释勒·梅苏里尔这么做的动机，"我觉得他应该是喝醉了。"她下了结论："他肯定从我们来之前就开始喝了，他在喝香槟。"

"他和你说了阿伯特入狱的原因吗？"

安妮·克莱利抿紧了嘴唇。"是的，他说得很清楚，那个人是因为儿童性犯罪被抓进去的。他似乎觉得这很有趣。但他既然知情，又为什么要雇这样一个人呢？"

"阿伯特听到你们的谈话了吗？"

"不，应该没有。他在房间里，但是一直和我们保持距离。他在另一个角落，我们中间隔着不少人。"

"你有看到他们两个中的任何一个前往风月楼吗？"

"你是说那个花园尽头的小屋吗？勒·梅苏里尔先生和我说过，他说那是他的'私人空间'，虽然不知道他是什么意思，但那显然是他的得意之作。不过我很快就离开了，所以什么都没看到。我和安东尼聊了聊，然后又遇到了些其他人，但我不太适应这种场合。我是素食主义者，那些肉派、香肠我都吃不了，目前也不能喝酒。而且，我还在等一通打到酒店的电话。"

"你知道自己离开时大概是几点吗？"霍桑是在试探她，他已经知道这个问题的答案了。

"实际上,我还真记得。我当时在走廊里问了凯瑟琳,你知道,就是马克·贝拉米的助理。当时是九点二十五分,这样我有三十分钟的时间赶回来,足够了。幸运的是,迷你巴士很快就能出发,那个留着胡子的司机就站在门口。我问他能不能开车去酒店,我们就走了。"

"就你一个人吗?"

"车上还有六七个人,但我不知道都是谁。当时天太黑了,我也没和他们说话。"

"你在等谁的电话?"

安妮越来越困惑了。"你不会觉得这个案件和我有关吧?"她问,"我不喜欢勒·梅苏里尔先生,但我更没理由伤害他。"

"只是搜集一下各种信息。"霍桑朝我笑了笑,"托尼可能会把案件写成一本书。"

"嗯,我希望他能帮我改个名字。"她显然不想说电话的内容,但她知道自己别无选择,"是我的经纪人从洛杉矶打来的电话。"

"在星期六晚上?"

"你真的不了解那些好莱坞的经纪人,霍桑先生。我的经纪人也不想周末工作,但我们有一些很激动人心的消息,目前还是保密的。迪士尼想买下'闪光弹系列'的版权,他们打算改编一部电影,会付很多版税给我。"她看了我一眼,"所以我希望你不要把这件事写进书里。迪士尼让我签了一个保密协议,非常夸张,有整整十二页!只要我有一丁点违反协议的可能,整个企划都会作废。当然,被卷进谋杀案也不是我的错,但我们的合同还没签完,所以我还是很紧张的。"

"你的经纪人怎么说?"

"她最后只给我发了一条短信,说目前还没有新的消息,等下周再聊。"安妮从包里翻出了手机,点亮了屏幕拿给霍桑看,"看吧!可能你的职业本能就是不能相信任何人,但被怀疑还是让人很难受。"

"我没想让你难过,安妮。"

"嗯……"

"所以,你昨天晚上没有听到,或者看到其他可能有助于破案的事吗?"

"如果有的话,我一定会告诉你的。我只知道今天早上下楼时他们说不能离开这座岛了,那我能不能出酒店呢?"

"最好和前台说一下你要去哪儿。"

"我不想整天都窝在房间里。"她看向窗外,"预报说今天天气很暖和,我想出去走走。这边的海滩真美,我们要在岛上待多久?"

霍桑耸了耸肩:"可能几天吧。"

"他们会付住宿费吗?"她抱住手臂,"我的钱不多,那些书是我唯一的收入。前夫没离开的时候,他靠画画也没赚到什么钱。但现在不一样了,我的经纪人说,有了迪士尼,我就能发财了!"

"你前夫知道迪士尼的事吗?"

"我还没告诉他,但他总会知道的。现在这个年代什么消息都藏不住,不是吗?"

她喝完茶,站了起来。她的书很成功,被翻译成了六种语言,还卖了版权给迪士尼,简直就是作家的终极梦想,但她离开的时候看起来还是很悲伤。因为她的伤痛并非来自事业,而是源于生活。

第十二章　非暴力不合作

　　特里还在酒店外等我们。见我们过来，他立刻收起了手中的奥尔德尼期刊。我们上车，霍桑说了目的地，车启动了，他又补充道："希望你能帮我一个忙。"

　　"当然了，霍桑先生！"特里兴奋不已，我很惊讶他竟然还能正常开车。

　　"你认识迷你巴士的司机吗？就是那个昨晚把大家从派对接回酒店的人？"

　　"哦，是汤姆·麦金利，我当然认识了。"

　　"你可以和他说，我希望能跟他聊聊吗？"

　　霍桑就坐在我旁边，我忍不住好奇地看了他一眼，问："是因为安妮·克莱利说的那些吗？"

　　"我想知道她是不是真的坐上了那趟巴士。"

　　"你不会是认真的吧？"我从没想过她会在这个问题上撒谎。

　　"我是认真的。如果有人告诉我一件事，我就去确认，一直如此。"

　　"但安妮·克莱利没有杀害查尔斯·勒·梅苏里尔的动机啊？"

　　"那又怎样？"霍桑之后就没再和我说话了，直到我们抵达目的地。

我们在博蒙特牧场下了车,这里是奎利佩尔医生夫妇的家。牧场位于奥尔德尼岛东部,被赛耶湾和朗基斯湾两处向内凹陷的峡湾夹在中间。奇怪的是,房子本身并不面向大海,至少从客厅是看不到海的。相反,大大的观景窗映出的景象有些支离破碎。首先是这座岛上四处可见的荒芜草地,到处是野草和欧洲蕨,间或穿插着几片牧场和被围栏圈起的属地。中间突兀地立着几棵热带棕榈树,像是被谁不小心种错了地方。远处是一片零散的棚屋和仓库。再向前看去,广阔的天空下,一条仿佛世界尽头的直线将小岛的边缘与英吉利海峡隔在了两端。

特里说,这栋房子是奎利佩尔家祖传的,看起来也确实历史悠久。这栋房子并不"美丽",却给人一种坚实可靠之感。它屹立在草原上,完美地融入了周围的景色,让其他新造的建筑自惭形秽。房子有一扇前门,两层楼高,白墙黑梁,一边是六扇对称的窗户,另一边是落地窗,面向花团锦簇的庭院。红色的屋顶中央有一节烟囱,冬天的时候肯定还会冒出烟来。

来的路上,特里为我们介绍了屋内的住户。这也是住在奥尔德尼岛的乐趣之一:所有人都互相认识。不仅如此,他们还对彼此的生活细节了如指掌。

"奎利佩尔医生是个好人,大家都喜欢他。去年我妈妈怕自己得了癌症,他帮她住进了南安普顿大学医院。房子是他父亲留下的——以前也是个医生,但五年前,夫妻俩在法国南部出了车祸,去世了。奎利佩尔医生就这样失去了双亲,太悲惨了。他的夫人也很亲切和善,在小学教书,孩子们都很爱她……但这并不意味着他们会好好学习,考试照样不合格。她努力维持小学的运营,大半辈子都在给学校拉赞助。建新校舍、新设施……没完没了！大家都说，学校没倒闭全都是她的功劳。奥尔德尼岛上怎么能没有学校？我连想都不敢想。"

终于，车在一条狭窄的路边停下，我松了一口气。我和霍桑下车，特里留在车里，看着我们走向奎利佩尔医生的家。

"托尼，你能帮我个忙吗？"走到前门时霍桑忽然说，"我说话的时候，注意不要透露任何案件信息。"

我知道，他是在说上次的两个案件。两次我都在无意间透露了案件的信息。

"你这样说有点不公平。"我反驳道，"我这次已经很小心了。"

"或许还不够小心。"

他按响了门铃。

过了一会儿，门开了。开门的是一位年轻漂亮的女士。看着她，会让人想起二十世纪四十年代。她有一双蓝眼睛，金发在脑后绾起一个发髻，没有化妆，只涂了一层明亮的口红，双唇被苍白的肤色衬得鲜红欲滴。她站在门口看我们，我好像见过她，对了，是在我和霍桑的座谈会上。她坐在乔治·埃尔金旁边，问了我一个关于学校图书馆的问题。

"请问有什么事吗？"她礼貌又警觉地问道。

"您是奎利佩尔夫人吗？"霍桑问。

"是的。"她有些困惑地回答道。

"我叫霍桑……"

"我知道你是谁。"

"早上我和您丈夫聊了聊，他在家吗？"

"他在家。"她不情不愿地说道，但仍然把我们挡在门外。

"我想和他说两句，我们能进去吗？"

"可以，当然。"她终于让我们进了屋内。这是我见过的最温馨的家：花卉图案的窗帘，墙上贴着壁纸，老旧却不复古的家具，一只猫正趴在摇椅上睡觉。"我叫苏珊·奎利佩尔，来，这边。"她带我们穿过客厅，我看到了落地窗、一架立式钢琴，还有两张条纹沙发。

"怎么了，亲爱的？"亨利·奎利佩尔喊道。厨房里，三人围坐在一张松木桌旁，烧水壶正呼呼冒着蒸汽。

奎利佩尔医生离门最近。他坐在桌面上，跷着二郎腿，脚悬在空中。那个历史学者——乔治·埃尔金竟然也在，就坐在奎利佩尔对面。他旁边是一名陌生女子，也许是他的母亲，体型是他的两倍，年龄似乎也更长一些。但是，转念一想，她看起来并不年迈，应该是他的妻子。此刻，她心情愉快，留着一头黑色短发，笑起来有两个酒窝。但她的体重太不寻常，眼中也隐约有一丝痛苦。她可能患了某种甲状腺疾病，不知是否伤及了运动能力。我们进来后，她嘴边的微笑消失了。

"霍桑先生！"奎利佩尔医生站了起来，"没想到这么快又见到你了。"

"他说想和你聊聊。"苏珊·奎利佩尔解释道，仿佛把我们放进来全是她的错。

在场的四个人都很心虚，原因再明显不过了。我们打断了他们的"军事会议"。桌子上散落着各种小册子和照片，还有一堆写着 BAN NAB 标语的传单。墙边竖着六七个标牌，同样用红色的油漆涂着 BAN NAB 几个字母。一切准备就绪，只要把标牌插在路边就可以投入使用。埃尔金的手指上还留着红色颜料，他们被抓了个现行。

"希望我没有打扰你们。"霍桑轻快地说。

"当然没有。"奎利佩尔医生很快就从尴尬中恢复了,"你要坐一会儿吗?要喝茶吗?"

"不必了,谢谢。"

"如果你想和我单独聊,我们可以去隔壁。"

"没事,很高兴能见到大家。"

"我们之前见过了。"乔治·埃尔金说,"这位是我的妻子,乔治娜。霍桑先生是一名侦探,"他对妻子说,"他是为了谋杀案来的。"

乔治和乔治娜,还挺适合他们的。

"既然你都这么说了,我也直说吧,你确实打扰了我们。"苏珊·奎利佩尔有一种漠然的冷静和自信,虽然直接反驳了丈夫的话,但她看都没看他一眼。"我们正在开会,聊诺曼底-奥尔德尼-不列颠电缆工程的事。"

霍桑转向奎利佩尔医生:"今天早上在瞭望阁的时候,你说那些不是你做的。"他看向了那些油漆标牌。

"哦,是的,我说错了,非常抱歉。查尔斯·勒·梅苏里尔的事让我太震惊了,一时有些晕头转向。"

"你说谎了。"

"其实没有,当时你问我,那些标牌是不是我画的,我确实没画过。我不会画画。"

"是我画的。"苏珊·奎利佩尔自豪地说道。

"我们必须非常小心。"奎利佩尔继续道,"查尔斯·勒·梅苏里尔很难对付,如果我们越线了,他会毫不留情地让法律团队把我们一举拿下。我们一开始就决定了要采取非暴力不合作的方式,比如标牌、传单、游行示威……"

"还有谋杀?"霍桑提议道。

苏珊·奎利佩尔笑了起来。"这项指控太荒谬了,你真的什么都不懂,我们之中不可能有人伤害查尔斯。我丈夫是一名医生,我是教师,乔治是著名历史学家。没有人犯过法,我们只是在行使公民权利,因为我们不希望这里修建电缆。虽然现在发生了变故,但这与我们无关。我们今天见面就是为了谈接下来该如何继续抗议。"

"也可能就不必继续抗议了。"乔治·埃尔金补充道,"现在勒·梅苏里尔死了,科林·马瑟森没准会解释他支持这项工程的原因。他肯定是被威胁了,现在他不用怕了。"

"我们都不用怕了!"乔治娜喊道。

霍桑转向了奎利佩尔医生:"今天早上,你暗示说勒·梅苏里尔手里握着科林·马瑟森的把柄。"

"我现在也是这么想的。"

"他一开始是强烈反对电缆工程的。"苏珊·奎利佩尔插嘴道,"他当时就坐在这张桌子旁,说修电缆是个很糟糕的主意。"

"那他为什么改变了想法呢?"

"他被指派成了NAB委员会的代表。现在想想还挺好笑,我们当时听到这个消息都特别开心。"

"当时这是个好消息。"奎利佩尔医生赞同道,"我认识他好多年了,他是我们的朋友。他结婚时,我甚至是他的伴郎!"

"但是一夜之间,他就叛变了。"苏珊·奎利佩尔继续道,"他知道这会对我们的友谊造成怎样的打击,但他不在乎。他改口说这项工程能为奥尔德尼岛带来经济收益。"

"根本没有什么经济收益。"乔治娜唾弃道。

"更便宜的能源,更快捷的网速,新的工作岗位。他们承诺了这些,但都是骗人的。"

"更奇怪的是，朱迪斯居然也站在了他那边。"奎利佩尔医生说，"她不蠢，也很爱这座岛，我不敢相信她会眼睁睁地看着丈夫毁掉这一切。"

"关于朱迪斯·马瑟森，你都知道些什么？"霍桑问。

"大家都知道，没有朱迪斯，科林就什么都不是。"乔治·埃尔金回答道，"她的家族世代都住在奥尔德尼岛，靠旅游业攒下了一笔财富。朱迪斯帮柯林斯进了议会，他们住在她的房子里，也是靠她家族的财富在供三个孩子上私立学校。他一点错都不能犯，不然就完蛋了。在他们家，朱迪斯才是顶梁柱。"

这并不让人意外。光看她发的那些邮件就知道，朱迪斯·马瑟森是一个控制欲非常强的人，见到她本人更让我确认了这一点。至于科林，他本来就不太起眼。唯一一次见到他们夫妇同行，担任"司机"的科林几乎没有存在感。

"他是个懦夫！"乔治娜严肃地赞同了丈夫的观点。

"我之前说过，现在也要继续说：查尔斯·勒·梅苏里尔手上肯定抓着他的把柄。这样才能说得通。"

"所以现在你们打算怎样继续抗议呢？"霍桑问。

"走一步看一步吧。"奎利佩尔医生说，"他们还没签完合同，我们也给 OLAF 写了信——"

"OLAF 是什么？"我问。我之前一直谨记霍桑的教导，保持了沉默。

"是欧盟的反诈骗组织。他们负责调查可疑交易、腐败之类的问题。虽然他们从来没回过信，但我们不会放弃的。"

"现在勒·梅苏里尔死了，这整个项目都会不了了之的。"埃尔金说，"无论凶手是谁，都帮了我们一个大忙。"

霍桑总结道："这句话倒是没错。"说完后他又开口："在派对上……"

"怎么了？"

"你去过风月楼吗？"

"我为什么要去那里？"

"嗯，也许你想去用刀捅死即将挖开你祖父的坟墓，再从地下拉一条电缆的人。"

"你怎么敢这样说？你不觉得羞耻吗？"

但是霍桑已经开始问下一个人了："你呢，奎利佩尔医生？"

医生的脸红了起来："我说过了，我整晚都在家玩桥牌。"

"和谁？"

"我妻子苏珊和乔治娜。"

"可能是我记错了，但你们只有三个人，桥牌需要四个人。"

"不，你说得没错。但我们玩的是明手势桥牌，只要三个玩家。"一阵尴尬的沉默后，他继续道，"我们一般会和乔治一起玩，但他去瞭望阁参加派对了。虽然他不情愿，但还是觉得应该去。"

终于，我明白霍桑在想什么了。他们四个都有谋杀勒·梅苏里尔的动机。如果他们提前安排好，就能为彼此做证。他们会是共犯吗？

"你什么时候去的海滩？"霍桑突然问。

奎利佩尔意识到霍桑是在和自己说话，脸色变得更红了。我从来没见过有人露出这么尴尬的表情。"你在说什么？"

"这是个很简单的问题，你今天去海滩了吗？"

"不，我没怎么出门。"

"我刚进来的时候，注意到了你的鞋底。今天早上你也穿的这双鞋，一双圆头鞋。关键是，你的鞋底粘了沙子。"

"有吗?"医生抬起脚,看了看鞋底。霍桑说得没错,鞋底粘了沙粒。

"那可能是我昨天去海滩的时候粘上的。"

"哪个海滩?"

"我不记得了。"奎利佩尔医生努力寻找借口。但是没用的,这座岛太小了,肯定会有人看到他。"应该是赛耶海滩。"

"离勒·梅苏里尔家很近。"

"事实上,就在他家的另一边。我听说有人在那看到了黑翅鸢,想试试能不能看到。"

"你观鸟吗?"

"偶尔吧。"

"我还以为他才是观鸟专家……"霍桑指了指乔治·埃尔金。

"我和亨利经常一起出去。"埃尔金努力维护奎利佩尔医生,"我们都很爱这座岛,爱它的生态环境、地理地貌、历史,还有平静的氛围。"他深吸了一口气:"而这些都会被电缆工程毁掉。"

"好了,说实话,我已经受够了。"苏珊·奎利佩尔说道,"这里是我家,你根本没有权力走进来问东问西,还这么没有礼貌。你们两个都该走了。"

这倒是头一次。我见过霍桑惹很多人生气,但还没人像这样直接把他赶出家门。他没有反驳,甚至还挺开心。他站起身,说:"如您所愿,奎利佩尔夫人。"

乔治·埃尔金打开前门,把我们送到街边,看着我们坐进了出租车。他站在那儿,看向远方的旷野和遥远的地平线。现在是中午,太阳挂在天幕的正中央,空气中有海水的咸味。微风拂过草原,吹出阵阵涟漪。

"你可能觉得很愚蠢。"他说,"但我们真的很爱这片土地。"

他指向前方:"那是查尔斯·勒·梅苏里尔的地盘,他卖给了诺德电力公司,肯定赚了不少。他们要在那里建三个变电站,整整二十五英亩,附带其他设施和公路。你知道变电站什么样子吗?水泥、电线和铁丝网。世界上最丑的建筑物会立在那里,难怪亨利和苏珊打算搬家。他们结婚后就一直住在这栋房子里。但如果修了变电站,就没必要继续住下去了。变电站会毁掉一切。"

"不仅如此,"埃尔金继续道,"他们还要在朗基斯海湾修建过渡仓,连接海底和陆上的电缆。等修好了,野生动物肯定也都不见了。"他指向远方的地平线:"他们还要在那边的朗基斯公地埋一条一千四百兆瓦的电缆。你说得没错,霍桑先生,他们要把我祖父挖出来。但不只是我的祖父,那里还埋着一千多具尸骨。他们受尽屈辱,以最痛苦的方式被折磨、饿死、杀害。"

他站在那儿,表情木然,看着远方。过了一会儿,他终于看向了我们。

"我知道你只是在工作,霍桑先生。你不在乎手段,只在乎结果。我去听了你的对谈,你是一个没有同情心的人。你不相信法律,不想帮助他人和社会,似乎完全不在意伦理道德。你是一位侦探,仅此而已。

"我希望你能找到杀害查尔斯·勒·梅苏里尔的凶手,因为杀人是错的。但当你抓到他、和凶手面对面的时候,我希望你能想想这一点:我觉得你其实和凶手没有什么区别,本质上,你们是同一种人。"

作为最终反击,这句话说得很好。我们沉默地看着他转过身,走回屋内。

第十三章　更多信息

回酒店的路上很安静。就连特里都破天荒地没有说话，直到送我们下车。

"所以我几点来接你们？"他问，"你们要吃午饭的话，我可以在外面等。"

"谢谢你，但是不用了，"霍桑说，"今天的调查结束了。"

"那就明天？"特里就像一只盼着出门的狗，"这是我今年接过最好的活儿。"他继续道："你根本不知道在这地方开出租是什么感觉！虽然爸爸退休之后公司就归我了……唉，我也不知道！这就像给素食主义者推销肉，没人需要出租车，他们哪儿都不想去！"

我和霍桑约好了午饭之后见。走进大堂时，我们遇到了马萨·拉马尔。她一副匆匆忙忙的样子往外走，这次偶遇的时机对她而言一定很糟糕。她本想悄悄离开，却和霍桑撞了个满怀。霍桑站在原地，完全没有让路的意思。"我正好想和你聊聊。"他说。

她不解地看着他，并不明白他是什么意思。"什么？"她把这两个字说得充满敌意。

"我有几个问题想问你。"

"为什么？"

"你不知道这里发生了什么吗?"

"我的意思是……我为什么要和你说话?你是谁?你不是警察。你和我一样,只是被邀请来参加文学节的嘉宾。"

"我在协助警方办案,他们请我帮忙。"

"我已经和警察聊过了,把知道的都告诉他们了。我真的不知情。请你让一下,我有急事……"她推开他,离开了酒店。

这是我第一次见到有人拒绝配合霍桑。仔细想想,这种事真的很少见,尤其是在小说里。侦探问问题时,嫌疑人就算不乐意也总会开口。没人直接让摩斯探长或者雷布斯探长①滚蛋。这是个有些奇怪的惯例:就算犯罪分子很紧张,有可能说漏嘴,也绝不会闭口不言。

我以为霍桑会生气。一个穿着破洞的衣服,戴着廉价首饰,留着朋克发型的法国表演诗人对他置若罔闻,他却不以为意。我们继续走向前台,他说:"在这样一座岛上,她急着要去哪里办事呢?"

我们去前台拿了房门钥匙,正要上楼回房间时,发现临时警员简·怀特洛克正坐在椅子里等我们。她手拿着帽子,放在膝上,神色和早上一样郁闷。

"托罗德副队长让我来找你们。"她说着拿出了一个厚厚的信封,"给你们带一些信息。"

"我们去餐厅说吧。"霍桑提议道。

虽然餐厅的桌子已经摆好,但我们是这里唯一的客人。餐厅宽敞明亮,对面有一条通往酒吧的拱廊。怀特洛克看了看四周,说:"这家酒店不错。"

---

① 摩斯探长,又称莫尔斯探长,英国作家柯林·德克斯特笔下的侦探人物。雷布斯探长,英国作家伊恩·兰金笔下的侦探人物。

"真可惜你们没订上。"我说。

"他们是这么说的,但应该只是没预算。他们给我们订了圣安妮的住宿。"她似乎不太喜欢现在住的地方。

"你来过奥尔德尼岛吗?"我问。

"没有。"

她不太喜欢说话,但我还是努力攀谈道:"说起来,临时警员是什么意思?"

"我是兼职当警察的,是志愿者。"

"那你平时都做什么工作?"

"社会福利工作,我是社区的精神科护士。"

"你喜欢这份工作吗?"

她摇了摇头:"不太喜欢。"

与此同时,霍桑打开了信封,拿出了一沓犯罪现场的照片,黑白两色的画面触目惊心。还有二三十页文字说明和图表。他拿起其中一页,说:"死亡时间推定是十点十分。"

"没错,我们有证词。"

霍桑翻过那页纸。"两位客人听到了勒·梅苏里尔的惨叫声,但当时都没意识到自己听到的是什么。"他对我说,"爵士乐队正在演奏,他们听不清楚。其中一人以为是猫头鹰的叫声。"他抬头看向怀特洛克:"奥尔德尼岛上有猫头鹰吗?"

她耸了耸肩。

"另一个人以为声音是从花园里传来的,出去看了一眼之后发现外面没有人。"他翻到另外一页,"风月楼里的脚印,鞋码是五号。"

"你说是就是吧。"怀特洛克说。

"上面是这么写的,应该是女人的鞋。"

"也有可能是个小孩。"听到这句话,我不禁想道:怀特洛克是在故意抬杠吗?

"托罗德是这么想的吗?"

"他没跟我说过他的想法。"

霍桑继续浏览,终于翻到了法医报告。"'死因是颈部刺伤,颈动脉、左颈内静脉和两侧颈静脉破裂。'果然,他因为失血过多而致死。"

"我能走了吗?"怀特洛克问。

霍桑惊讶地看了她一眼:"你对这些不感兴趣吗?"

她摇了摇头:"我想帮助活着的人。我做社区工作、警察工作——都是为了帮助老人和孩子。我不是志愿来做这种事的……看到人像动物一样互相捅刀,真的很恶心。"

"那你为什么要来奥尔德尼岛?"

"副队长让我来的,如果我知道是为了这种事,肯定会拒绝的。"

"你想喝点什么吗?"我问。

"不,我还在执勤。"她站起身,戴上帽子,仿佛在证明她刚才的那句话,"如果还有新的资料,我会直接留在前台。"

她走了出去。

霍桑继续研究报告。"后脑部也发现了钝击创伤……未能找到凶器。"他翻了一页,"有意思,瞧瞧这是什么——可卡因!"

"从查尔斯·勒·梅苏里尔身上查到的?"

"还能有谁?他的血液和鼻腔内都检测出了可卡因,看这个。"他拿给我几张照片,第一张里是个打开门的酒柜,里面放着一个装了白色粉末的密封塑料包。旁边是一本封面被撕掉的账簿。第二张照片是用高清镜头拍摄的,聚焦在柜台表面,能看见白粉的痕迹,旁边的尺子显示其长度是四厘米左右。"酒柜台面和勒·梅苏里尔的信用卡上都发现了可卡因的痕迹,所以我们现在知道他去风月楼的其中一个原因了!"

"你看到那本账簿了吗?"我问。

"看到了。"

"他把封面撕下来,卷成了一根吸管,为了吸食可卡因。"

"你说得对。"霍桑递给我一页警方报告,"警方在他裤子口袋里发现了两根卷起来的纸管。"他皱了皱眉:"你怎么知道的?"

"什么?"

"他用账簿封面吸食可卡因。"

"我写犯罪小说,当然知道这些。"我盯着他,"你该不会是在怀疑我……"

"好了,好了!我只是问问。"

上次和霍桑查案时我已经被抓过一次了,罪名是盗窃。所幸他们最后撤销了指控。如果这第三次案件结束时我的声誉还能完好无损,就再好不过了。

霍桑拿出了下一份文件,是两张钉在一起的纸。他迅速浏览了一遍。"是勒·梅苏里尔的背景信息。"他说,"无犯罪记录,靠网络赌博业发家致富,随后进军电子游戏、软件开发,还有电视产业。父母退休,住在怀特岛。还有一个哥哥和父母同住。无子女……这个我们已经知道了。他虽然是个混蛋,但没做什么违法的事。"

"那枚硬币呢?"我问。有一张照片里拍了枚两欧元硬币,霍桑没有拿起来。

霍桑翻出相关信息。"有趣,没有指纹。"

"为什么？"

"如果你随身携带一枚硬币，从口袋里拿出来，掉到地上，怎么可能一点指纹都没有？"

"肯定是被谁擦干净了。"

"那为什么要把它留下？还有另一件事。勒·梅苏里尔身上没有找到其他硬币，而且他已经好几个月没去法国了。"

"这可能是凶手留下的。"

霍桑又翻到下一页，读出了上面的字："初步分析结果显示，用于固定受害者手脚的胶带是HP260强力包装胶带。这是一种常见的品牌，但在奥尔德尼岛上并无销售……"

"所以凶手带着胶带上了岛。"

"或者在亚马逊下了一单。不过，是的，胶带很可能是凶手带来的。"

"所以这是有预谋的行凶。"

霍桑并没有听我说话，也许他早就发现这一点了。"他们找到了遗嘱！"他说着举起了一张托罗德放进信封的复印件。看来他信守了承诺，分享了一切到手的信息。霍桑看了看上面的内容，吹了声口哨。"他留了一部分给哥哥和父母，但大部分都给了海伦·勒·梅苏里尔：房产、企业、私人飞机，剩下的一切！"

我有些惊讶。海伦·勒·梅苏里尔说过自己爱他，但他对她似乎并没有那么上心。他总在世界各地玩乐，独占媒体的关注，而她却只能留在家里。现在她摇身一变，成了千万富翁！也许他只是没有其他可以继承遗产的人，毕竟两人没有孩子。而且，他也没想到自己会死。

我看着霍桑把文件和照片收回信封。待会儿他肯定会回房间再仔细看一遍。"你觉得凶手是谁?"我问。

他停下了手上的动作,惊讶地看着我。"怎么突然问这个?"

"我只是好奇。我完全看不出凶手是谁,在场有至少六个人想杀死勒·梅苏里尔,包括他的妻子。但你总能找出凶手。所以既然我跟着你来了,我就想知道你是怎么想的,是不是已经有答案了?"

"为了写书吗?"

"不用担心,如果真的写了,我肯定会把答案留到最后一章的。但我只是觉得,你现在也没必要瞒着我。"

他把最后一张纸放回信封里。"可不止六个人想杀他,托尼。现在我就能数出十二个人,这还不包括所有反对电缆工程的人。你可以把这个写进书里:这就是一条杀人的线缆①。"

"所以勒·梅苏里尔的死和电缆工程有关?"

"你真的想知道?"霍桑指了指我,"我可以这样告诉你,托尼。你必须先想明白那张椅子是怎么回事。查尔斯·勒·梅苏里尔的手脚都被绑在椅子上,只有右手是自由的。为什么?只要你能想通这一点,整个案件就会豁然开朗。"

"你是说,凶手故意留下了一只手没绑上吗?"

"我觉得不太可能是因为胶带用完了——如果你是这个意思的话。"

我希望他还能多说几句,但是伊丽莎白·洛弗尔突然出现,

---

① 一条杀人的线缆(*a line to kill*)为点题,line 同时也是台词的意思。霍桑系列的书名:*The Word is Murder*,*The Sentence is Death*,*A Line to Kill* 和最新的 *The Twist of a Knife* 都有文学类的双关用语,也就是其中的 word, sentence, line, twist 这四个词,分别指代词、句、台词(诗句),和(剧情)转折。但在文章中往往用的是该词汇所代表的另一重含义,如第二本的 sentence 指代判决,本书的 line 指代电缆。而本系列为了在书名中体现其双关的部分,也为了与前作保持一致,故将此书中文书名译为《一行杀人的台词》。

打断了我们的谈话。一如既往,她和丈夫锡德在一起。现在吃晚餐还太早了,但他们好像也不是为了吃饭来的。"在这里!"锡德说着和伊丽莎白走向我们,"他和那个作家在一起,只有他们两个。"

霍桑站起来,拉开另一张椅子。夫妻二人显然是来找他的,所以我没有动。

"洛弗尔夫人……"

她用手摸到椅子坐下。"霍桑先生!我正在找你。"自从瞭望阁的派对之后,我就没再见过这位灵媒。而即便是在派对上,我也没和她说过话。我还记得安妮·克莱利有多伤心。说实话,我现在不是很想见到伊丽莎白。她利用安妮死去的儿子演了一出骗人的把戏,她就是靠行骗吃饭的。就算她失明了也无法改变这一点,她和锡德都是。

"正好,我也想和你聊聊。"霍桑开门见山道,"我在派对上看到你了,你坐在花园里。"

"那你肯定发现了我的恶习。"

"我也吸烟,有的时候很有帮助。能让你有个远离人群的借口。我在想,你当时有没有听到有人穿过花园。查尔斯·勒·梅苏里尔应该在十点前去了风月楼,你有听到吗?有没有人和他一起?他们有没有聊天?"

"莉兹离得太远了。"锡德说,"是我把她带到那里的,为了远离其他客人。有的时候她喜欢独处。"

是的,我当时看到她离花园的小径有一段距离。

"恐怕我什么都没听到。"伊丽莎白说。

"那么派对那天晚上,你有没有注意到其他事?"霍桑问,"显然,你看世界的角度与众不同,也许会很有帮助。"

"我能告诉你的不多,霍桑先生。你应该能想象,我不太擅长派对这种场合。那些声音全都混在一起,也没有足够的空间可供活动。我没在那里坐太久。我们是什么时候走的,锡德?"

"我们七点十五分到的,十点之前离开。"

所以凶案发生的时候他们并不在。

"你们是怎么回酒店的?"霍桑问。

"我们打了车。"锡德回答道,"司机是个红头发的小伙子,他肯定记得我们。"

"他一直说个不停。"伊丽莎白补充道。

我笑了起来,他们说的肯定是特里。

霍桑没有其他问题了,于是伊丽莎白开了口:"我们想帮忙,霍桑先生。或者应该说是我想要帮忙。如果你愿意考虑一些……异端手段,也许我能助你一臂之力。"

"异端手段是指什么,洛弗尔夫人?"

"请叫我伊丽莎白吧。"她深吸了一口气,忽然间我知道她要说什么了。"我之前在泽西岛也帮过警察一两次。"她继续道,"当然,不像谋杀这么严重,但他们会给我打电话,我偶尔会出面帮忙。"

"比如寻找失踪的孩子。"锡德提醒道。

"是的,我们找到了他。他在泽西高尔夫球场迷路了,他的父母很感激我们。"

"你是在提议前往镜子的另一面吗?"霍桑问。

他在问她是不是要和死人沟通,还小心地选用了她自己的表达方式。我很震惊。伊丽莎白·洛弗尔明显是个骗子,如果她想帮助查案,一定是为了在事后自我宣传。他不会真的要顺水推舟吧?霍桑并没有把她打发走,相反,他看起来很感兴趣。我努力回忆，我们走出影院时，他说了什么？安妮·克莱利含泪冲了出去，他同意我说伊丽莎白是个骗子，我记得很清楚。

但他也说了，那些鬼魂是货真价实的。

"我不喜欢用降灵这个词。"伊丽莎白说，"这个词在流行文化里被滥用了，而且会让人想到哈里·胡迪尼和诺埃尔·考沃德①。我不在桌子上摆阵，也不搞关灯、牵手那一套，但如果你晚饭后想见面聊一聊，就我们四个，我可以试着联系一个镜面彼端的朋友，也许他会愿意帮忙。"

不要答应她！我在心里默默祈求霍桑。他居然会相信她的说辞，我简直难以置信。他那么聪明！他明明是我见过的最愤世嫉俗的人。

"你太客气了。"他说，"晚上十点会不会有点晚？"

"一点都不晚。"她做了个手势，锡德扶她站了起来，"酒店里有一个私人影院，我让前台帮我们预留。"

"那就十点见。"

我目送他们离开。那两人刚刚踏出餐厅我就转向霍桑："你是认真的吗？"这件事很蠢，但我担心的不只是这个。如果他答应了，我就不得不把这些写进书里，但我实在不知道该如何下笔。"她都是在演戏！她不用幽灵或者鬼魂这样的词，而是管它们叫倒影。她还说降灵让人想起诺埃尔·考沃德，说要邀请我们去镜面的彼端，就像《爱丽丝梦游仙境》！"

"实际上不是《爱丽丝梦游仙境》，是《爱丽丝镜中奇遇》。"

"霍桑……！"

他做了个投降的手势。"我们晚饭再聊这个吧，老兄。这

---

① 诺埃尔·考沃德爵士（1899—1973），英国演员、剧作家、流行音乐作曲家。以风趣幽默、华丽和据《时代》杂志描述的"结合时尚和风度的个人风格感"而闻名。

件案子很棘手,你自己也是这么说的。那么多人都想要查尔斯·勒·梅苏里尔的命,所以我们需要一切能帮上忙的信息。如果你不想来,当然可以不来。但如果你要来的话……"

"嗯?"

霍桑对我露出了一个灿烂的笑容:"可以去厨房帮我带一盒保鲜膜吗?"

第十四章　几项推论

刚一回房,酒店的座机就响了,我快步过去接起来,说:"您好?"

"您好,这里是酒店前台。"我刚从那边过来。"有一个找您的电话,是麦金利先生打来的。"

我对这个名字毫无印象。"你知道他为什么打电话吗?"

"他说想找霍桑先生,但霍桑先生不在,他问能不能让您接电话。"

霍桑应该是出去吸烟了。麦金利?我想起来了。是那个在酒店和瞭望阁之间接送乘客的巴士司机。"好,让我和他聊聊吧。"我说。

电话响起"哔"的一声,过了一会儿,对面开始说话了。麦金利语气轻柔,有些犹豫:"您好,请问是安东尼吗?"

"是的。"

"我是汤姆·麦金利。抱歉,我现在没法去你们那边,但特里说你们只是想问几个问题,所以我就打了电话。"

"谢谢你,汤姆。"我打开了记事本。霍桑肯定会想知道他具体都说了什么,越精确越好。"我们想问,你昨天晚上有没有见到过一位客人。"

"克莱利夫人吗？是的，我见到了。"

他怎么知道我们要问这个？又是怎么认出她的？

麦金利解释道："特里听到你们在出租车上聊天了，说你们想问一个叫安妮·克莱利的客人，我就去谷歌上搜了一下。是个黑发女士，四十多岁，写童书的？"

"是的，就是她。她说她和你说了话。"

"没错，她从瞭望阁出来，问我什么时候发车。她想快点回酒店，好像要办什么重要的事。"

"她有说是什么事吗？"

"好像没说。"

"当时巴士没有坐满，是吗？"

"人挺多的，但是没坐满。其实我也说不好有几个人，因为天太黑了，我没仔细看。那辆车能坐十一个人，当时可能有八九个吧。"

"还有什么其他的细节吗？"

"我没什么印象了。昨天我整晚都在来回接送乘客，接了好多人。如果她没跟我说话，我也不会记得她。"

"谢谢你，汤姆，你提供的信息很有帮助。"

我挂断了电话。

安妮·克莱利有可能是杀害查尔斯·勒·梅苏里尔的凶手吗？她在案发前四十五分钟就离开了，凯瑟琳·哈里斯确认当时是九点二十五分。她有没有可能从前门上了巴士，又从后门下车呢？但是我记得那辆巴士只有一扇门，而且我想不出她的作案动机。她以前从未见过勒·梅苏里尔，和奥尔德尼岛也没什么关联。她刚刚和迪士尼签了一个大项目，肯定不能冒险杀人。再说了，她真的能赶在查尔斯之前潜入风月楼，用重物击晕他，然后把他绑在椅子上吗？她能搬得动他吗？

一旦我开始认真思考就停不下来了。这间屋子太小，没有书桌，所以我垫了几个枕头，坐在床上，拿了一个记事本放在腿上。我想起了霍桑说的那句话：你必须先想明白那张椅子是怎么回事。

好吧。

查尔斯·勒·梅苏里尔不只是被谋杀了。有人把他绑在椅子上，可能是为了威胁或者羞辱他。我之前以为他可能受到了折磨，但警方的尸检报告里没有出现相关内容。为什么有一只手没被捆住？根据霍桑的说法，只要我能想明白这个问题，整个案情就都会豁然开朗。

有人带了一卷胶带上岛，所以这是一场有预谋的凶杀。勒·梅苏里尔甚至收到了预告信，就是那张放在他车窗上的黑桃A。凶手故意留了一只手没绑，但是，为什么？是想强迫他写什么东西吗？或者在什么东西上签名？然后就杀掉他？可能是一张支票，也可能是遗嘱，或者一份声明。我在空白页写下这三个词，圈进一个方框中。

算是个开始。

当然了，还有另一个更显而易见的原因。勒·梅苏里尔右手戴了一块劳力士，他妻子说手表的价值超过两万英镑。有人会为了这块表杀掉他吗？或者，也许有人进屋后发现他已经死了，然后撕下右手的胶带，拿走了手表？好像也有可能——但话说回来，为什么要把撕下来的胶带拿走呢？我们在地上没找到，警方报告里也没说在右手上发现了强力胶的痕迹。

我肯定漏掉了什么。我观察着自己的手，人们都会用手做什么呢？显然，可以用来写作。还能做出手势，指着某个东西。可以修指甲、弹钢琴。有可能是为了看手相吗？不，太傻了。指纹？DNA？有可能是为了把脉，看看他死透了没有吗？不太可能。

我翻到新的一页，努力把所有霍桑找到的线索拼成事件。暂时先不管那枚两欧元硬币，霍桑对它没什么兴趣，也许是不相干的线索。硬币可能一周前就掉在那里了。

那么，脚印呢？脚印也传达了这样一条信息：有人去了海滩。这个人可能就是亨利·奎利佩尔医生，他说是想去看看黑翅鸢。他穿几号鞋？他是否可能从海滩爬上悬崖，打开风月楼的后门？也许有人在派对上帮他开了门，他们一起杀了勒·梅苏里尔，却不小心踩到了血迹。之后，他们从风月楼出来回到主宅，去了梅苏里尔的办公室，又在他的手机上留下了血渍。但他们去办公室做什么？是要找什么东西吗？

我的思路被堵死了，于是我决定列一个表格，把所有可能的嫌疑人都放进去。但是，就像霍桑说的，这座岛上有一半的人都想杀死他，所有反对电缆工程的人都恨不得他快点死掉。调查谋杀案就是这么麻烦。我凭什么假定自己见过凶手（们）？昨晚瞭望阁有百来个客人，还不全是文学节的相关人员。更糟糕的是，我只和其中十几人说过话。凶手可能是我不知道名字的人，比如海峡乐队的鼓手，或者某个出租车司机。这是我写作时面临的最大的风险之一。我可能写了三百多页，却只在最后几个自然段遇到凶手。

不过，霍桑说过，他能想到十二个嫌疑人。我在这一页的正中间写下海伦·勒·梅苏里尔的名字，画了一个圆，把它圈起来。她早上坐在卧室里哭，身边散落着团成球的纸巾。这会是一场精心策划的演出吗？

当然，她是有动机的，而且还是最明显的动机。丈夫死后，她就能获得金钱和自由。她说自己还爱着丈夫,却和一个法国测地员出轨了。也许她终于下了决心要彻底改变现状。九点十分左右,我看见她离开了派对,却没看到她上楼。她声称查尔斯·勒·梅苏里尔遇害时自己已经上床了,但霍桑问她有没有看向窗外时,她显然很警觉,甚至有些紧张。

亨利·奎利佩尔,苏珊·奎利佩尔,乔治和乔治娜·埃尔金,他们拥有共同的动机:电缆工程。他们都在积极策划行动,反对这项工程。他们都认为如果没有勒·梅苏里尔,事情就能得到解决。如果乔治·埃尔金那么讨厌勒·梅苏里尔,又为什么要去派对?他坚称自己没有去过风月楼,但他可以轻易穿过花园,打开后门,把同伙放进来。明手式桥牌是个方便的借口,这样他们就能为彼此提供不在场证明。

科林·马瑟森。我写下这个名字,盯着它看了一会儿。这位律师兼议员也和电缆工程有着千丝万缕的联系。大家都觉得查尔斯·勒·梅苏里尔握着他的把柄,所以他才不得不昧着良心支持电缆工程。勒·梅苏里尔会不会是在威胁他?如果科林终于忍无可忍,会不会动手杀人呢?但如果是这样,为什么要留下一只自由的右手?

据我所知,科林·马瑟森家里是妻子说了算。乔治·埃尔金甚至说,他的一切都是妻子给的。她有可能是嫌疑人吗?夫妻二人中,她更像是那个敢于动手杀人的类型。今天早上,我和霍桑去瞭望阁时,她看起来既不震惊也不难过,而是愤怒。会不会是因为她知道丈夫就是凶手?他们有可能是共犯吗?

如果加上安妮·克莱利的话,就有八个嫌疑人了。距离霍桑说的十二个还差几人。我可以再加几个名字上去,比如其他被邀请前来的嘉宾。我瞬间就想到了人选。

凯瑟琳·哈里斯。

查尔斯·勒·梅苏里尔骚扰了她两次。虽然她装作不在意，但那天晚上我在厨房和她说话时，她显然心情极差。风月楼这个名字就暗示了它的用处，而他的行为——偷偷摸摸地趁黑前往，吸食可卡因——都暗示他要做的事与性有关。那里是他的罪恶巢穴。如果凯瑟琳接受了他的邀请，胶带捆绑会不会是某种性爱游戏呢？似乎也说得通。这样她就能杀掉他，拿走手表。那块表相当于她一年的工资。虽然她看起来弱不禁风，毫不起眼，完全不像冷血的杀手，但我读过的书里，变态杀人狂往往都是这样的人，所以才很难被抓住。

马克·贝拉米。

在我看来，凯瑟琳的雇主蠢到让人觉得他不可能是凶手。但他身上的一切——从衣服到台词——都是设计好的，是他作为明星的"人设"。谁知道真实的他是什么样呢？他和查尔斯是同学，但那并不是一段美好的回忆。经验告诉我，公学总能给人造成无法磨灭的精神伤害。在潜水者酒馆偶遇的那一刻起，闪电就在致力于折磨小猪扒。谁说得准呢？也许勒·梅苏里尔唤醒了马克的童年创伤，从而招来杀身之祸。

虽然伊丽莎白·洛弗尔怎么看都不像是个凶手，但常年阅读和写作推理小说的经验告诉我，凶手往往是那个最出乎意料的人。从这个角度看，她和安妮·克莱利反而最有可能是凶手。虽然两人关系不怎么样，却同时出现在了我的笔记本上。

伊丽莎白失明了，就算有锡德帮忙，她也很难精准地把刀刺入勒·梅苏里尔的喉咙。会不会是锡德困住他，让伊丽莎白刺下致命一击，帮她报仇？我不知道两人间是否有私人恩怨，但这个想法不错，拍成电视剧应该会很精彩。然而，写着写着，我就开始觉得这种推测并不可信。首先她没有动机……除非勒·梅苏里尔得知了这对夫妻的什么秘密。其次，时机也是个问题。案发前不久，我看到她独自坐在花园里抽烟。如果她要去杀人，真的会在那里悠闲地抽烟吗？

德瑞克·阿伯特。我写下了他的名字，然后画了两条下划线以示强调。

我还没有和他说过话，霍桑也遵从了托罗德副队长的建议，没有去找这位老相识。即便如此，德瑞克·阿伯特也肯定脱不开干系。就算不考虑他的前科，他也具备动机。他之前和勒·梅苏里尔过往甚密，负责提供投资建议，但两人大吵了一架。这是安妮·克莱利提供的信息，虽然还未被证实，但我姑且当作真的。他们在钱的问题上起了争执，德瑞克·阿伯特要被开除了。他的嫌疑很大，但我真的希望这次案件和他无关。我一开始就知道他会是个麻烦，如果我从未听说过这个人就好了。

恋童癖的故事很难写，因为你对这些人根本无话可说。他们是恶心的变态，是邪恶的化身。就算他是个伟大的钢琴家、作家，或者慈善家又如何？我如果从正面去刻画一个这样的人物，就是疯了。谁会在乎一个恋童癖的想法？他们如此令人发指，就像一个黑洞，会毁灭身边的一切。此时我坐在酒店床上，一想到他会出现在我的书里就心烦意乱。阿伯特和我热爱的写作背道而驰。我爱写蓝色电话亭，海滩和堡垒，迷你牛排和腰子派，天空中的海鸥，还有红发出租车司机。

阿伯特确实有可能杀害勒·梅苏里尔。虽然跛脚，但阿伯特是个健壮的男人，可以轻易击倒对手，把他绑在椅子上。也许凶器就是那根拐杖。他动机充分，也出现在了派对现场。但如果他真是凶手，最后揭露真相时，读者根本不会在乎。如果你读过阿加莎·克里斯蒂的小说，就会发现几乎每个凶手都有一段令人同情的往事。即便你不赞同他们的手段，也能在某种程度上理解他们。德瑞克·阿伯特却只会让人厌恶。

我把他赶出脑海，开始分析最后一位嫌疑人：马萨·拉马尔。我从未听说过这个名字，除此之外，我实在不知道自己还能说什么。在酒店大堂偶遇时，她拒绝与霍桑谈话。虽然我在机场和街上都见到过那个年轻男性，但她否认自己有位朋友在岛上。我不知道那个穿皮衣的男人叫什么，所以用了一个被圈起来的问号来代表他。我猜不出他和马萨的关系，他们是朋友？恋人？还是同伙？他没去派对，但是马萨去了。她甚至还去了瞭望阁的二楼——虽然是在勒·梅苏里尔被杀害之前。

最后，她的诗歌朗诵实在太糟了。简直不像一个职业的表演诗人。我想起了她朗诵的俳句，那首写给前男友的诗。冲动之下，我拿出手机，打开了谷歌，搜到了她的维基百科页面。

维 基 百 科
自由的百科全书

马萨·拉马尔

马萨·拉马尔（Maïssa Lamar；1981年8月6日— ）是一位法国表演诗人、作者。

目录

1. 生平
2. 职业生涯
   2.1 2012 年至今

3. 著作

4. 奖项

5. 参考资料

6. 外部链接

生平

马萨·拉马尔,一九八一年八月六日生于法国鲁昂。她热爱诺曼文化,是当今表演诗歌界最有力的新生作家之一。她的写作生涯始于塞纳海滨。童年时期,她常与家人前往那里度假。马萨·拉马尔现定居于法国巴黎。

职业生涯

2012年至今

拉马尔的诗歌曾获多个奖项。从十四行诗到日本俳句,她的诗歌写作涉猎广泛。她的作品在多个国家都有出版,二〇一三年,她加入了法国作家与诗歌协会。

她使用科舒瓦语进行写作和表演,这是一种被遗忘的法国方言。拉马尔幼时跟随祖父,学会了这种方言。《世界报》称她为"一盏复苏科舒瓦文化的明灯"。二〇一一年,她荣获里尔城市自由奖。她的诗歌在法国、德国、意大利和西班牙均有出版。

著作

·《顺风车与其他诗歌》(*L'Autostop et autres poèmes*),法国切恩出版社,2009,ISBN 978-2-84116-147-8

·《剃须刀片的学校》(*L'École en lames de rasoir*),法国

切恩出版社，2006，ISBN 978-2-84116-116-4，2008年再版

·《树叶与阴影之书》(*Le Livre de feuilles et d'ombres*)，法国切恩出版社，2004，ISBN 978-2-84116-096-9

奖项

- 路易·纪佑奖，2014年
- 马拉美奖，2012年
- 法国人文学院诗歌奖，2009年

这个页面上的内容我都已经知道了，但里面提到了日本俳句，我忽然想起了她最后朗诵的那首诗。网页上找不到有人引用她的作品，亚马逊上也买不到她出版的那三本诗集，我却偏偏对那首诗有印象，这怎么可能？我努力回忆她念的那首俳句：

> 我看见了光，
> 什么在身后追赶，
> 属于你还是我？

好像不太对，但我还是敲进搜索栏查了一下。没有结果。我翻来覆去地回想第一句话，想不出来。然后我开始想第三句话——是你，还是我？对！就是这个！我把这些字输入搜索栏，很快就找到了全文：

> 我看向光明，
> 却又被黑影追赶。
> 是你，还是我？

没错，就是这首诗，但作者不是马萨·拉马尔。其实，听到俳句这两个字我就该想起来了。我之前见过一个叫阿基拉·安诺的女性主义诗人，虽然我们相识的经历不怎么愉快，但她写了一本《俳句两百首》。其中一首还成了著名离婚律师理查德·普莱斯谋杀案中的关键线索①。翻看那本诗集时，我无意间瞥到了这首诗，所以才会对它有印象。

马萨剽窃了这首诗！

我有些兴奋地站了起来。和霍桑一起查了两次案，我一个谜题都没解开过。我书写他的事迹，自己却一点忙也帮不上。现在这些分析也很可能全都是错的，但这首诗却是实实在在的突破。我在机场的直觉是正确的，拉马尔隐藏了自己的身份。

我现在就想把这个发现告诉霍桑。晚上七点二十五分，我出门去餐厅找霍桑吃晚饭，在走廊上碰到了他。他正好打开房门从屋里出来，我不由得注意到，他的房间比我的大，还能看到海。

"霍桑——"我喊道。

他拉住了我。我没法告诉他马萨的事，也没法和他一起去吃饭了。事实上，就连洛弗尔的降灵会也不得不取消了。因为他刚刚接到了一通托罗德副队长打来的电话。

"坏消息，老兄。"他说，"海伦·勒·梅苏里尔失踪了。"

---

①相关内容请见《关键句是死亡》。

第十五章　喧哗之岛

是清洁工报的警。我们到达瞭望阁时，托罗德副队长正在走廊里等着，他对我们讲述了事情的经过。

"她叫诺拉·卡莱尔。"他说。他没想到自己会被叫回来，满脸不情愿。先是谋杀案，又是失踪案，他本该宁静的周日夜晚被破坏殆尽了。"你们离开后她就来了，怀特洛克把我们搜集到的信息带过去了吗？"

"是的，我们拿到了，多谢。"霍桑说。

"我有点担心怀特洛克，她怎么总是黑着一张脸？"托罗德说。

"诺拉·卡莱尔……"霍桑提醒道。

"哦，对。"副队长压低了声音，清洁工肯定还在附近，"她就那么大摇大摆地走进来，好像什么都没发生一样。我们跟她说明了情况，她连眼睛都不眨一下。雇主被杀了又怎样？她要来打扫卫生！"

"她周日工作吗？"霍桑问。

"一般情况下是不工作的，但她和雇主约好了，说派对之后过来打扫卫生。她丈夫是本地汽修厂的工人，就是他送她过来的。他们有两个孩子。她可太能说了，一直讲个不停。"

"你让她进来了?"

"我们也没办法。她说要先确认勒·梅苏里尔夫人没事才能离开。然后夫人一下楼,她们俩就哭着抱在了一起。在那种情况下,还是不要分开她们比较好。我们当时已经运走了尸体,而且第一犯罪现场在花园对面,不是主宅里,所以让她进来也没什么。她可以帮忙照看夫人,我还问了她能不能弄点午饭。牛排和腰子派是不错,但是太小了,吃不饱。"

"然后呢?"

"具体我也不清楚,因为我后来出去了,去搜集信息,顺便找昨晚在场的人问话。我听说你也在调查,霍桑,交了不少新朋友。你那边有什么进展吗?"

"还没有。"

"要是有了记得告诉我。总之,卡莱尔夫人说她们一起吃了午饭,然后勒·梅苏里尔夫人说要出去散步。她说想呼吸一些新鲜空气,而且想一个人待着,但一个小时后会回来。"

"你就这么让她走了?"霍桑问,语气中暗含着一丝不可置信的情绪。

"我当时不在。"托罗德明显受到了冒犯,"她问了威尔森,他同意了。他是法医小组的组长,工作虽然做得不错,但是人很蠢。他直接让她出去了。"

"你当时在哪儿?"

"我在调查那个风什么楼。"

霍桑对此不予置评,又问:"她开车去的吗?"

"没有,走着去的。卡莱尔夫人上楼铺床,换床单,一边打扫一边等她回来。但她没回来。她下午两点出了门,之后就再也没人见到过她。"

"你们给她打电话了吗?"

"她的手机在楼上。"

霍桑想了想,说:"卡莱尔夫人呢?"

"在这边。但我提醒你,你会发现自己根本插不上话。"

诺拉·卡莱尔在阳光房里,坐在一张藤椅上。可移动墙壁已经归位,房间变小了很多,被一盆盆的植物围绕起来。这就是昨晚乐队演出的地方。

她身材小巧,衣着整洁,神情严肃,年龄在五十岁左右。托罗德为我们做了介绍,然后我们在她对面的沙发上坐了下来。

"发生了这么可怕的事,你肯定很难过吧。"霍桑开口道。

"当然,当然了。我为勒梅夫人[①]工作十二年了。上午来看见那么多警察,屋子被翻了个底朝天,唉!我简直不敢相信。然后我听说了勒梅先生的事。说实话,我还是无法想象有人会想伤害勒梅先生,他为这座岛做了那么多……虽然他不常住在这儿。他是个很成功的商人,总在世界各地飞来飞去。我刚到的时候,勒梅夫人真的伤心极了。无论别人怎么说,他们都是天造地设的一对儿。他每次回家都会给她带礼物,他们彼此相爱,真的,相信我。"

"和我说说勒·梅苏里尔夫人今天都做了什么吧。"

"可怜的夫人,她见到我很高兴。发生这么大的事,总得有个人在身边照顾她吧?但是没有,她周围全是陌生人,在屋里横冲直撞。我工作的时候她在卧室里休息,然后我做了点午餐,吃完后她说想出去走走。大概下午两点。我想陪她一起去,但她说自己一个人也没问题,让我放心。"

[①] 勒梅是勒·梅苏里尔的简称。

"她没说要去哪里吗?"

"她说不会走远,一个小时就回来。下午四点左右,我见她还没回来,就开始担心。我是说,她刚目睹了丈夫那样的惨状,心里肯定很乱。都怪我,不该让她一个人去的,她明明那么伤心。等到四点十五的时候,我觉得大事不妙,于是打电话给马瑟森先生和奎利佩尔医生。这两位先生和她关系比较好,但他们都没见到她。我又打给了其他几个夫人的朋友……她在床头放了一个电话簿,里面记着朋友的号码和地址。没人见过她,于是我找到警察,说你们必须做点什么。但他们哪可能听我的?他们都急着收拾东西,想回家休息。就这样,又浪费了一个小时,我终于受不了了,就说:'显然,这座岛上有个危险的凶手。'当然,他们早就该知道这一点了。我说:'如果夫人出了事,就都是你们的责任。'这时他们才给副队长打电话——虽然他也派不上什么用场。"她瞪着托罗德,"你说,她在哪儿?她总不可能凭空消失吧。"

"你很了解勒·梅苏里尔夫人吗?"霍桑问。

"我说过,我在她手下干了十二年。虽然我一般不会这么说,但我和她已经不仅仅是清洁工与雇主的关系了,我觉得她就像我的朋友。她总是很照顾我的家人,而且为人慷慨。每年圣诞节都会发额外的津贴,还会送礼物给我的女儿们。"她吸了吸鼻子,"人们总说她的坏话,这也是没办法的事。谁叫她那么漂亮,又那么富有,坐拥一切呢?但她是我见过最善良的人了。看看那所学校!我的两个女儿都在圣安妮小学上学,夫人总是帮学校添置图书,还会为运动会提供奖品。有一次,她带了二十个学生去伦敦,参观自然历史博物馆,全是自掏腰包!大巴车、渡轮……都是她付的钱。她就是这样的人,如果有人想伤害她……唉,我真是想都不敢想。"

我看向窗外,天还没黑,但太阳已经西垂。我忽然意识到,现在开始组织搜查队已经太晚了。草坪上覆盖着浅紫色的影子,远处是风月楼的轮廓。不知为何,我想起了莎士比亚的戏剧《暴风雨》。上学的时候,我本想演爱丽儿,却拿了卡利班的剧本。我想起了里面的台词:

不必害怕,这岛上众声喧哗。
有各种声音和动听的乐调,使人愉快,却并不伤人。

但这座岛上充满了邪恶的声音。也许纳粹建造集中营的时候,将邪恶的种子播撒在了这片土地上。我能感觉到,那种森冷的恶意渗透了整座岛屿。查尔斯·勒·梅苏里尔的惨死,他妻子的失踪,围绕着电缆工程的纠纷,德瑞克·阿伯特犯下的罪行……全都是恶念的一环。

"你说,人们总说她的坏话。"霍桑顿了顿,又说,"是谁?都说了什么?"

"这个……"卡莱尔夫人犹豫了片刻,"他们认识的时候,勒梅夫人是一名演员。她以前会出现在赌场的线上宣传广告上。两人结婚后,就有人说她是为了钱,说她能按自己的心意转动轮盘之类的。但这都是谣言,我告诉过你们了。虽然他们的婚姻和传统的婚姻不同,但两人都很幸福,是能维持下去的。"

"她有带人来过这里吗?"

诺拉·卡莱尔嫌恶地看着霍桑。"我怎么知道?"

"因为你帮她铺床?我以为会很明显。"

"你简直居心叵测!我简直无法想象是谁给你的权利做出这

种荒唐的指控!"清洁工看向托罗德副队长,仿佛在期待他制止霍桑。"她绝对不会这样做的,她不是那种人。"

"你有没有见过一个叫让-弗朗索瓦·贝尔托德的人?"

"我从来没听过这个名字。"

"她两点出门的时候,有没有提过自己是要去见谁?"

"没有,她只说想出去走走。"

海伦没有开走她的那辆路虎,车子还停在屋外。我们来的时候看到了。所以无论她去了哪里,应该都没走远。

"你还有什么想问的吗?"卡莱尔夫人问。她听起来有些累了,刚才的对话耗尽了她的精力。

"没有了,谢谢您的配合。"霍桑微笑道。

"那我回去了,留在这里也没什么意义。"

她从椅子上起身,离开了房间。

"事情肯定没有你们想的那么复杂。"托罗德懒洋洋地从沙发上站起来,"屋子里这么多警察,她肯定是觉得不自在。还有那个长舌妇……谁都会受不了的!要我猜,她就是去酒吧了。"

"你给酒吧打过电话了吗?"

"还没有。"

"你有确认过她还在岛上吗?"

托罗德皱了皱眉。"我还没想到这个,我们可以打电话问问当地的航空公司。"

"她有私人飞机。"

"哦。好吧,我会去查的。还有别的吗?"

"我想上楼看看。"

"她不在家。"

"对,但是她的手机在。"

我们回到了早上来过的卧室，房间被收拾得整洁如新。卡莱尔铺了床，拍松了枕头，把丝绸软垫摆放整齐，还在中间放了一只白色的泰迪熊，泰迪熊手里捧着一束薰衣草干花。这间屋子华丽又精致，就像它的主人。如今主人不在了，它变得空旷又陌生。

梳妆台上有一部粉色的苹果手机。托罗德拿起手机说："我觉得这应该就是她的手机。但你们没有密码，怎么解锁？"

"我在伦敦有个人能帮忙。"霍桑嘟囔道。他一边说着，一边随手翻开卡莱尔夫人提到的那个电话簿。电话簿摆在床头柜上，印花布封面，三边都刷了金边，看起来价格不菲。霍桑翻到最后笑了出来。"果然，"他说，"信用卡，电脑，手机，全都有。看来勒梅夫人是那种会把所有密码都记在同一个地方的人。"

"太傻了。"托罗德说，"这样岂不是谁都能找到。"

"我刚刚就找到了。"霍桑从副队长手里拿过手机，输入密码解锁。他快速滚动屏幕，浏览最新的短信消息，然后抬起头来，面色凝重。"你们得看看这个。"他说。

我和托罗德凑近了一些，霍桑把屏幕拿到我们面前，给我们看了一串海伦·勒·梅苏里尔与未知号码的对话。内容如下：

> 昨晚怎么回事？
> 我看到你和查尔斯一起去风月楼了。
> 什么鬼？

> 我不知道你在说什么。
> 我看到你了！！！
> 你告诉别人了？

>我谁都没告诉
>你干吗问这个？

我们有麻烦了，必须当面聊聊
我能过来吗？

>不知道。

这地方全他＊的是警察，简直疯了。
那你能来找我吗？

>行，什么时候？

下午两点半

>好。马上来，CUL8R

"这是什么意思？ CUL8R？"托罗德问。

"待会儿见（See you later.）。"霍桑说。

"好吧，我们应该能找出和她聊天的这个人是谁。"

霍桑摇了摇头，说："不一定。顶部没有显示电话号码或名字，说明发信人可能用了一次性手机。还有很多网站能提供匿名服务——BollywoodMotion.com，SeaSms.com，诸如此类。全看他到底有多谨慎了。"

霍桑很了解电脑。他说伦敦有人能帮忙，其实我还见过那个人。他是霍桑的邻居，一个患有肌肉萎缩症的年轻男孩。他的房间里摆满了工业级电脑和各种高端设备，如果霍桑需要，他就会帮忙黑进警方系统，获取信息。他甚至黑进过我的手机，纯粹因为觉得好玩。

"你怎么知道她的聊天对象是个男人？"

"她发短信的语气。"霍桑还拿着手机，"如果是女性朋友，她应该会更亲切一点；而且，与她的语言不同，对方没有用缩写。"

"勒·梅苏里尔夫人知道凶手是谁。"托罗德说,"她在袒护他。"

"她昨晚从窗户看到了什么。"霍桑承认道,他在跟自己赌气。"今天早上问话时,我发现了她在说谎,眼睛都不眨一下。'我没往窗外看,就算我看了,那么黑的天我也不可能看到花园尽头……'但是接下来,她就说屋子里亮着灯,如果有人过去了就会被灯照亮。这两句话都是谎言。"

"你居然没有早点告诉我这件事。"托罗德嘟囔道。

"你的手下居然让她一个人走了。"霍桑回道。

他还在翻手机上的信息。细想之下,这其实很有趣。现代人随身带着一个设备,里面记录着与我们生活相关的全部信息。我们去了哪儿,平时都在想什么……要给出生在二十一世纪的人写传记一定轻而易举,研究者甚至不用花时间做调查,手机全都记得清清楚楚,事无巨细。

海伦·勒·梅苏里尔给诺拉·卡莱尔发了购物清单和清洁指南,但用词简短,看不出两人之间有超越雇佣关系的友谊。她和丈夫的聊天也很简洁,有点公事公办的感觉,几乎没有超过十个字的消息。但是,另一方面,她给一个在巴黎的"JF"发了许多热情洋溢的信息。我不得不庆幸里面没有图片。除了JF,还有马丁、鲍勃、奥托、谢尔盖……一连串的男性情人。霍桑快速翻过这些信息,然后找到了他想要的东西。这是六个月前的短信,收件人没有用文字回复,而是打了电话,就像是不想留下文字证据一样。

嗨科林。不要后悔,你是个温暖,

有趣，善良的人。回头聊哦，爱你。

别拉黑我，C。该发生的都发生了。
我不后悔，我们聊聊吧。

科林，回电话！！！

OMG科林，不可能的，懂？
晚上打给你，别发短信了。
你确定？他手里有什么？

科，我们必须见面！肯定能想出办法的，
时间／地点？发给我，我很担心。

"这个科林是谁？"托罗德问。

"谁都有可能。"霍桑说。

是科林·马瑟森，还能有谁？早上在这间卧室，霍桑问了勒·梅苏里尔夫人电缆工程的事，这位律师赶忙站出来维护她。我当时想，这两人的关系肯定比表面上更亲密，而且科林是卡莱尔夫人第一个打电话去问的人。但我从未想过他们竟然这么亲密。我站在霍桑旁边，小心翼翼地注意着不要乱说话。但我真的很惊讶，霍桑居然不告诉托罗德科林是谁。我理解他想要赶在警察之前破案，只有这样才能拿到钱。但这么重要的信息却知情不报，难道不是在妨碍调查吗？

"好吧，我们可以给这个科林打电话问问。"托罗德说，"上面有他的号码。不过，我很怀疑这段对话和案件有没有关系。都这么久以前的消息了。而且，万一勒·梅苏里尔夫人突然又回来了呢？"

"如果她回来了，请务必告知我。"霍桑冷冷地说。

托罗德拿走了手机。"我会把手机上的信息备份给你的。"他说，"回头让怀特洛克给你们带过去——如果她没有罢工的话。"

"谢谢。"

"我们现在有了一些进展，希望你能快点得出结论。"他把手机放进口袋里，"你们酒店的餐厅怎么样？"

"很不错。"我说。

"嗨，我们那边的餐厅简直糟透了。我出来前吃了个牧羊人派，干巴巴的，没有肉，什么都没有。"

霍桑点点头，离开了。他沉浸在自己的思绪中，一语不发。在外面等我们的特里也察觉到了他的情绪，没有试图和他搭话。我们沉默地回到了酒店，他不想吃饭，所以我回屋点了客房服务送餐上门。吃完后我就睡觉了，睡得很不安稳。

我的房间看不到海，但是能听到远处海浪的声音。涛声提醒着我，我此时正在一座小岛上。岛上还有一个凶手，我们都被困在了这里。

第十六章　搜查队

第二天，警方派出搜查队，寻找海伦·勒·梅苏里尔。

奥尔德尼岛很小，总共也不过三平方英里，但世界上没有比这里更适合藏匿尸体的地方了。这里有海滩、峡湾、礁石、池塘、山洞和隧道，十几座堡垒，其中很多都被废弃了。如果海伦被杀害了，凶手可以把她埋在内陆，也可以给她绑上重物沉入海底。岛上有许多荒废的农场和小屋，可以用来困住人质。还有破旧的谷仓、棚屋和仓库。我们得知海伦没有离岛——至少不是通过私人飞机或其他航班，但这可能是个坏消息。从短信就能看出来，她昨晚看到了凶手，并且和他单独约见。若真如此，她就犯了一个致命错误。

托罗德副队长和根西岛刑警队没有浪费时间，迅速组织了一支搜查队伍。破晓时分，他们从各岛借来二十余人，还在当地雇了志愿者，人数相当可观。上午十一点，搜查队已经四散在岛屿北部，覆盖了从阿尔伯特堡垒到福克斯滕伯里海湾的一整片区域，他们要从沿岸逐步向内陆搜查。考虑到瞭望阁的位置，海伦又是步行出门，这个搜查方案其实相当科学。短信上约定的时间是两点半，她是下午两点出门。三十分钟步行的距离，应该不会太远。

我们离开酒店，乘车前往马瑟森家，路上看到了搜查队。马瑟森家在奥尔德尼岛的另一边，朗基斯海湾附近。但为了查看搜查进度，我们绕了远路。天阴沉沉的，映得岸边的人影悲惨凄凉。一些人穿着警服，另一些穿着便服，背对着大海和天空，手执长棍在草丛里拨弄。几只牵绳的狗使劲拉着主人往反方向去，看得人直摇头。有人喊了一句什么，但话语被风吹散，无人听见。

"他们肯定什么都找不到。"特里说道，霍桑并没有反驳。

车转弯，穿过一片农场，驶向另一片海滩。在奥尔德尼岛上，无论你往哪儿走，都会回到海边。

"你居然没和托罗德说科林·马瑟森的事。"我小声对霍桑说。特里肯定在前面偷听，我之前刚把汤姆·麦金利打电话的事告诉了霍桑。

但霍桑好像并不介意被听到。"你还没看出来吗，老兄？托罗德根本想不明白是怎么回事，就算他得到了线索，也不知道该怎么办。你听到他说了！他自己不可能破案的。比起破案，在牧羊人派里找到几块肉还更容易些，而且这对他来说比破案重要多了。"

特里笑出了声。果然，他确实在听我们说话。

朱迪斯和科林·马瑟森家里还有三个孩子，他们住在一栋谷仓改装的房子里。房子建在一块高地上，修剪整齐的草坪从前门向下铺到路边。理论上，周围的花园是这栋建筑的亮点，但当车驶近，我们看到草坪都被翻开了。有人在上面挖出了六个字母，每个字母大概两米长，传达了一条熟悉的信息：

BAN NAB

这条信息也许是趁着天黑时匆忙留下的。第一个 N 的边缘歪歪扭扭，最后一个 B 又太大了。几个字母在这片被人精心照料的花园里，显得格外突兀而丑陋。我和霍桑都看到了，但是都保持了沉默，好像谈论这件事本身就是一种冒犯。

科林·马瑟森看到我们过来，赶在我们按下门铃之前打开了门。他看起来非常憔悴。第一次见他的时候，我觉得他像一名年轻的医生，现在却像个殡葬员。"我还在想今天会不会见到你。"他对霍桑（而不是我）说道，"海伦的事是真的吗？"

"是的，她失踪了。"

"他们还没找到她吗？"

"正在找。"

"请进吧。"但是霍桑站在原地，看着花园。他甚至不需要开口，科林就自告奋勇道："很过分，对吧？周六早上，有人趁朱迪斯和露西出门时干的。露西是我们最小的女儿，她周末有马术课，另外两个孩子都上寄宿学校，所以干这事的人应该知道我们家没人。朱迪斯回来就看到了这个，她给我打电话时，我正好和你们在一起。"

所以这就是朱迪斯·马瑟森没来听座谈会的原因。因为家里出了点事。她当时是这么说的，科林也故意说得比较含糊。

"我知道他们想干什么。"他说，"把我的花园挖开，就像电缆工程会挖开公地一样。但挖我家的花园就像是在报私仇，让人毛骨悚然。我真希望从来没说过那条电缆，我本以为它能帮奥尔德尼岛发展经济，但它却只能使民众分裂、互相攻击。这座岛再也回不到从前了。"

他转身回屋，我们跟着他穿过了一条宽阔的走廊。走廊一直通向后面的花园,螺旋状的楼梯连向二楼。这座房子优雅而古典,墙上挂着描绘风景和骏马的画作。屋内摆放着十九世纪的家具(不是仿造品),干净整洁,秩序井然。

"是谁?"一个声音喊道。

"是霍桑先生,亲爱的。"

"哦。"门开了,朱迪斯·马瑟森走出了厨房。她系着围裙,正在擦一只盘子。她盯着我们,指责道:"你们没提前通知要来。"

"我们正在调查一桩谋杀案,现在还有一位女士失踪了,所以请原谅我不请自来。"霍桑说。

朱迪斯沉默了片刻,手里不自觉地擦着盘子。"带他们去客厅,科林。"她说。

光看一栋房子有没有客厅、起居室或者休息室,就能对住在那里的人有个大致印象。几分钟后,我们来到了客厅,坐在不太舒适的高背沙发上,面对着茶几。墙上挂着金框镜子,还有更多马匹的画作。角落里有一架褪色的三角钢琴,上面散落着几本钢琴二级的谱子,显然是有小孩在学琴。面向花园的窗帘被拉起来了,但我能看到侧边有一个温室,还有一小片菜地。

我们先是和科林漫无目的地聊了一会儿。他的任务就是陪我们聊天,并且不透露任何重要信息。没过多久,朱迪斯端着咖啡和饼干走了过来。她知道我们不是来喝茶闲聊的,可能是想借此让自己平静下来,找回日常的感觉。

"你们看到花园了。"她坐下前说道,"太过分了,真的,太恶毒了!"

"我们其实是来了解谋杀案的,马瑟森夫人。"霍桑提醒道。

"当然,我知道你们为什么来。你可能没注意到,这座岛上的一切都是互相关联的。草坪是我祖父亲手种下的,为了让它保持完美,我们四代人在上面花费了无数的心血。它不光能为我们带来快乐,还能让路人心情愉快。"

"乔治·埃尔金的祖父埋在朗基斯公地,那里也会被挖穿。"霍桑无辜道,"这就是你所说的'互相关联'吗?"

朱迪斯沉默了。科林插嘴道:"你这样说不太公平。朗基斯公地的施工结束后,草坪都会复原。对方也是这么坚持的。到时候可能会有几个月的混乱,但最后,肯定谁都看不出来那里施过工。"

"混乱?还是破坏公墓?"

"你是要站在反对者那边了吗,霍桑先生?"这是科林·马瑟森最接近发怒的时刻,"这样的话,我就要请你离开了。"

"我没有选边站。"霍桑说,"你妻子说岛上的事互相联系,暗示查尔斯·勒·梅苏里尔的死和你们家发生的事有关。不过,据我所知,勒·梅苏里尔死后,电缆工程很可能也无法推进了。"

霍桑严厉的口吻让科林哆嗦了一下。"查尔斯·勒·梅苏里尔和委员会的决定无关。"他说,"他公开支持这项工程,但岛上也有很多其他支持者。委员会是在充分衡量过利弊后做出的决定:技术和经济层面的收益,还有对环境的不利影响。"

霍桑转向朱迪斯,问:"你支持这项工程吗?"

她没料到霍桑会这么问。"没人问过我的意见。"她支吾道。

"但是……?"

"显然,我支持我丈夫。"

"你和查尔斯·勒·梅苏里尔的关系怎么样?"

她看向科林,仿佛在期待他阻止霍桑提问,但他爱莫能助。"查尔斯·勒·梅苏里尔是岛上最有名的人,"她说,"所有人都认识他。"

"我问的不是这个。"

"我私下和他见过几次,他邀请我们去他家吃过两次饭。虽然算不上朋友,但因为办文学节,我们相处的机会也变多了——我是说,他开始投资之后。"

"办文学节是你的主意。"

"是的。"

"你怎么说服他资助你的?"

"我和他说,这是一次商机。"朱迪斯说,"举办文学节能塑造转盘公司的正面形象。而且他喜欢和名人见面。可惜的是,这个目标最终没能达成。我们邀请了很多知名作家——菲利普·普尔曼[1],薇尔·麦克德米[2],杰奎琳·威尔森[3],亚历山大·麦考·史密斯[4],但他们都拒绝了。"

"你觉得查尔斯·勒·梅苏里尔是个什么样的人?"霍桑问。我很感谢他在听到刚才那句话之后没有看我。

"我说不好。"

"他的妻子呢?"

朱迪斯·马瑟森僵在椅子上。"我根本不认识她。"

"但奥尔德尼岛上的一切都是互相关联的。"

"我见过她几次,我们没什么共同点,聊不来。"

科林·马瑟森身体前倾,说:"霍桑先生,如果你没有其他

---

[1] 菲利普·普尔曼(Philip Pullman),英国当代作家,代表作为"黑暗物质三部曲"。
[2] 薇尔·麦克德米(Val McDermid),英国侦探小说作家,代表作有《刑场》,"林塞·戈登系列"等。
[3] 杰奎琳·威尔森(Jacqueline Wilson),英国著名童书作家,代表作有《垃圾箱里的婴儿》,"崔西·比克系列"等。
[4] 亚历山大·麦考·史密斯(Alexander McCall Smith),英国作家,代表作为"第一女子侦探社"系列。

问题的话……"

"我确实没有问题要问马瑟森夫人了,"霍桑说,"但如果你不介意的话,我想单独和你聊聊。"

朱迪斯坚决反对:"你有什么想对他说的,就当着我的面说。"

"我倒是无所谓。"霍桑并未反对,而是对科林微笑道,"那我就说了?"

但科林·马瑟森并不傻。他毕竟是一名律师,也察觉到了现场的氛围。他对妻子说:"嗯,因为和议会的事有关,所以你最好还是回避一下吧,亲爱的。如果传出去,说我们涉嫌滥用职权就不好了。"

他当然是在说谎。他知道霍桑想说什么,而且内容和政治无关。朱迪斯显然也不相信,她猜到了丈夫在说谎,但是并没有戳破。她站起身,愤怒地看着我们,说:"好吧,我在厨房等你们。"然后走出了客厅。

"你们要知道,"朱迪斯关上门后,科林说,"朱迪斯很爱这座岛,她甚至不愿意离开……度假也不行。她觉得这座岛就是完美的,没必要去其他地方。但也正是因此,她的思维有些狭隘。电缆工程的争论让她很烦心,至于勒·梅苏里尔的案子……呃,不用我说你们可能也知道了,奥尔德尼岛上从未发生过谋杀案……"

"确实。"霍桑同意道。

"我和她结婚二十年了,非常爱她,也不希望做任何会伤害她的事。"他深吸了一口气,等待着不可避免的命运,"所以,你想问什么?"

"你应该已经知道了,马瑟森先生。海伦·勒·梅苏里尔失踪了，但我们从她手机里翻出了一些短信，短信内容显示，该怎么说呢？你们两位……"

"曾是情人关系。但是只持续了很短的时间，很愚蠢，很疯狂。"科林·马瑟森被彻底击垮了。他把脸埋在手里，浑身都在颤抖。"是她主动招惹我的，我恨不得从来没见过她！"

霍桑不依不饶："你为什么要用过去时来描述她，马瑟森先生？你知道她已经死了吗？"

马瑟森抬起头来："我用过去时，是因为我们两个已经结束了！这甚至称不上是一段婚外情，我们只是上了两次床，除此之外什么都没有。我当时恨透了自己，我爱朱迪斯，我永远无法原谅自己的愚蠢。"

"你们在哪里做爱？"

"那个花园尽头的屋子，风月楼。"

"是她提议的？"

"听着……我不想给自己找借口。这是我做过的事，我为此悔恨不已。但是，是的，她才是主导者。是她先对我发起了攻势。"

"你为什么会去她家？"

"是议会的事。我们在为学校筹款，我是负责人之一。她请我去瞭望阁谈募捐，然后……"他的声音十分沙哑，于是他拿起已经微温的咖啡喝了一口。"我不想谈这个。如果朱迪斯发现，我就完蛋了。我爱她，也爱孩子们，爱这个家。我会失去一切的！"

我从未见过有人这么绝望。科林·马瑟森哭了起来，他整个人都处于崩溃的边缘。

"你真的相信这个电缆工程能为奥尔德尼岛带来收益吗？"

霍桑问,"我昨天和奎利佩尔医生聊天时,他说你是被迫支持的。他是你婚礼上的伴郎,但你好像并不在乎他的看法。你失去了许多朋友。当你被选为委员会代表时,他们都以为你会站在他们那边。到底发生了什么?"

科林努力控制住自己,但当他开口时,声音还是艰涩无比。"如果我告诉你真相,你就不会告诉朱迪斯刚才那些事吗?"

"如果你不说,她就会知道。"

"好吧。"他拿出一张手帕擦了擦眼睛。几分钟后,他平静了下来,开口道:"大概六个月之前,海伦带我去了风月楼,但她没诉我那里有个……监控摄像头。"

我看了一眼霍桑,我不记得在那里看到过摄像头,但霍桑没有打断科林。

"我们做的事都被录下来了,几个月后我接到了一通电话……"

我不知道他接下来会说什么,但他说出来的话吓了我一跳。

"是德瑞克·阿伯特。"他愤恨地说。

"他在勒索你?"霍桑问。

科林点点头。"我不知道他是怎么拿到录像的,他也没说过。但他的要求很明确,要我支持电缆工程。"

"他能得到什么好处吗?"

"他持有诺德电力公司的股份。如果这个项目顺利,公司的市值就会大幅提升。他想赚钱!就这么简单。而且他根本不在乎这是否会毁掉我的人生。那个混蛋,他根本就不该来这座岛。他就是邪恶的化身。"

"你给他钱了吗?"

"不,他很聪明。他只想推进电缆工程,至少他是这么和我说的。我的任务就是说服委员会,让决策向着对他有利的方向推进。如果投票通过了，他就会毁掉证据。"

"你原本是反对电缆工程的。"

"一开始我并不确定。光看表面，好像确实有很多好处；但我越是调查，就越能发现更多的弊端。我也有朋友。亨利和苏珊是我认识多年的好友了，你觉得我愿意看到他们那么漂亮的房子被毁掉吗？"

"但你确实愿意。"霍桑说，"你照阿伯特的指示行动了。你支持了电缆工程，签了合同。你为了保护自己，出卖了朋友。"

科林没有回答。我们来的时候他只是憔悴，现在他已经完全崩溃了。

霍桑站起身来，说："那么，我们先走了。"

离开后，我们没有立刻返回车里。霍桑不想让特里听到我们的谈话，而且他想顺便抽根烟。我们站在房前的车道上，他手里拿着烟。

"我没看见有监控摄像头。"我说。

霍桑很惊讶。"干得好，托尼。我还在想你会不会注意到，因为确实没有。"

"所以，到底是……？"

"德瑞克·阿伯特是如何从一个并不存在的摄像机中得到证据的呢？有两种可能。第一是他通过某种方式，发现了那两人的事，提前布置好了现场；第二是六个月前，那里确实有摄像头，但是出于某种原因，海伦·勒·梅苏里尔或她丈夫决定把它移走。"

"你要怎么确认呢？"

"至少德瑞克·阿伯特应该什么都不会说，因为说了他就可能被送回监狱。所以我们只能指望海伦·勒·梅苏里尔了。"

"如果他们能找到她的话。"
"如果她还活着的话。"

当天下午，搜查队确实找到了她，但是她已经死了。

瞭望阁南边有一条铁路，一般只有在夏天才会开通，是一条给游客乘坐的观光线。从瞭望阁出发，沿着铁路向东走二十分钟，就能到达曼茨采石场。铁路在这里分成了三条，其中一条通向安置柴油机和废弃车厢的厂棚。列车会在每个星期六运行两次，能直接从采石场开到布莱耶大街。我在回酒店的路上见到过宣传海报。

曼茨采石场背靠蓝色的大海，周围开满了嫩黄色的荆豆花，却有一种阴沉孤寂的气息。也许是因为欧典塔。那是一座纳粹搭建的海军塔楼，从地面上高高耸起，灰色的水泥墙壁上有三道漆黑的裂纹。这是我见过最邪恶的建筑，看着就让人心神不宁。自诞生的那天起，它目睹了无数残暴行径，到二十一世纪依然如此。不知为何，这并不让我感到意外。

欧典塔下有一个应该是人为制造的洞穴，用来运送食物和军械。洞口没有标识，只是草地在入口处变得稀薄了些，很容易错过。我之前错怪了搜查队的工作犬，显然，他们搜到这里时，其中一只忽然开始狂吠，主人松开绳子后它就冲进了洞里。

托罗德打电话通知了我们。我们到达时，他正在洞口等待。"在这里面！"他看起来很疲惫，脸色铁青，除了那句招呼之外他什么都没说。

我们向洞口处走去，路过了一节废弃车厢，金属骨架上生了锈，淹没在杂草丛中。被废弃的古老机械往往有其独特的美感，但这次不同。可能因为我心情不佳，但这块破损扭曲的金属让我不寒而栗。这是一节名副其实的幽灵列车。走进洞口，远离阳光的瞬间，我只觉得内心充满了恐惧和厌恶。

洞顶足够高，我们不需要弯腰前进。入口处的地面上堆满了垃圾：破损的轮胎、木箱、铁丝线团。这个洞穴一直延伸到了悬崖深处，漆黑一片的环境需要照明。还好警察已经在岩壁上挂好了电灯串。

海伦·勒·梅苏里尔躺在通道中间的位置。我们到达时，旁边拍照的警官按下了闪光灯。那个瞬间，我感觉自己眼前的景象变成了一幅照片，被刺眼的灯光笼罩。

她被一块石头反复击打，染血的石块就落在旁边。我还记得在派对上见到她的时候，她有一头草莓金色的秀发，穿着设计师款式的裙子，脖子上戴着钻石项链。我想起了她坐在卧室里的模样，还有捧着薰衣草干花的白色泰迪熊。这具死状凄惨、被随意丢弃的尸体一点也不像她。她的头面部都遭到了严重破坏，几乎无法辨认。不仅如此，她的性感、阴沉、厌烦、愤怒、固执和焦躁，都被凶手无情地夺取，只留下一具空荡荡的躯壳。

警察围住了她，其中一个是摄影师，另外两个正在勘查岩壁和地面，却都不能（也许是不愿）靠近她。山洞里的空气潮湿阴冷，死在这种地方真的太糟糕了。

"她和凶手是在这里见面的吗？"我的声音听起来不像自己，岩石和土壤逼得人喘不过气来。

"应该不是。"霍桑说，"发短信的人让她去家里找他。"

"那她为什么会来这里？"

"她可能是在洞外遇袭，然后被搬了进来。"他看向地面，"应该不是被拖进来的。"

"如果她和你说了派对那晚看到的事,可能就不会死了。"

霍桑点点头:"可能吧。"

我们和抬着担架来搬运尸体的法医擦肩而过,回到了外面。阳光洒在皮肤上的触感让我感动不已。

"她在去见凶手的路上,"我说,"所以那个人肯定住在附近。"我看了看周围,"会不会是那座灯塔?"

灯塔就在不远处,造型简洁现代,漆成黑白两色。这座灯塔我已经看到过两次了。一次是在飞机上,另一次是在沿岛骑行的时候。

"不是灯塔。"霍桑说,"是那里……"

我顺着他的目光看去,田野中有一座小农舍。这时,托罗德走了过来。

"那里有人住吗?"霍桑问道。

"是的,"他说,"有人住,你猜猜是谁。"

"我猜不出来。"霍桑冷冷地说。

"是你的老朋友,德瑞克·阿伯特。他就住在那儿,是时候让你们俩聊聊了。"

第十七章　光照不到的地方

我们远离身后的铁路，向灯塔走去。灯塔后方，大海波涛汹涌。旁边是一座小屋，名叫奎斯纳德。天色渐晚，在绯红的霞光映衬下，小屋烧成了一道孤单的黑影。微风拂过，长长的树枝张牙舞爪，疯长的野草舔舐我的脚踝。

我能看出来，霍桑有些心烦意乱。他双眼凝视前方，沉默不语，机械地抽着烟。他曾说过，来奥尔德尼岛是为了看看德瑞克·阿伯特过得怎么样，但我现在明白了，他肯定还有别的理由。他就像是一个准备直面恶魔的人。但是，这个恶魔真的只是他在警察局推下楼梯的那个人吗？还是说，早在那之前，他就被恶魔深深地伤害过？也许我马上就能知道了。

"你还好吗？"我问。

我们穿过主路，走上一条通往小屋的岔路。

"为什么不好？"他反问道。

"你太安静了。"

"我在思考。"我们继续向前走。"我觉得，这次你还是不要跟来比较好。"

"你在说什么？"我停住了，"我当然要去。"

"我可以复述给你听。"

"不，你不能！"有那么一瞬间，我真的生气了，"你从来不认可我。"我说："你觉得我什么事都做不好。但你可能忘记了，最初是你来找我的。说实话，有时我希望你从来没找过我。现在我们上了同一条船，虽然和你待在一起是种煎熬，但你要去哪儿，我就会跟着去。我要把发生的一切都写下来，如果你找到了杀害查尔斯和海伦·勒·梅苏里尔的凶手，我也会如实记录。但这是我的书！这个故事不是由你来讲述的，而是我，这是我的工作！"

这可能是我第一次一口气对他说了这么多话。霍桑兴致盎然地看着我："书名你想好了吗？"

"你是说这本书吗？还没有，反正不是《霍桑探案》。"

"嗯，但是你要小心这个人。"霍桑示意了一下前面的小屋，"不要相信他说的话，不要让他影响到你。"

我们继续向前。

走近一看，奎斯纳德小屋是一座乔治王朝风格的农舍，有三间，可能是四间卧室，还有一座大花园。可惜，主人任由花园荒废，杂草丛生。屋顶上缺了几片瓦，青苔爬进了缝隙中。窗玻璃上有一层厚厚的灰尘，几块更小的玻璃还出现了裂痕。也许工匠、园丁和粉刷匠都拒绝来这个地方。走到前门附近，屋内传来了古典乐的声音——是莫扎特。我们敲了几次门，终于，房门打开了。

"滚出我的地盘。"阿伯特吼道。

"我们有话要跟你说。"霍桑说。

"给我一个理由，我为什么要和你说话？"

"我可以给你两个：查尔斯·勒·梅苏里尔，海伦·勒·梅苏里尔。"

阿伯特摇了摇头："不，我他妈的不会跟你说话的。你不能进我家。如果你不离开，我就要报警了。"

"我在为警察工作。"霍桑拿出了一个我没见过的信封，"你不相信，就看看这个。根西岛警察局的托罗德副队长和我签署了正式合作协议。他知道我在这儿，如果你不和我说话，就得和他解释你为什么不配合。"

"因为你是个****。"我不喜欢脏话，也不爱写脏话。而且阿伯特刚才说了一句不能印出来的脏话。

"随便吧，但你现在是两起谋杀案的主要嫌疑人——"

"海伦死了？"

"你已经知道了。"

"一个小时前我听说她失踪了，然后警车和救护车去了采石场，我又不傻。"

"所以，我们正在调查这两起谋杀案，你愿意配合吗？"

他们对话期间，屋内一直在播放莫扎特的《安魂曲》。这是他为海伦播放的曲子吗？终于，他做出了决定，往后退了一步，身后的光照了过来。"好吧，进来吧，你这个混蛋。想问什么就问，但我不想被写进书里，所以你就别想了。"

我点了点头，什么都没说。

他后退了几步，走廊中间有一张六边形的桌子，通往宽敞的客厅。透过敞开的门，我看到了拉起的窗帘，有些奢华的家具，三把扶手椅和一张沙发，上百本书。墙上挂着一台大电视，旁边是独立扬声器，书桌上放着电脑和打印机，还有一摞DVD和杂志。我们没去客厅，而是走进了另一边的厨房，里面同样满满当当。厨房里有好几台烤箱，数个洗碗池，各种炊具，还有十几排储物柜。两个房间里都没有家人和朋友的照片，也没有装饰、纪念品，或其他小物件。这是一个独居男人的家。

他在一张松木桌旁坐下，把拐杖放在桌面上，我们坐在他对面。他没有为我们准备咖啡或茶。

"原来你搬到这里了。"霍桑说。他表现得彬彬有礼，没有恶意，仿佛真的对此很感兴趣。

"还不都是拜你所赐。"

"这里看起来挺温馨的，换作我，会把你安置在一个非常不同的地方。"

"你这人怎么回事，霍桑？我是怎么惹到你了？"阿伯特忽然转向我，吓了我一跳，"我去听你们的讲座了。"

"嗯，"我说，"我看到你了。"

"他是怎么描述我的？"

"他没说过你的事。"至少我们抵达奥尔德尼岛的时候确实如此。是梅多斯警督和我说了阿伯特的事，而且他知道的也不多。他当时只说阿伯特当过教师，并未提及他在广告和媒体行业的生意。

"他根本不了解我，从来都没了解过我。"阿伯特倾身向前，"我从未碰过小孩。我是一名商人，仅此而已。你可能不喜欢我拍的片子，但那些绝对都是合法的。那帮警察就是想陷害我，他们铁了心想把我拉下台，而我对此无能为力。"

有意思。五分钟之前，阿伯特还让我不要写他，现在又开始对我讲述他的人生故事。他声音低沉，恶狠狠地盯着我，滔滔不绝。

"那些警察都是在骗人，每句话都是假的。是的，我去过泰国、柬埔寨和菲律宾，但我们的工厂就在那边——印刷工厂。做生意难免会树敌，这个道理谁都懂。有人散播我的谣言，警察就照单全收了。他们就是看我不顺眼,但他们根本没法证明那些谣言的真实性。他们调查了整整两年,还公费去了曼谷和暹粒,玩得可开心了!你知道他们花掉了纳税人几千英镑吗?但什么都没查到!所以他们才捏造了那些假证据,把那些东西放进我的电脑,为了掩盖自己的腐败和无能。我有那么蠢吗?我看起来像那种会在硬盘里保存儿童色情片的人吗?当然不!他心知肚明,这项调查从一开始就是错的。他们这么执着于给我定罪,就是因为怕丢了自己的饭碗。"

他继续讲了很久。虽然我还能继续写,但听着听着,我就开始走神。阿伯特的声音越来越像蚊子的嗡嗡声。我对他有什么看法吗?此时此刻,我终于明白了霍桑为什么不想让我跟来,甚至有点希望自己听从了他的建议。不要让他影响到你。霍桑是这么说的,阿伯特的确在这样做。我不会把他描述成一个邪恶的人,但他绝对是我见过的最面目可憎的人之一。他说得越多,我就越觉得霍桑在赛耶湾和我说的那些才是真相。

霍桑面无表情地坐在桌边听着阿伯特的独白。

"他们夺走了我的一切。"他说,"我的生意,我的存款,我的名誉,我的生活。整整六个月,他们把我和畜生关在一起,每天都在被威胁、被侮辱。我绝对不要回到监狱去,我不在乎自己过什么样的日子,但我绝对不能再回去了。在那里的每一秒都像地狱。"

"而且,你知道出来之后发现没有人需要你是什么感觉吗?"他不是在寻求同情,而是在陈述事实,"没人愿意见我。朋友都弃我而去了。甚至家人也……我有个妹妹,母亲当时也还活着,但他们说发生在我身上的事害死了她,是连带伤害。没人发现,我才是最大的受害者。

"我走投无路,搬到了奥尔德尼岛。这座岛很小,与世隔绝,没人认得我。我买下了这里最偏僻的房子……就在灯塔旁边。"他笑了笑,"我刚来的时候,晚上灯塔还会亮,但几个星期后就被关掉了,现在一直黑着。倒也无妨,我更喜欢这样。

"当然,这儿的人都知道我是谁,干过什么事。但你知道这座岛好在哪儿吗?大家都宽容待人,不会随意评判他人。后来查尔斯·勒·梅苏里尔问我,能不能给他的出版业务提供一些投资建议。他给我的不只是一份工作,更是一根救命稻草。他相信我,所以岛上很多其他人也愿意相信我。他们愿意睁眼看看我这个人,而不是只盯着你们强加于我的恶名。"

我的印象恰恰相反。他走进影院时,根本没人正眼看他。在派对上也没人找他说话。这座房子的状态也能说明一些问题,诺拉·卡莱尔不会过来帮他打扫卫生,她肯定不会靠近这里。

"那就来聊聊勒·梅苏里尔吧?"霍桑终于开口道。

"我没有杀他。"

"你为他工作了多久?"

"是和他一起工作,我不是他的手下。大概五年吧。"

"但你们的合作就要结束了,对不对?你们的关系破裂了。"

阿伯特很惊讶,霍桑居然知道这件事。"谁告诉你的?"

"谁说的不重要,重要的是你们两个大吵了一架。"

这其实是安妮·克莱利告诉我们的。派对上,她从查尔斯·勒·梅苏里尔口中听说了这件事。他说自己和阿伯特吵了架,打算开除他。

"他欠我钱,就这么简单。查尔斯喝醉了就口无遮拦,但第二天早上就会清醒了。"

"所以你们两个确实吵架了?那天晚上他把你开除了吗?"

阿伯特迟疑了,他发现自己透露了太多信息。"当然没有,"他怒道,"没有我,他寸步难行。"

"那你说的'第二天早上就会清醒'是指的什么呢?"

"我的意思是,他可能会发现自己说了错话,向我道歉。他喝多了,说了傻话,这很正常。再说了,就算我们关系破裂,也应该是我主动辞职。"

"他欠你多少钱?"

"跟你有什么关系?对他来说根本没几个钱,你知道他多富有吗?多亏了我和我的建议,他变得更富有了。而且,我根本不需要这份工作,我有存款,这破地方也没有需要花钱的地方。"

刚才他还夸这座岛上民风淳朴呢。

"你去风月楼了吗?"霍桑问。

"没有,我没去。"

"你没有和查尔斯·勒·梅苏里尔一起吸食可卡因?"

阿伯特笑出了声。"不,我不吸毒,也没用刀捅他。你能不能不要再污蔑我了?"

"说说海伦·勒·梅苏里尔吧。"

"你想知道什么?"

"你们经常见面吗?"

"我去见查尔斯的时候就能见到她。"

"你昨天为什么要喊她出来见面?"

"我没有。"他愤怒地看着霍桑,眼里都要冒出火来,"你又在信口开河。"

"她给你发了短信,说看到你和她丈夫进了风月楼,没过多久他就死了。她想知道发生了什么,你让她下午两点半过来。她必须穿过那条铁路,而你就站在那里等她。你杀害查尔斯·勒·梅苏里尔是因为他解雇了你,杀海伦是因为她目击了这一切。"

"我没给海伦发过短信,也没杀查尔斯。她什么都没看见。"

"我还和科林·马瑟森聊过。"这两个人就像是在下一局凶险的国际象棋,每一次落子都是一次反击。霍桑等着阿伯特的回答,但阿伯特没有说话,于是他继续道:"他说你在勒索他。"

"所以你不光要给我安上谋杀的罪名,还要加上勒索?"

"你手上有他和勒·梅苏里尔夫人出轨的录像,为了强迫他支持诺曼底-奥尔德尼-不列颠电缆工程。"

"我为什么要做这种事?"

"因为你拥有诺德电力公司的股份,想要提升市值。"

阿伯特的表情忽然放松下来,变成了一副胜券在握的姿态。他对霍桑冷笑道:"这也是谎言,而且我可以证明。你去查查诺德电力公司的股东名单,那都是公开的,里面没有我的名字。我在哪家公司都没有股份。"

他伸手去拿拐杖,暗示我们谈话已经结束了。他的手在颤抖。

"科林·马瑟森是个蠢货,他向来不喜欢我,想趁机倒打一耙。但他口说无凭。我没有威胁过他,也没有他的录像。我从来没拿过他的东西,也不知道他在跟海伦·勒·梅苏里尔偷情。但既然你这么好心地告诉我了,也许我可以和马瑟森夫人聊聊,她肯定非常感兴趣。"

他赢得了这次小小的胜利,嘴角露出了扭曲的微笑,本性的丑恶显露无遗。德瑞克·阿伯特挣扎着站了起来,但他离开之前,霍桑抓住了他的拐杖,把他按在了原地。

"我还没问完呢。"他说。

"不,你问完了。"阿伯特抽出拐杖,"和上次一样,你没有任何证据。唯一的不同是，你已经不是警探了。和我一样，你也被抛弃了。现在你只能退居二线，求着警察给你付一点可怜的薪水，聘请二流写手给自己写书，就为了多赚点钱。你沦落到了这种境地，我一点也不怕你。《霍桑探案》？真是可悲！"

他们两个离得很近。就在这个时候，发生了一件奇怪的事。阿伯特盯着霍桑，充满了怒火和敌意，但我忽然在他眼中看到了困惑。他发现了什么？还是在害怕什么？这个瞬间，他似乎终于发现了刚才一直没能发现的某件事。与此同时，霍桑转过身来，背对着阿伯特，对我说："我们可以走了。"

一分钟后，我们来到了屋外。我努力想说点什么，刚才我看到了至关重要的一幕，但我知道自己不能直接问霍桑。他和阿伯特之间的关系太过于错综复杂、微妙难懂。

特里开车绕了过来，我们沉默地向他走去。

身后，莫扎特的《安魂曲》播放到了最后一个乐章，女低音穿透沉闷的空气飘入耳中。她唱道："愿主永恒的光辉照耀他们。"我不由得想到，世界上确实存在着某种正义。虽然德瑞克·阿伯特逃避了牢狱之灾，却也在经受另一种惩罚。他孑然一身，被困在一座小岛上，住在一个没人愿意接近的偏僻角落。那个屋子里的客厅就是他生活的写照。查尔斯·勒·梅苏里尔曾为了自身的利益对他伸出援手，但那段关系也结束了。

连灯塔都抛弃了他。这是他的命运——被驱逐、被遗忘，永远定居在一个光照不到的地方。

第十八章　赫尔克里计划

如果不是酒店电脑出了故障，我们就再也没机会见到马萨·拉马尔了。我们到酒店的时候，她正在和前台争论，想要结清账款。

"拜托了……我必须立刻出发。"

"非常抱歉，拉马尔女士。您的房间号是多少来着？"

"我已经告诉过你了！"

她不是独自一人，那个我在南安普顿机场和街边见过的金发男人就站在她旁边。他们都带着行李箱。

"你要回去了吗？"霍桑发现出租车就等在外面，愉快地走上前去。

"霍桑先生！"她很烦躁，也不打算掩饰这一点，"是的，我希望立刻回家。"

"真是奇怪。我还以为警察说了要让我们都留在岛上。"他观察着旁边的男人，"你一定就是托尼在机场看到的那位小男友了，原来他没有看错。"

"好了！"前台接待员终于修好了电脑，他按了按钮，打印机吐出了两张纸。

但是已经太晚了。"你不和我说话，我就取消你的航班。"霍桑说,"别以为我做不到,也别假装不懂英语了。我知道你是谁,来这里做什么的。你干扰了两起谋杀案的调查,我能让你为此后悔。"

她犹豫了,但很快就做出了决定。"我们待会儿付款。"她对前台的接待员说。我发现她的英语水平忽然提高了许多。"你想在哪儿聊?"

"餐厅。"

现在是晚上六点半,客人们陆续开始前往餐厅。我们四个走到隔壁房间,找了一张角落里的桌子。发生了这么多事——海伦·勒·梅苏里尔失踪、发现她的尸体、和德瑞克·阿伯特谈话——我都没机会和霍桑说我的发现。"她不是表演诗人!"坐下时我脱口而出。

霍桑有些伤感地看着我:"我知道,老兄。"

连马萨都毫不在乎:"所以你都知道些什么?"她问霍桑。

"其实很简单,亲爱的。在机场时,你说自己在卡姆登的红狮剧院演出。但红狮剧院并不在卡姆登,而是在伊斯灵顿。于是我去查了你的维基百科。"

"我也查了!"我说,"但那上面什么都没有。"

"我倒是看出了很多。首先,大部分信息都是胡扯。只要查证一二,你就会发现都是从其他诗人那里拼凑出来的。出生年月和一些诗的标题都是来自琳达·玛利亚·巴罗斯……虽然有细微改动。她没得过任何奖项,只要花五秒钟就能查到,那些奖分别颁给了于贝尔·曼加莱利、伊夫·纳穆尔和让·欧希杰。祝贺他们!然后,还有最大的、同时也是最明显的错误。"

"是什么?"我问。

"她的作品只被翻译成了德语、意大利语和西班牙语,为什么会有英文的维基百科？这根本说不通，除非是有人故意放上去，专门给参加奥尔德尼岛文学节的人看的。"

"所以，她到底是谁？"

"考虑到其他人都被困在岛上，现在这个时间也没有预定起飞的航班，她应该是为法国政府工作的。我猜是OLAF——那个反诈骗组织。"他看了她一眼，"是吗？"

奎利佩尔医生提起过OLAF的事，说自己给他们写过信。

马萨点了点头。

"既然我们都坦白了身份，你不想说一下自己的真名叫什么吗？"

"马萨·拉马尔就是我的真名，他是我的同事，埃米尔·欧德里。"她说的是那个坐在旁边的金发男人。

"你们是来调查电缆工程的，对不对？但是混进一群二流作者，卧底来参加一个谁都没听说过的文学节，听起来是挺疯狂的。但你们毕竟是法国人……"

"真是谢谢你了，霍桑。"我抱怨道。

一个女服务员过来问我们需要点些什么，但霍桑把她打发走了。

"好吧。"马萨开口道。她说话的内容、方式和她的外表形成了鲜明的反差。她的发型和脸上的穿刺都是伪装的一部分吗？她平时应该不是这样的吧？"你说得对，我和埃米尔为OLAF工作，负责赫尔克里计划，主要调查政府财政上的腐败和失职，当然还有很多其他工作。"她停顿了一下，"我接下来要说的，都是机密。"

霍桑有些不耐烦了："好了，我还以为我们已经达成共识了。"

"那么,"她深吸了一口气,"六个月前,我们收到了一条和诺德电力公司有关的消息。他们总部在雷恩,正在筹备建设诺曼底－奥尔德尼－不列颠电缆,也叫 NAB 电缆。该信息表明,他们给岛上的某人付了巨额款项,相应地,这个人向他们保证会说服当地政府通过这项企划。"

"那个人就是查尔斯·勒·梅苏里尔。"我说。

"没错。他作为'顾问'收到了来自电力公司的多笔款项,但我们认为还有一笔更大的付款被隐瞒了。诺德电力公司购入了一小块地,用来建造变电站,付了超过市场价五倍的钱。如果这项工程能够通过,他就能借此大赚一笔。"

"但你们没有证据。"霍桑说。

"是的,霍桑先生。我和你说的这些都来自匿名信息……这种叫什么来着?"

"匿名告发。"她的搭档说道。

"谢谢你,埃米尔。是的,匿名告发和推测。我们没有实际的证据。我们找了,也进行了深入调查,但是一无所获。"

"然后我们得知这里要办一场文学节,于是创造了一个法国表演诗人的身份,打算作为参与者前来,接近勒·梅苏里尔先生,甚至潜入他家。听说他要在瞭望阁举办派对时,我们喜出望外,这就是最佳时机。"

"你们怎么确保自己会收到邀请呢?"我问。

"这很简单。巴黎的文化基金会资助了文学节,条件是必须邀请一位法国诗人。同时我们创建了假的维基百科页面。虽然应该不会有人对一个用方言表演、几乎无人知晓的诗人感兴趣,但这是为了以防万一。

"于是我来到了奥尔德尼岛。我必须承认,在机场遇到你时我很担心,霍桑先生。我很后悔没仔细看完邀请名单。当你说自己调查过经济犯罪时,我很紧张,我不希望牵扯到更多人。我们必须独立调查,最好不要和英国警方产生交集。"

"你应该直接和我亮明身份。"霍桑说。

"我们确实讨论过这件事。埃米尔觉得可以和你联手,也许这样才是明智的选择吧。虽然很抱歉,但我已经做出决定了。"

"嗯。"

"我和其他作者闲聊,试图融入他们,但是很不巧,在南安普顿机场时,你这位朋友看到我和埃米尔说话了。为了朗诵诗歌,我临时补了很多课,希望没人能听出来那些不是我的作品。"

"你偷了一首阿基拉·安诺的俳句。"这是我做出的为数不多的推理。我希望他们能知道。

她无视了我。"周六晚上,我们去了派对。我当时的计划是要调查勒·梅苏里尔的电脑。埃米尔提供技术支援,他能骗过计算机的安全系统,获取数据。我们知道他的办公室在二楼,问题是怎样才能不被察觉地进入瞭望阁,然后我几乎立刻就想到了办法。"

"风月楼。"霍桑说。

马克·贝拉米说看到马萨去了花园,但那是晚上七点半,距离案发还有好几个小时。

"没错,我在花园尽头看到了那个奇怪的建筑——勒·梅苏里尔的秘密基地。后门直接通向海滩。于是我打开了门锁,方便后半夜再回来。然后我回到派对上,离开之前又做了两件事。"

"你堵上了厨房的门。"

"是的,我在门锁里塞了一团纸,这样它就不会关好了……"

我想起了那张法语报纸,我早该想到的。

"这就是我回去主宅的路线。我还去了一趟二楼，为了确定书房的位置，这样我们回来时就不会走错房间。凌晨三点左右，我们回到了瞭望阁。这时勒·梅苏里尔夫妇应该都在睡觉，我们获得必要的信息就会离开。"

"但事情出乎意料。"霍桑说。

"简直是一场噩梦。"埃米尔低喃道。

"是的。第二天凌晨三点，我们从海滩爬上风月楼，进去，锁上了门。本来我们只是想走这条路穿过花园，再通过厨房门进屋，但谁能想到竟然会看到那么恐怖的景象。勒·梅苏里尔被绑在椅子上，喉咙里还插着一把刀。显然他已经死了好几个小时。"

"但是你没有报警。"霍桑说，声音里有一丝钦佩，"你毫不犹豫，不会让谋杀这种小事干扰你的计划。"

两个调查员不安地对视了一眼。"我们当然考虑过。"马萨承认道，"这不是一个简单的决定。但最后我们不得不承认，无论发生了什么，这都是一次绝佳的机会，不容错过。勒·梅苏里尔口袋里有一部手机，能从裤子的轮廓看出来。"

"所以你拿出了手机，用他的指纹解锁了屏幕。"

她低下了头。"你觉得我们的做法很卑鄙吧。"

"我无从置评，拉马尔女士。但是我想知道，你用他的手解锁屏幕时，是否撕下了绑住他的胶带？"

"不，我们到的时候他的一只手就是自由的。我们知道这是犯罪现场，所以没有做出会破坏它的举动。"

"你说得不对。你踩到了他的血迹，留下了脚印。你们还在沙滩上留下了脚印。杀害勒·梅苏里尔的人比你们谨慎多了。"

马萨无视了他。"我们尽快离开了现场，拿着手机穿过花园，进入厨房门，上楼。我们用手机里的密码打开了他的电脑。埃米尔花了些时间，把所有的文件、邮件和账户都下载到了U盘里。屋内很安静，他妻子还在睡觉，我们没有发出声音。

"工作结束后，我们把手机留在了办公室。现在不能回风月楼了，好在我们来时已经锁上了后门。我们从前门离开，回到了各自的酒店。虽然我很想直接离开，却被困在了岛上。但现在我们的高层联系了根西岛警察局，所以今晚就能走了。"

她说的这些和我们已知的线索相符。海滩上的脚印，地毯上的血脚印，还有我们到达风月楼时锁上的后门。勒·梅苏里尔的尸体浸泡在鲜血中，所以手机上有血迹也很正常。马萨的陈述也解释了手机为何会出现在书房。我在派对上看到她从二楼下来时，她刚刚确认过书房的位置。

即便如此，拼图还是少了一块。"我可以问一个问题吗？"我说，因为我不想惹恼霍桑。

"问吧，老兄。"

"你们有人在风月楼弄丢了一枚硬币吗？两欧元硬币。"

马萨伪装成诗人的时候一直很鄙视我，我希望她只是在演戏。但如今表明了调查员的身份，她的态度还是没有改变。"我们为什么会这么做？"她怒道，"你以为我们是傻子吗？"

我不知道该怎么回答，霍桑却意外地开口维护了我。"事实上，你们两个都是该死的蠢货。"他开口道，"你们以为自己是蝙蝠侠与罗宾，掺和到谋杀案里，但你们谁都不想帮，只顾着钓自己的大鱼。不光没帮上忙，还妨碍了调查。你说你没有破坏现场，但你拿走了手机，上面还沾了血，你却直接把手机留在了书房。你打开又锁上那扇门，甚至没有报警！你让受害者原地躺了一整夜，线索都凉透了。谁知道呢，如果没有你捣乱，勒·梅苏里尔夫人可能还活着。你让她发现了丈夫的尸体。但如果我们能更早到达现场,不给她思考的时间,她可能就会直接说出知道的信息。

"所以你们赶紧滚回 OLAF 吧,希望你们能在 U 盘里找到需要的东西。虽然在我看来,现在勒·梅苏里尔夫妇死了,整个项目都可能取消,你们只是在做无用功。你们当然还能调查那个法国公司,但他们只会不停地跟你们打太极。你的飞机什么时候起飞?"

"飞机在等。"

"那么,祝你们一路顺风。快点走吧。"

马萨和同伴都没有说话,他们起身,埃米尔拿上了行李箱。两人正要向门口走去,马萨却突然转过身来,说:"还有一件事。我去参加派对时带了一个包,放在走廊上。我以为会很安全,但我离开的时候,发现包被打开过,里面少了五十欧元,还掉了一些硬币出来。"

"你知道是谁拿的吗?"

"也许是那个招待客人的女孩……我不知道。但可能当时也丢了一枚硬币。"

"谢谢。"霍桑目送两人远去。

此时我们的心情大概是一样的:我们都很高兴看到他们离开。

第十九章　显而易见的答案

马萨离开后，我叫了服务员，点了一杯双份金汤力。霍桑要了一杯水，端上来的时候还插了一片柠檬。"你除了水还喝什么？"我问他。

他好像很惊讶我会这么问。"我不怎么喝饮料。"

"你从来不喝酒吗？"

"是的。"

现在是晚餐时间，不知道我能不能和霍桑一起吃点什么。但今天发生了这么多事，我有些食欲不振。饮品端上来后，我们沉默地喝了起来。这是一种令人舒适的沉默。在德瑞克·阿伯特家门口的争执已是过眼云烟，现在似乎是问一些私人问题的好时机。毕竟，霍桑之前一直不愿意谈论这些。

"座谈会上，你说自己没有兄弟姐妹。"我说，"但之前在伦敦时，你说自己有个做房地产的哥哥。"我等着他接话，但是他什么都没说。"你的父母是再婚过吗？"

"没有（NO.）。"

"他们还在世吗？"

"不在（NO.）。"

他只用单音节回答，和在观众面前判若两人。我不明白，为什么他父母没有再婚,他也说自己没有兄弟姐妹,却又有一个哥哥呢?

"你父亲是做什么的?"我再次开口道,"他也是一名警察吗?"

"不是(NO.)。"霍桑失去了耐心,"我不喜欢聊自己的事。"

"但你在台上表现得很好。"

"那不一样。而且我不会再上台了。"他停顿了一下,"下次你自己去就可以了。"

"但人们明显对你更感兴趣。"

他惊讶地看着我:"当然不是。"

"是吗?科林·马瑟森介绍你时说得没错,你是货真价实的侦探。你觉得世界上为什么会有那么多侦探小说?因为人们喜爱侦探,对你做的事感兴趣——我也是。所以我才会答应写书,跟在你身后转来转去。"我拿起杯子喝了一口,"对不起,去德瑞克·阿伯特家的时候我不该冲你发火。但我觉得,我们应该更有团队意识一点。"

霍桑思考着我刚才说的话,但是他回答之前,托罗德和怀特洛克就走了进来,直接走到我们桌前坐下。

"我正想找你们呢。"托罗德说。他一副刚下班的模样,穿着一件过于肥大的针织衫,松松地挂在胸前。怀特洛克穿着制服,她可能没带其他衣服过来。

托罗德看向我们的杯子:"谁请客?"

"你。"霍桑说。

"你也真不客气,行吧!"他对吧台喊道,"来一杯苦啤酒,谢谢。怀特洛克,你想要什么?"

"番茄汁,长官。"

酒保点头示意了一下，托罗德又转向我们。"我有几件事要告诉你们，首先就是马萨·拉马尔。"

"我们已经知道 OLAF 的事了。"霍桑说。

"真的挺意外的，是不是？"他对我微笑起来，"刚才她老板给我打了电话，我没办法，只能让她离开。不过，这样也少了一个嫌疑人，所以可能算好事吧。说到嫌疑人，霍桑……你应该不会喜欢这个消息，但我们必须放其他作家回去了。"

霍桑看起来并不失望。"这样没问题吗？"他问，"其中可能有人犯下了两起谋杀案，几个小时前海伦·勒·梅苏里尔刚被杀害。"

"确实。但我们总不能一直把他们困在岛上，那些作者看起来也不像杀人犯。比如烘焙先生，他要用牛排和腰子派杀人吗？还有那个童书作家？而且，怀特洛克已经迫不及待要回家了。"

"我真的希望我没有来。"怀特洛克说，看起来还是那么痛苦。

"我知道！我知道！"托罗德摇了摇头，"至于其他人，你们应该都已经谈过话了吧，怎么？"酒保端来了他们点的饮料，"账单算他房费里。"托罗德指着我，然后对我举了举杯，"干杯！"

怀特洛克盯着她的番茄汁，但是没有碰。

"我会帮你弄到他们的地址和联系方式。"托罗德继续道，"但如果你真像他们说得那么厉害，你应该已经有答案了。如果没有的话，这个也许能帮上忙。"他拿出了一个信封，和之前怀特洛克带来的那个一样。"这是勒·梅苏里尔夫人的尸检报告。没什么特别的，钝击至死。头部遭到三次重击，引起了颅内大出血。流出来的血都能灌满一只椰子了。"

怀特洛克的目光离开了番茄汁，她的脸色变得煞白。"长官，我要离开一下……"她冲出了房间。

托罗德看着她跑开。"抱歉，自打我带她到这儿她就只会抱怨，我不会再犯同样的错误了。"

"那笔钱呢？"

"什么钱？哦，你是说遗产。这是个好问题，勒·梅苏里尔夫人刚刚变得非常有钱，但无福消受。我和她的律师聊了，她没有孩子，但是有哥哥和妹妹，他们走运了，会继承全部遗产，但肯定不是他们干的。其中一人在伦敦的高盛工作，另一人在威尔士教书。有件事倒是挺出乎意料，她留了十万英镑给圣安妮小学，我还以为她不会在乎这种事。"

我知道。科林·马瑟森说过，他最开始接触海伦就是因为学校的事。她请我去瞭望阁谈募捐。我从未听说过有人为了给学校建图书馆杀人，但我确实想到了一件事：这座岛上还有多少人知道那笔钱的事？

"还有什么吗？"霍桑问。

"德瑞克·阿伯特。"托罗德重复道。他知道这个名字的威力，说完之后他沉默了一会儿，又补充道："你去见他了。"

"是的。"

"然后呢？"

"他这次没有跌下楼梯。"

托罗德笑了笑："得了吧，霍桑，你知道我的意思。"他顿了顿，又说："是他杀的吗？是他杀了那两个人吗？"

霍桑眨了眨眼："你怎么会这么想，副队长？"

"你可能忘了一件事。"托罗德的微笑、衣着，还有工作态度都懒洋洋的。甚至他此刻的威胁都透着一丝慵懒。"你有权在这座岛上调查,都是因为我给你开了绿灯。我以为我们谈好了,你帮我,我帮你。你都知道些什么?"

"我知道现在放大家回去是个错误的决定。"

"我问的是德瑞克·阿伯特!"霍桑什么都没说,于是托罗德继续低声道,"好了,我告诉你我是怎么想的吧。你在到处跑的时候,我也不是什么都没干。首先,我知道阿伯特为勒·梅苏里尔工作,提供商业咨询。但他们两个吵了一架。这是安妮·克莱利告诉我的,就像她告诉了你们一样。她还说,他们吵架的原因和钱有关。所以我可能知道一些你不知道的事。"

"凡事总有第一次。"霍桑说。

"看看这个。"托罗德从信封里拿出了一张纸,滑过桌面。那是张两万英镑支票的复印件,上面有查尔斯·勒·梅苏里尔的签名,付给德瑞克·阿伯特。

"今天早上,阿伯特拿着这个去维多利亚街的劳埃德银行兑现。签名的日期是谋杀当天,星期六,而且痕迹也和最后从风月楼的支票本里撕下来的那页吻合。我都不知道现在还有人用这东西,但这个不重要。因为遗嘱还没确定,所以银行无法兑现,但他们很聪明,留了复印件,交给了我。颇具深意,不是吗?"

"他说勒·梅苏里尔欠他钱。"霍桑说。

"那他没说,钱已经还给他了。我来告诉你为什么,其实很简单,真的。派对那天晚上,两人因为钱大吵了一架,阿伯特还被解雇了。他心怀不满,所以跟着勒·梅苏里尔去了风月楼——"

"没人看到他们一起进去。"

"待会儿会说到的。你知道这件案子最奇怪的地方是什么吗?是查尔斯·勒·梅苏里尔被绑在了椅子上,却有一只手是自由的。"托罗德指着那个复印件,"这就是显而易见的答案。一开始,他们相安无事,可能还吸了可卡因,但后来阿伯特占了上风。他可能用拐杖砸了勒·梅苏里尔的头,将其绑在椅子上,但是留了一只右手,因为他要留着这只手签字,签支票!他肯定威胁了对方,签字的时候勒·梅苏里尔的脑子也不清楚,他签的其实是自己的死刑执行令!阿伯特当然不会让他活着,不然第二天勒·梅苏里尔醒来,给银行打个电话就能取消支票。所以他动了手。"

"为了两万英镑?"

"还有那块劳力士手表,这就是四万了。"

"你和阿伯特聊过了吗?"

"没有,你是第一个知道的。"托罗德很享受这个过程,因为他领先了霍桑一步。"现在,我们回到目击证人的问题。其实并不是没人看到他们。"

"海伦·勒·梅苏里尔……"

"是的,我要谢谢你给我看了那些短信。只要把这些联系起来,就说得通了。"他拿出一个笔记本,然后读道,"昨晚怎么回事?我看到你和查尔斯一起去风月楼了。"他一副胜券在握的表情抬起头来:"她是目击者,从卧室里看到有人穿过了花园。"

"但我们不知道是谁。"

"是的,但我们知道这个人住在距离瞭望阁步行三十分钟之内的地方。约见的时间是下午两点半,她两点出发。我让怀特洛克帮忙记了时,从瞭望阁走到奎斯纳德小屋只要三十分钟,而且必定会穿过曼茨采石场。阿伯特完全可以在那里等她,说服她找一个隐蔽的地方聊天,然后用石头砸死她。"他皱了皱眉,"我刚才不该说那个椰子的比喻的,怀特洛克好像很受打击。"

"她是个志愿者。"我提醒道。

"嗯,她已经提交了辞呈。"他喝了一口啤酒,"还有另外那条短信。你居然没告诉我科林就是科林·马瑟森,太狡猾了。但我理解,你也想赚钱。总之,我很快就查出来了。奥尔德尼岛上有三十八个叫科林的人,但是只有一个人去了派对。"

"很棒的推理。"霍桑嘟囔道。

"你嘲讽我也没用,霍桑。所以,第二组短信说明了什么呢?科林·马瑟森和海伦·勒·梅苏里尔出轨了,但是后悔了。到底发生了什么?我去和他妻子马瑟森夫人聊了聊。得知自己的丈夫出轨,她当然不怎么开心,但这是他的问题了。他说他已经和你聊过了,说你知道发生了什么——德瑞克·阿伯特在勒索他,为了那个愚蠢的电缆工程。好像是因为他持有诺德公司的股份。总之,我觉得我们可以断言,阿伯特先生罪有应得,该回到监狱老家了。"

"勒索?"霍桑看上去有些犹豫,"你必须要证明这一点,但是没有证据。阿伯特和马瑟森各执一词,陪审团会相信谁?"

托罗德无视了他。"勒索只是开始,就算我们运气好也只能判五年。但我不会像你那样,再让他从警察手里溜走了。我要让他被判终身监禁。"

"那你为什么不直接逮捕他呢?"

托罗德的啤酒喝了一半,他用手背擦了擦嘴。他似乎很烦躁。我很快就明白了原因:就算他已经得出了结论,他还是需要霍桑的帮助。"因为你说得对。"他解释道,"目前所有的证据都是间接的。我没有找到可以把他和勒·梅苏里尔夫人联系在一起的证人。我还指望你帮帮我呢。"

"你已经领先我一步了,副队长。"

"嗯，我就当你是在夸我了。"托罗德说。但我知道事实并非如此。他并没有领先，他说的这些霍桑早就想到了。"总之，你知道我为什么要放其他作者离开了吧？首要嫌疑人就住在岛上，没必要把他们留在岛上。"

"他们什么时候走？"

"明天上午十一点有趟飞机。你应该也会一起回去吧？"

霍桑想了想。"我留下来也没什么可做的了。"

"确实。当然，恐怕我们定的那个协议就不算数了。我都帮你调查完了，所以也不用给你付钱了，你说是吧？"

"我也花了时间。"

"话是这么说，但只有出了结果我们才会付钱。"他喝完了啤酒，看向我，"多谢请客，安德鲁[①]。很好喝。"他站起来，"我该去找怀特洛克了，她都没碰她的番茄汁。"

他离开了。

霍桑拿起那片柠檬，扔到杯里。他那杯水也喝完了。

"我们明天真的要走了吗？"我问。

"你听到他说的了，他已经解决了案件。"

"你真的觉得凶手是德瑞克·阿伯特吗？"

"你怎么想，老兄？"

霍桑以前好像从来没问过我的看法。

"我不知道，"我说，"听他的说法，好像是挺明显的。两起谋杀，阿伯特都有动机。他和勒·梅苏里尔来往密切，而且就住在采石场旁边。还有那张支票。"我停住了："拜托你告诉我我说错了。"

[①]安东尼的昵称。

"为什么？"

"因为如果德瑞克·阿伯特真的是凶手的话，这本书就没什么好写的。"我对他解释道，之前在酒店房间里我就想过这个。如果他是凶手的话，读者根本不会在意。"可能还会更糟。"我总结道，"如果我写了发生在这里的事，就必须说托罗德比你先一步解决了案件。"

"你确定吗？"霍桑迷惑地看着我，"你是作者，你可以说是我解决了案件，他什么都不知道。你根本不用把他写进书里。"

"我不能这样！"我喊道，"那就完全是虚构小说了。"

"我以为你就是写虚构小说的。"

"就算是写小说，我也会尽可能让情节贴近现实。"我忽然感到无比沮丧，"霍桑，你是不是还有什么事没告诉我？告诉我凶手不是阿伯特。"

"抱歉，托尼。我帮不到你。"霍桑悲伤地摇了摇头，"如果不是阿伯特，那我也不知道是谁了。"

第二十章 有人在吗？

我和霍桑一起吃了晚饭，但吃得并不愉快。布莱耶海滩酒店的食物很美味，但霍桑心不在焉，我的心情也不怎么样。我还在思考刚才的对话。我不得不面对这样一个事实：这几天发生的事，也许根本没法写成书。

奥尔德尼岛之旅令人失望透顶。座谈会上我被边缘化了，没有可以卖的新书，也没有平时文学节那种愉快友善的氛围。怎么可能友善得起来呢？每一个我遇到的作者都是嫌疑人，可能犯下了两起骇人的谋杀案。朱迪斯·马瑟森可能是最惨的那个。她花了那么多精力组织活动，结果得到了什么？投资人死了，草坪被破坏，还可能会离婚。

我盼着能在餐厅看到安妮·克莱利或者马克·贝拉米，但这里空荡荡的，几乎没有人。今天是周一晚上，周末来过的人早就打道回府了。现在文学节不负责买单了，他们可能都去城里找了其他更便宜的餐厅。吃完主菜后，霍桑抬起了头。我转身看去，两个人正在向我们走来。是伊丽莎白·洛弗尔，她的丈夫锡德挽着她的胳膊。

"他们在这儿。"他说，"刚吃完饭，主菜是鱼。霍桑先生面对我们，他的朋友背对我们。"

他们走过来，停下，有些尴尬地站在原地。我应该邀请他们坐下吗？但我不想见到他们。"你们明天要回去了吗？"伊丽莎白问。

"是的。"霍桑说，"你们呢？"

"我们要坐飞机去南安普顿机场，然后回泽西。我们的起飞时间很早。"她的目光越过桌面，"所以就只剩下今晚了，如果你还需要我帮忙的话。"

她说的是昨晚她提议的降灵会，霍桑毫不犹豫，说："当然了。"

我就没有那么积极了。"其实我有点困了，想回去睡觉。"

"不，托尼，你应该一起来。四个人比较合适，而且伊丽莎白很有经验，她还帮泽西的警察破过案呢。"他是在嘲讽吗？但他的语气听起来很真诚。

"那好吧……"

"太好了。"伊丽莎白·洛弗尔微笑道。笑容让她脖子两侧的肌肉绷紧了。虽然这么说并不公平，但她驼着的背，还有那副大大的墨镜让她看起来很可疑。"那么，晚上十点在放映室见？锡德会去问问前台，但酒店没什么人，肯定是空的。"

他们一离开，我就转向了霍桑："你不是说不信这一套吗！"

"她没准儿能帮上忙。"霍桑只是这样回答道。

"怎么帮？和查尔斯·勒·梅苏里尔聊天吗？没准儿他还能带上海伦一起……"

"你晚上还有别的事要做吗，老兄？洗头？看电视？"我没有回答，于是他继续说道，"而且你也说了，我们明天就走了，要利用好剩下的时间。"他拿出一包烟，站了起来："十点见。"

我知道他要出去抽烟。我回到了房间，甚至真的看了半个小时电视。只要能忘记今天的这些事，让我做什么都行。我忍不住想要爽约，因为肯定是浪费时间。但和霍桑一起工作了这么久，我唯一学到的就是不要质疑他。如果他觉得应该做某事，他多半是对的，就算理由和你想得天差地别。

晚上十点，我下楼去了酒店的放映室。诺埃尔·考沃德绝不会在这种地方举办降灵会。这间屋子功能性很强，灯光昏暗，没有窗户，厚实的皮椅摆在现代的黑白地毯上。和街那头的电影院完全不同。

锡德带来了一张桌子，还有四把椅子。他把桌椅放在银幕前一块凸起的平台上。伊丽莎白·洛弗尔正准备坐下，锡德在为她忙前忙后，倒咖啡，让她尽可能舒适。

霍桑到得比我早。让我惊讶的是，他手里拿着一杯红酒。应该就是从刚才餐厅的酒吧那里买的。太奇怪了。他刚刚跟我说过，他从来不碰酒精。也许这杯酒是给我的？他坐在桌旁，酒杯放在地上。我坐在他旁边。如果有人不慎闯进来，就会以为我们是四个想要打桥牌却忘记带扑克的傻子。

锡德先开口说话了。他很矮，坐在椅子上就像个小孩，努力探出头看向桌面。"他们都来了。"他对妻子说了一句废话，她肯定能听到我们来了，"我来解释一下。"他继续道，"这对莉兹消耗很大，她一般不会这么做，这次她答应了，是因为想要帮忙。"他苦着一张脸说："我个人是反对的。每次她主动去镜子另一面，都可能发生意外。星期六她的讲座你们都去了，知道那些东西不是鬼魂，也不是幽灵。他们不一定是朋友。她今天要做的事和那天不同，那次是无意间闯进别人家，这次是故意闯进去。这么做可能会导致一些后果。总之，无论发生了什么，你们都不要离开座位，不要碰她，不要打断她。明白吗？如果她需要帮助，就让我来处理。我知道该怎么做，你们只要待在原地就好。"

他排练得很好，说得也挺像那么回事，但这改变不了他是一个骗子的事实。泽西警察要找一个在高尔夫球场迷路的小孩时相信了他们，但我一句都不信。我敢说霍桑也是。他安静地坐在桌前，双手抱胸。我希望他能看过来，但是他一直在回避我的目光。

"你准备好了吗，亲爱的？"锡德问。

伊丽莎白点了点头。

"我就在你旁边，一直陪着你。"

"谢谢你，锡德。"她深吸了一口气。她的胸脯一起一伏，双手放在椅子扶手上。她没有神情恍惚，没有冒出奇怪的蒸汽，没有翻白眼。她就像是睡着了。我以为锡德会把灯光调暗，但他没有这么做。我们四个安静地坐在桌前，周围的角落一片漆黑。

"有人在吗？"伊丽莎白问。我有些惊讶，她的开场白竟然这么俗套，我还以为她能想到更新奇的说法。

什么都没发生，屋子里只有她的呼吸声。

"菲利斯？康斯薇拉？亚历桑德罗？"

"这些是以前来找过她的倒影。"锡德低声解释道，"如果我们运气好的话，其中一人可能会来帮忙。"

康斯薇拉是个西班牙名字，亚历桑德罗是意大利名字。伊丽莎白能用母语和他们沟通吗？还是说，人死了就会说同一种语言？永远被困在某种类似谷歌翻译的系统里？

过去了三四分钟，伊丽莎白用她失明的双眼四处搜寻，锡德紧张地等待着。霍桑没有表露任何情绪。整个降灵会的刺激程度和我们身后那张空白的银幕差不多。我还以为今晚的闹剧就要结束了，忽然间，伊丽莎白僵硬了起来。她的头忽然颤了一下，先是向左看，又向右看。

"有谁……"她说。

"谁？"锡德小声问。

"我看不到，我看不到，他们走近了。他们在朝我走来。"她的声音颤抖，有些害怕，"我不想伤害你们！我只是需要帮助！"未知的东西正在靠近她，她在和它们说话。这让我觉得很烦躁，因为我有一点被吓到了。"是玛洛恩！"她喊道。

锡德明显放松了下来。"玛洛恩是一个朋友，"他小声说道，"以前帮过我们。"

"亲爱的玛洛恩！请原谅我打扰了你，但我需要帮助，你可以帮我吗？有一个刚刚去到那边的男士，你能告诉我他的消息吗？他叫查尔斯·勒·梅苏里尔，被人残忍地杀害了。他肯定很痛苦，我们希望能缓解他的痛苦。"

我们安静地等着。伊丽莎白知道海伦·勒·梅苏里尔也被杀害了吗？可能没人告诉她这件事……如果她一整天都待在酒店里的话。她关注的焦点是查尔斯。

她忽然喊出了声，声音卡在了嗓子里。"玛洛恩在叫他！"她说完后陷入了一段沉默。"他在那儿！"她喊道，"查尔斯，你能听见吗？我想帮你。"

又是一段沉默，然后伊丽莎白吸了一口气。

"查尔斯不确定。"她解释道，"他很茫然，但他应该会和我说话的。"她微微颤抖道："锡德，我好冷。"

锡德脱下外套，披在她肩上。

"查尔斯来了！"她小声说。

奇怪的是，我已经丧失了时间概念。可能是因为这些戏剧效果，也可能是因为我们在一间封闭的地下室房间里，丧失了与外界的联系。虽然我还是不相信这些把戏，但我不得不承认，我确实被伊丽莎白·洛弗尔的演出打动了。

"他在说话，但我听不到他说的内容。"她低了低头，继续道，"查尔斯，你还记得我吗？我们在你家见过……你在镜子这一侧的家，瞭望阁，你还记得吗？"我们不知道他记不记得，伊丽莎白喊了一声，在椅子里蜷缩起来，"不！我们想帮忙！我们想找出那个伤害了你的人，你能告诉我们是谁吗？"

"他们总在重复死亡的那一刻，"她安静地解释道，"因为太痛苦了。"

"你在派对上，喝了香槟，然后去了花园。"伊丽莎白嘟囔着，仿佛在重复查尔斯说的话，然后她问："几点？谁和你一起？"

我们安静地等待答案。

"一个朋友，他和你关系很近，你相信他。"伊丽莎白的呼吸越来越急促，"他为你工作，你能告诉我们他的名字吗？"

霍桑身体前倾，听得很认真。锡德把一只手放在伊丽莎白的胳膊上。

"快十点的时候。"伊丽莎白说。她不是在提醒他，而是在重复他说的话，"他和你穿过花园，走进风月楼，手里拿着一根拐杖。"

是德瑞克·阿伯特！还可能是谁？那么多嫌疑人，伊丽莎白为什么偏偏选了他？我忽然想到了很多，但最关键的是，她刚刚为霍桑提供了最后一块拼图。正好是托罗德最需要的那块拼图，只可惜派不上用场。他怎么可能靠"镜面彼端"的证词逮捕阿伯特呢？

"你们一起走进去，然后——"

伊丽莎白惊呼了一声，像是遭受了电击一样在椅子里抽搐起来。

锡德立刻站起来,抱住她,额头抵住她的头。"没事了,亲爱的。"他喃喃道,"没事了,你回来了。"

"太痛苦了!"伊丽莎白呻吟道。她的肩膀起伏不断,双手颤抖。锡德揉着她的肩膀,渐渐地,她平静了下来。她转向他,虚弱地问道:"可以给我一杯水吗?"

"我这里有红酒。"霍桑说。

"不,不……"

但是霍桑的手已经伸向了桌下,在有人能阻止他之前,他拾起那杯红酒,走向了她。我以为他要把酒杯递给她,但他居然直接把酒泼向了她的脸!伊丽莎白尖叫了一声,举起一只手挡住自己。锡德震惊地看着他。我简直不敢相信自己的眼睛,霍桑在干什么?

然而,红酒还在杯子里。这也是一个把戏,没有一滴酒洒到伊丽莎白身上。

刚才发生了什么?我又看了一眼那个杯子,这才看到覆在杯口的那层透明薄膜。我想起来了,霍桑之前让我帮他拿保鲜膜。虽然我没拿,但他应该自己去了。现在我终于知道他要用保鲜膜干什么了。

伊丽莎白做出了反应!她举起了一只手保护自己!

她能看见!

"演出不错,亲爱的。"他对伊丽莎白说,"但你可以把那副可笑的墨镜摘掉了,我们知道你能看见。"

"什么?"我有点不敢相信自己的耳朵,"她在装失明?"这是我听过最恶心的事之一。

"我和你说过,她是个骗子。"霍桑说,"她在台上表现得不错,很专业。但是在台下,犯了太多致命的错误。"他揭开保鲜膜,把红酒放在桌子上:"你为什么不喝一口呢?你似乎很需要它。"

"你这个混蛋!"锡德大叫道。

"好了,好了。"霍桑警告道,"如果你要动手,全世界都会知道你们的事。想想吧,如果粉丝知道了你们只是圈钱的骗子,会怎么想?以后就很难再上畅销榜了吧?目前只有我们四个知道你妻子是个冷血无情、玩弄人心的贱人。最好还是不要把事情闹大,你觉得呢?"

接下来的这段沉默比降灵会开始的时候还要紧张。

伊丽莎白·洛弗尔率先恢复了理智。"我解释一下。"她拿起红酒,一口喝掉。再开口时,她的语气变得绝望起来。这也是她第一次真诚地说话。"我没有撒谎。"她坚持道,"至少不是凭空捏造的谎言。我发誓,书里写的那些都是真事。而且我的书启发了很多人。我确实患有糖尿病,二十多岁时视力受到了严重的损伤——因为增殖型视网膜病变。我可以给你们看诊断书。有一段时间我确实什么都看不到了,也就是那时,我发现了自己的能力——"

"那你又是怎么奇迹般地康复了呢?"霍桑打断道。

"我做了手术,切除了增殖的视网膜组织。虽然没有完全恢复,但我能看见一些了。"

"正好能在周六晚上十点看到德瑞克·阿伯特和查尔斯·勒·梅苏里尔一起走进风月楼?"

她点了点头。

"但是为什么要装作失明?"我问。我知道霍桑不喜欢我问问题,但我控制不住自己。

"是锡德的主意。"伊丽莎白说,"整个'盲视'的设定都是他想出来的。"

"不是的!"他咆哮道,"你给我闭嘴。"

"是你提议的。"

"行吧,行吧!"锡德深吸了一口气,面向我们,"全国上下有那么多灵媒。"他咕哝道:"一半都是骗子,不像莉兹,她是货真价实的。但是光这样还不够。现在这个时代,大家都在追求新奇,如果只是普通的灵媒,怎么可能上《早安英国》?我跟她说,她必须有一个自己的特点,自己的特殊之处。我们不是在撒谎,只是在包装真相。"

"但是刚才那些乱七八糟的……"

我知道是怎么回事了。派对那天晚上,伊丽莎白坐在瞭望阁外面吸烟,就在这时,她清楚地看到德瑞克·阿伯特和查尔斯·勒·梅苏里尔穿过了花园。但是她什么都不能说,除非她想亲手毁掉自己的职业生涯。德瑞克并没有发现自己被看到了,所以他才会那么自信地否认去过风月楼。他以为她是个瞎子!伊丽莎白本可以发一条匿名信息给霍桑,但她和丈夫觉得这样做没有宣传价值,所以才有了我们刚才目睹的那场戏。一个灵媒帮警察破了两起谋杀案!这样肯定能卖出去很多本书!

"你是什么时候看见他们走出主宅的?"霍桑问。

伊丽莎白只得回答:"九点五十分左右。"

勒·梅苏里尔大概二十分钟后遇害,两位客人听到了他的惨叫。

"他们在聊天吗?"

"是的,但我听不清楚内容。"

她说的应该是实话。伊丽莎白坐在花园的另一边。

"但你肯定能从他们的肢体语言上看出些什么吧?"

"我不明白。"

"别装了,亲爱的!"霍桑有些不耐烦了。伊丽莎白·洛弗尔的把戏之所以能成功,就是因为她很擅长通过人们的肢体语言把握现场氛围,并应用到演出中,"他们看起来关系好吗?"

"我也不知道,霍桑先生。当时很黑,他们离得又远,背对着我。我只知道他们站得很近,并不像关系不好的样子。当时主要是查尔斯·勒·梅苏里尔在说话,不到一分钟,他们就进去了。"

"你后来看到阿伯特出来了吗?"

"没有,几分钟后,锡德就来找我了。应该是晚上十点。我们回到屋里,然后打车回了酒店。"

"德瑞克·阿伯特是最后见到勒·梅苏里尔的人。"锡德说,"这条信息很有用,也许他就是凶手,你们能破案都是多亏了伊丽莎白。"

"你想说什么,洛弗尔先生?"

锡德紧张地舔了舔嘴唇。"听着,我知道刚才闹得有点不愉快,但我们可以不计前嫌。也许我们可以达成某种协议?我是说,如果你能对公众说明她在此次案件中的贡献就太好了。"

"告诉你吧,"霍桑回道,"我会好好考虑一下的。如果我心情好,就不会告诉警察她隐瞒了重要信息超过四十八小时,或者建议警方把你们两个都逮捕归案。我的朋友托尼会把奥尔德尼岛的案件写成书,他写的时候,我也许会建议他不要写得太露骨。但你们就是两个骗子、人渣,靠消费人们的悲痛赚钱。你们就是这么对待我们的朋友——安妮·克莱利的。甚至还是在付费来看你们的观众面前,如此低劣、如此厚颜无耻。除此之外,我唯一的建议是你们最好在我生气之前快点滚蛋。"他微笑道,"你觉得怎么样?"

他们僵硬地站起身来,锡德伸出一只手,想扶伊丽莎白走出去,被她甩开了。等他们离开,我才问霍桑:"他们犯了什么错误?"

"什么?"

"你怎么发现她没有失明的?"

"第一次在电影院见到她时,你介绍了我。她朝我的方向伸出了手,但当时我没有出声,她怎么知道我站在哪儿的?她看到我们走进这间放映室时,我帮她拉开椅子,她伸手去摸,但那次我也没弄出声音。还有好多类似的细节。他们两个如此业余,我很惊讶没有其他人发现。"

"但你说过,那些鬼魂是真的!"

"你是说那个在浴室里淹死的女士,还有安妮·克莱利的儿子?也许他们真的脚上挂着铁链,手里捧着头,在房间里飘来飘去吧。但这并不意味着她能看到他们。"

"所以现在怎么办?"我问,"你要告诉托罗德,德瑞克·阿伯特去过风月楼吗?"这正是副队长一直在等的关键线索。

霍桑耸了耸肩。"我也没什么其他选择,不是吗?"

"确实,"我说,"确实没有。"

原本我写到这里就可以停笔了。但是那天晚上又发生了一件意料之外的事。

我上楼回房,但困意全无。锡德和伊丽莎白·洛弗尔让我很震惊,他们居然设计了双重骗局,那么残忍地伤害了安妮·克莱利和许许多多其他的人。我想呼吸点新鲜空气，所以下楼去吃早餐的露台散步。这是个舒适的夜晚，有一半的星星聚集在大海的上方，空气里有海水的咸味。

然后我看到了霍桑。他正沿着海岸向前走，前进的方向正是瞭望阁。他不是在漫无目的地散步，我能从他走路的姿态看出来，他有着明确的目标。

他离开沙滩，走上大路。我想出声喊他，但最终还是没喊出来。我看着他向前，直到他的身影消失在黑暗中。

第二十一章　英式早餐

第二天早上，伊丽莎白·洛弗尔和她的丈夫是第一批离开的。我下楼时，刚好看到他们穿过酒店大门，于是停下了脚步。我不想碰到他们。锡德扶着妻子，为她带路。我知道她能看见，她的秘密已经暴露给了我和霍桑，不知道他们还要继续演多久。至少我现在可以告诉你，奥尔德尼岛之后，他们就没再出现在公众视线中。

安妮·克莱利正在前台结账，我走了过去，问："你是坐十一点的航班回去吗？"

她摇了摇头，说："恐怕我等不了那么久。"

我有点失望。马萨·拉马尔和伊丽莎白·洛弗尔都是骗子，我跟马克·贝拉米和乔治·埃尔金又几乎没说上话。在奥尔德尼岛的这个周末，安妮是我唯一有好好聊过天的作者，我还以为我们能坐同一趟航班回去。

"你可能觉得还好。"她继续道，"毕竟你喜欢这类事，谋杀案什么的。"

"那倒不是。"

"反正我是受够了，我本来想坐今天的首班飞机，但已经没有票了。"她看了看门外，大巴车就在街对面等着，司机汤姆·麦金利正在装行李。"你们查出凶手是谁了吗？"她问。

"没有。"我不想告诉她德瑞克·阿伯特的事。

"希望你们能抓到凶手。查尔斯·勒·梅苏里尔虽然不是一个好人，但被那么残忍地杀害还是太过分了。还有他的妻子，我真的不明白。她只是嫁给了他，除此之外，她什么都没做错。"

外面传来了喇叭声。

"我该走了。"她拿起行李箱，"如果你路过牛津，记得来看我。"

"好。"我们行了贴面礼，她离开了。

安妮刚走没多久，电梯门就打开了。凯瑟琳·哈里斯艰难地拽着两个行李箱走出来，眼镜从鼻梁上滑下。电梯里还有第三个行李箱，我走过去帮忙。"需要我帮你拿一下吗？"

"谢谢你。"她同意了，我伸手去拿行李箱，箱子和刚下飞机的时候一样沉。"这两个都是马克的箱子。"她解释道，"恐怕我们没卖出去几本。"

"你们要去哪儿？"我问。

"回伦敦，马克要参与录制《明星宝藏猎人》的圣诞特别篇，他是那一期的嘉宾。"她拉下了脸，"别告诉他我说了这件事！嘉宾名单是保密的。"

我把凯瑟琳的行李搬到门口，然后去前台付款（最后两晚是自费）。接待员很年轻，和我来时帮忙登记入住的是同一人。她有些伤感地看着我，说："我们会想念您的。奥尔德尼岛很少发生这么刺激的事，以前从来没有过谋杀案。"

"我已经听说了。"我说。

终于，霍桑也拿着行李下来了，大衣平整地搭在他的臂弯里。"你还好吗？"我问。

他惊讶地看着我,说:"很好。"

"昨晚发生了那样的事,"我说,"我完全睡不着,所以我下楼去透了透气。"

我希望他能告诉我他昨天晚上去了哪里,但他并没有顺着我的话说下去。"我睡得很好。"他说,然后看向了正在等电梯的凯瑟琳。"你看到马克·贝拉米了吗?"

接待员听到了他的提问,说:"贝拉米先生正在露台用早餐。"

我们出去找到了他。

他坐在露台边缘,正在吃一份他会在自己的节目里推荐的那种早餐:鸡蛋、培根、香肠、番茄焗豆、炸面包、烤蘑菇。他穿着一件毛呢西装外套,脖子上系着男士领巾,仿佛已经准备好要参加《明星宝藏猎人》的节目录制了。

"好嘛!"他招呼道,"你们是要走了吗?"

"和你同一班飞机走。"霍桑说,他没有征得同意就坐在了马克的桌旁,"吃得怎么样?"

"没有什么能比得上英式早餐。"马克感慨道,"别给我吃那些欧陆的垃圾,什么酸奶、可颂,还有那坨叫'什锦麦片'的糨糊。要我说,脱欧的好处有很多,但最大的好处就是这个:复兴传统英式早餐!"他用叉子插起香肠,"这根香肠做得不太好。肠衣是合成的,加了太多面包碎和水,你看它表面的褶皱就知道。"他颇为享受地对着并不存在的摄像头解说道。

"我想问你一件事。"霍桑说。

"问吧。你不介意我边吃边聊吧?十点有车来接我,而且我不想把食物放凉。"

"我想知道你什么时候会把笔还回来。"

"什么笔?"

"就是你从安妮·克莱利那里拿走的笔,她说是日本产的樱花牌笔。"

马克戳了戳盘子里的培根,但没有插起来。"我不知道你在说什么。"他低着头说道。

"我是在说你偷走的那支笔。"

"我什么都没偷,霍桑先生,你应该注意一下自己的措辞。我被比你更专业的人威胁过。"

"我不是在威胁你。"霍桑通情达理地说道,"解决这个问题有两种办法。你可以给我那支笔,或者我会给托罗德副队长打电话,他会逮捕你,然后检查你的行李。我们还会在里面找到什么?我猜,也许还有一块金色的劳力士手表,和一张五十欧元纸币。"

"我的五英镑也是他拿走的吗?"我问。

霍桑点了点头:"有可能。"

"我什么都没偷!"马克爆发了,他的脸色越来越阴沉,"我警告你——"

"查尔斯·勒·梅苏里尔喊你小猪扒,不是因为你很爱吃猪扒。"霍桑打断道,"你以为我是傻子吗?每次他和你说话的时候,都会刻意强调这件事。他很擅长这样嘲讽别人。你们第一次在潜水者酒馆见面时,他说:你确实一直很喜欢用手去扒牛肉派。几分钟后,他又说:我印象中你一直都很安静,总是偷偷跑回宿舍!然后,在派对的时候,他说:你不介意的话,我想偷走一个。小猪扒……是扒手,也就是小偷的意思。他每次说话,都在暗示你会偷东西。而他在说'你离开得太突然了!'的时候,是在提醒你并不是主动离开了韦斯特兰公学,而是被开除了。"

"我在那里过得很不开心。"

"你被开除了。"

马克·贝拉米彻底崩溃了。一瞬间,仿佛有飞机遮住了他头顶的阳光,将他笼罩在了阴影中。之前的浮夸、幽默、权威感和自信一扫而空。电视明星消失了,此刻坐在我们面前的是一个被吓坏了的学生,面前摆了一大盘吃不下的食物,手足无措地等待着命运的审判。

他把盘子推到一旁。

"不是我的错。"他的声音忽然沙哑起来。他四下看了看,确保露台上没有其他人,然后说,"我拿东西并不是因为想要。我去过医院,也去看过精神科,我患有成瘾性心理障碍——"

"监狱里很多人都患有成瘾性心理障碍。"霍桑提醒道。

"你不知道这是什么感觉。我痛恨这样的自己,我甚至拿走过很珍贵的东西。"

"比如价值两万英镑的劳力士手表?"

马克怒道:"这不一样!我拿走那块表是为了伤害他。"

"你从他手腕上摘下来的吗?"

"不是的!他去花园之前,把表留在了厨房。"

"他从厨房门出去的?"

"对。"

"大概什么时候?"

"九点四十五分之后,可能是九点五十分吧。"

"就他一个人吗?"

"有人在外面等他,我没看清楚是谁。他摘下表,放在了厨房柜台上。然后我就想,管他的呢?屋子里还有很多人,他会知道是我拿的,但他永远证明不了。我只要想想他弄丢了自己的宝贝劳力士,就忍不住想笑。顺便一提,我没留着那块表。我把它扔进海里了。"他指向远处,"已经扔掉了。"

"你真的那么恨他吗?"

"你根本不知道他对我做了什么——在学校。你不知道他是怎么伤害我的。"

"那就告诉我。"

"我说不出口。"

霍桑冷酷道:"你必须说,马克。他把表放在了厨房柜台上只是你的一面之词。你完全有可能是在杀害他之后摘下的表。"

查尔斯·勒·梅苏里尔的表戴在右手上,也就是那只没有被胶带绑住的手。

"我没有杀人!"马克喊道,"你把我当什么人了?"

"这就是我想弄明白的事。"霍桑顿了顿,"和我说说韦斯特兰公学的事。"

"我从来没说过这些,成年之后就再也没提起过了。"

"查尔斯·勒·梅苏里尔已经不能再伤害你了。"

"他能做的都已经做过了。"马克·贝拉米哭了起来。我愣住了。不光是因为他在这样一个晴朗的早晨崩溃得如此彻底,更因为我和霍桑是导致了这个结果的始作俑者。

我们有些尴尬地沉默着,等待他继续说下去。

"韦斯特兰公学是奇切斯特郊外的一所私立学校。"他说道,"一九八三年,我父亲被调去南岸工作,所以我才会转学过去。我当时才八岁,你们知道那种学校有多可怕吗?简直就是个野生丛林。我之前在哈利法克斯上普通的学校,有普通的朋友,一直很开心。我根本不知道自己面对的是什么。寄宿学校、宿舍、小卖部,甚至校服都让我觉得自己很蠢。老师都是无知的混蛋,食堂也糟透了。

"但最糟糕的是其他男生。如果你要在学校生存，就必须是他们的同类。如果你不是，他们瞬间就能分辨出来。他们家世显赫，父母都很有钱，家里还会请保姆。他们有自己的小团体，这种学校就是为了他们而建的。我刚转学就发现自己变成了任人宰割的羔羊。我当时比较瘦小，几乎就相当于在额头上写了'猎物'两个字。

"很快……霸凌就开始了。第一天晚上，他们在我床上糊满了苹果派。我的领带被剪成了两半，妈妈寄来的信被偷走，他们当众朗读取笑我。转学第一个星期，他们就在给我起各种外号。六周后，我被抓到偷了一张汇票。你还记得汇票吗？我偷的那张值两英镑。宿管用棍子打了我三下，但其他的孩子更糟糕。那之后他们就开始叫我小猪扒，再也没变过，不断地提醒我这件事。"

"查尔斯·勒·梅苏里尔是头头。他不比其他男孩更聪明或者更强壮，所以我一直不明白为什么他会是老大。在我印象里，他一直是个瘦瘦的小孩，每次想到要做什么坏事，眼睛里都闪着精光。现在说起这些，你可能会觉得没什么大不了的，为什么要大惊小怪？但是在那个时候……这种事情就会把你掏空，让你觉得自己什么都不是。我这次见到他，那种感觉又回来了。闪电。他喜欢别人这么喊他，他不觉得这个名字是侮辱，而是胜利的勋章。他很喜欢这个外号，并且为此自豪。

"他们管入学的新生叫菜鸟，每天晚上都会找一个新生来捉弄。他比我们大两届，有一个四五人的小团伙。他们经常站在走廊里等着猎物上门。他们会抓住你，把你扔进装脏衣服的洗衣篮，然后封死盖子。被关上几个小时后，才会有人放你出来。他还会用胶带把你绑在自习室的椅子上……你就赶不及去教堂做礼拜了，然后就会被宿管狠狠教训一顿。有一次我去自习室，发现他把我桌上所有的照片——爸爸、妈妈，还有我家的宠物狗——都毁掉了。他用马克笔在上面乱涂乱画。我都不用告诉你他画了什么，我深信他就是个残忍的变态。"

他深吸了一口气。

"我继续偷东西。第三次被抓住的时候，学校把我开除了。那是我人生中最快乐的一天，但是父亲从未原谅过我。他是'大刀号'护卫舰上的少校。他觉得自己的儿子因偷窃被开除，影响了他的仕途。自那之后他就没跟我说过话。我试图跟他解释，但他根本不听。"

马克·贝拉米从口袋里拿出了一支银色的笔，放在桌上。"拿去吧，"他说，"这是克莱利女士的笔，你们还给她的时候，记得告诉她我没进过她的房间。她把笔给了凯瑟琳，凯瑟琳把它落在了吧台上。"

"你还从拉马尔女士的钱包里拿了五十欧元。"

"我可以还给你们……"他翻起自己的钱包。

霍桑制止了他。"不用了，她已经走了。你当时有拿硬币吗？"

"不，我没拿。"

"嗯，好吧。谢谢你如实告诉我们这些。"霍桑站起身说道。

我不知道霍桑是否心怀愧疚，但我十分同情马克·贝拉米的遭遇。我也上过那种私立学校——这也是一种英式传统。我非常了解那些学生漫不经心的残忍行径，还有排外心理会对人造成怎样的伤害。这种创伤会伴随你一生。

我们离开露台，走回酒店。我已经没有胃口吃早饭了，但霍桑给自己倒了一杯黑咖啡。

我们找到了另一张桌子,坐了下来。我说:"他刚才说的那个故事。查尔斯·勒·梅苏里尔用胶带把他绑在椅子上。"忽然间,我想通了:"贝拉米就是凶手!"

但霍桑摇了摇头,说:"我们没和别人说过勒·梅苏里尔被害的细节,所以如果贝拉米是为了复仇,你觉得他会告诉我们刚才那个故事吗?这就相当于是在坦白自己凶手的身份。"

"可能他就是想这么做。"

霍桑没有回答,我却控制不住自己奔涌的思绪。有没有可能,凶手是当时和查尔斯·勒·梅苏里尔一起上学的其他人?比如科林·马瑟森,或者奎利佩尔医生?他们年龄相当。有没有可能,虽然线索都指向了德瑞克·阿伯特,但他其实不是凶手?

现在一切都变了,没准我真的能写出第三本书了。

第二十二章　加奈岩

我迫不及待想要离开奥尔德尼岛。乘车前往机场的路上，我看着窗外的托吉斯堡，简直不敢相信自己只来了五天。发生了那么多事——甚至有两起谋杀案！与此同时，我们身后也是满目疮痍。伊丽莎白·洛弗尔是个彻头彻尾的骗子，她深深地伤害了安妮·克莱利。马克·贝拉米不得不重温童年创伤，承认自己患有盗窃癖。朱迪斯和科林·马瑟森很可能会离婚。德瑞克·阿伯特即将因为勒索或者谋杀被捕入狱。每一个谋杀故事中都有受害者，却不仅仅是那个被杀害的人。

特里有些舍不得我们。但我并不会想念他，因为他最后给我开出了一张巨额账单。和往常一样，他一路上说个不停。

"所以，你们没查出来凶手是谁！"他说着看了一眼后视镜里的霍桑。

霍桑心情不好，并没有回答。

"岛上很多人都希望他快点死，我爸爸就是其中一个！我们昨晚还在聊这件事呢。我和你说过，勒·梅苏里尔先生说要开一家自己的出租车公司，但他在岛上都拥有那么多产业了！当然了，我不是说我爸爸和案件有关。你们和那个法国女士聊过了吗？我开车送她去机场的时候，她说自己是一位诗人。但哪个诗人会有自己的私人飞机?她绝对有问题。"

我们开到了山顶,远处就是机场。

但是特里还没说完。"我还是不敢相信。查尔斯·勒·梅苏里尔被杀的时候,我的车就停在他家门口!我还看到了他妻子——哦不对,是遗孀——就在她被害的那天!"

这句话引起了霍桑的兴趣。"什么时候?"他问。

"下午两点左右,她从家出来时我正好路过。她往左走了,是采石场的方向。"

"就她自己吗?"

"我没看到其他人。其实我想过要不要捎她一程,但我正好要去相反的方向。再说了,我是个职业出租车司机,免费给别人开车像什么话!"

我们拐上了通往机场的路,有一辆车从后面追了上来。司机是怀特洛克,托罗德副队长坐在后面。他头靠着车窗,脸压在玻璃上。他可能睡着了,没发现我们。但我们在停车场下车后,他却走上前来。

"霍桑……"

"你是来道别的吗,副队长?"

"我也希望是,但是到头来,我还是需要你的帮助。"

我们站在停车场上,机场大门就在前方。那辆接送乘客的迷你巴士也在。马克·贝拉米正在下车,凯瑟琳·哈里斯紧随其后,手里提着所有的行李。那架送我们回南安普顿的飞机就停在跑道旁边。

"我们今天早上去逮捕德瑞克·阿伯特了。"托罗德继续道。

"然后呢?"

"他不在家,也不接电话。"

"你觉得他逃跑了？"霍桑饶有兴趣地问道。

"我觉得不太可能，这毕竟是一座岛。"

"是吗？我没发现。"

托罗德皱起了眉头："听着，霍桑。你和他聊过，比我们都了解他。我想让你去他家看看，或许你能发现什么线索。或者你也可以直接上飞机，滚回家，忘记我们见过面。选择权在你。"

托罗德忘记了几件事。首先，他最后之所以能够逮捕阿伯特，是因为霍桑提供了必要的信息；其次，托罗德之前违背了自己定下的协议，告诉霍桑说他并不打算付钱。

话虽如此，当霍桑转向我征求意见时，我却并不感到惊讶。

"你觉得呢，托尼？你介意晚一点回去吗？"

我不介意。一方面，我不想遇到马克·贝拉米；另一方面，我确实想再看看德瑞克·阿伯特的家。

"没问题。"我说。

于是我们出发了。我和霍桑坐在托罗德的车后座上，行李放在脚下。托罗德紧抿着嘴，怀特洛克一脸阴郁，霍桑陷入沉思。这并不是一次愉快的环岛之旅，我们路过两起谋杀的案发地点，终于抵达了奎斯纳德小屋。门口站着一名便衣警察，不知道是来自根西岛还是本地警察局。怀特洛克留在车里，双手紧握着方向盘，生怕有人把她拽下车去。

小屋的前门是打开的。可能托罗德来的时候就是这样，也可能是他破门而入了。但门锁并没有遭到破坏的痕迹。白天再次来访的感觉很奇怪，阳光明媚，耳边也没有了莫扎特的《安魂曲》。不到二十四小时之前第一次见到这座房子时，我只觉得忐忑不安。我对阿伯特的了解影响了我对他居所的印象，现在再看却只觉得平平无奇。每个作者都会玩弄笔法，利用对天气、光线和音乐的描写来控制读者的情绪；而我却相反，自己变成了那个被情绪所操控的人。

我们穿过走廊。我还记得阿伯特站在这里，满脸戒备，冲霍桑破口大骂，然后不情不愿地放我们进屋。这次，托罗德带我们走进了客厅。这是阿伯特的"安全屋"，也是这座房子的心脏。客厅里除了扶手椅、沙发、电视和音响，还有一张巨大的书桌，书桌上有一台电脑。这是阿伯特工作休闲的地方。如果哪里会有阿伯特去向的线索，肯定就是这里。

霍桑迅速检查了一下书桌。桌面上摆着一本日志，翻开的那页日期是昨天，页面却一片空白。桌面的收纳盒里放着一摞账单，上面是几张奥尔德尼岛风景明信片。旁边有一支圆珠笔，笔帽不见了。"你搜过这里了吗？"霍桑问。

"还没有。"我有些意外，但托罗德解释道，"我甚至不知道该找什么，所以我才想找你来帮忙。顺便一提，电脑设了密码，但是这次没有密码本了。反正里面肯定也都是黄片。说实话，我不太想知道。也许怀特洛克是对的，我现在就想回根西岛了。"

"阿伯特在岛上有朋友吗？他有可能联系谁吗？"

托罗德耸了耸肩。"不太可能。大部分居民都知道他是谁，不想和他扯上关系。那个查尔斯·勒·梅苏里尔估计是唯一一个愿意靠近他的人——看看他落了个什么下场。"

"你查过他的通话记录了吗？"

"饶了我吧，霍桑，我们半小时前才发现他失踪了。"

我看向周围，试图还原阿伯特失踪的经过，找出他有可能去了哪里。霍桑上次来时警告了他，但他并不害怕。你能不能不要再污蔑我了？他否认了所有的指控，无论过去还是现在。还有那个奇怪的瞬间：这两人之间传递了什么隐秘的信息，他突然明白了什么事。在那之后，阿伯特就不由分说地把霍桑赶了出去。

回酒店后，霍桑又发现了一个关键信息。和阿伯特的证词不同，查尔斯·勒·梅苏里尔遇害的那天晚上，有人看到他们一起去了风月楼。这样他就不光有了动机，还有了作案时机。阿伯特一定是最后见到勒·梅苏里尔的人。霍桑把这件事告诉了托罗德，托罗德便前去逮捕他。

阿伯特有可能知道自己要被逮捕了吗？他会不会是看到了警察开车过来，迅速从后门逃跑了？但是房间很整洁，没有匆忙拉开的橱柜，也没有秘密文件被扔到壁炉里焚烧。他会不会像海伦·勒·梅苏里尔一样，已经死了？霍桑质问他时，他说自己也是受害者。奥尔德尼岛上是否已经发生了第三起谋杀案？

霍桑从书桌开始，翻阅各种文件和档案。我走到一旁，看向覆盖了一整面墙的木质书柜。书柜上摆满了沉甸甸的书，把木架子都压弯了。我很怕会发现与恋童癖有关的书，一边快速浏览着书目，一边留意有没有我自己的书。我确实找到了一本自己的《莫里亚蒂》，就摆在一套精装《福尔摩斯探案集》旁边。糟糕的是，我竟然会觉得开心。当然了，我没有让这个发现改变我对阿伯特的看法。

与此同时，托罗德正在研究小推车上摆放的各种单一麦芽威士忌。他很可能会倒一杯出来尝尝。调查期间，我很少见到他，但他给人一种自私自利又贪婪腐败的印象。比如现在，他明明昨天晚上刚把霍桑赶上飞机，现在又要霍桑来帮他完成自己的工作。对他来讲，这件案子已经结束了。他只想找到阿伯特，然后赶快回家。

"看看这个……"

霍桑在其中一个抽屉里找到了什么。他手里拿着一个运动相机，是一台 GoPro Hero。相机非常小，宽和高都只有几英寸。他在手里翻弄着相机，想把它打开。我忽然意识到了这是什么。阿伯特在利用科林和海伦的婚外情勒索他。科林以为自己是被风月楼的监控摄像头拍到了，但我和霍桑都知道那里没有摄像头。所以，阿伯特会不会是用这个小东西录制了影像？

霍桑找到了开机按钮，亮起来的屏幕立刻回答了我的问题。屏幕里是空无一人的风月楼，但是很快，科林·马瑟森出现了。相机被藏在了门框上方，我能看到他的头部和背部，科林走向屋内，走进拍摄范围的死角。然后海伦·勒·梅苏里尔进来了。她穿着一条暴露的红裙，手里提着一瓶香槟。她走向另外一边，坐在了其中一个皮质躺椅上，把香槟放在了面前的桌上。科林·马瑟森向她走去，在她身边坐下，回到了拍摄范围内。

那瓶香槟已经打开了，海伦拿起桌上的两只玻璃杯斟满。他们开始聊天，但是没有声音。相机的位置太高，也看不到嘴型。他们开始亲吻。相机离得太远，图像又那么小，我完全看不到科林脸上的表情。他有没有觉得尴尬或者不情愿？还是已经沉醉在了无法抑制的激情中？我们只能看到两人的肢体，这个吻越来越激烈，他的手滑向她的裙底，把红裙拉下了她的肩膀。她伸手去解他的皮带。

霍桑按了暂停键，他已经看够了。

"所以你说得没错。"托罗德说，"德瑞克·阿伯特在勒索他们。"

"不，"霍桑说，"我错了。"

"你在说什么呢？是你发现了海伦发给科林的短信啊。OMG 科林……他手里有什么？

然后马瑟森说——"

"马瑟森也弄错了。"

"如果他没有勒索科林,你觉得这是什么?是为了报复?为了把这个发到网上让他们俩尴尬?"

"不是阿伯特干的。"霍桑说。

"那这个相机怎么会在他的抽屉里?"

霍桑把相机放回原处,然后缓缓解释道:"海伦·勒·梅苏里尔并没有被勒索,她是参与者。德瑞克·阿伯特也不是幕后主使。"

"那是谁?"

"查尔斯·勒·梅苏里尔。"

我想了想,开口道:"霍桑,你是想说——"

"这是个陷阱。"霍桑拿出一根烟点上。现在阿伯特很可能在逃亡,主人不在屋里,所以抽烟也没必要取得他的同意。

"你不介意的话,能给我也来一根吗?"托罗德说。

"抱歉了,老兄,这是最后一根。"霍桑把烟盒放回口袋。

"陷阱是什么意思?"我问。

"我们那天在厨房里和德瑞克·阿伯特聊天,他大部分时候都很紧张。当然,他否认了一切指控,否认了自己做过的所有事。他很警觉,坚持说自己没有被开除,说勒·梅苏里尔欠他的钱并不多,实际上却有两万英镑。他还谎称给海伦·勒·梅苏里尔的短信不是自己发的。发信人当然是他,从她被杀害的地点走到这里只要五分钟。

"但是当我说他在诺德电力公司持有股份时,他明显放松了下来。他得意地告诉我,自己不在股东名单上,然后把我赶出了他家。我确实去查了股东名单,他这次说的是实话,他不是股东。

"这部分信息是错的,但它是从哪儿来的呢?这件事是阿伯特告诉科林·马瑟森,然后经由科林转告给我们的。阿伯特为什么要说谎?别忘了,他没从科林那里拿过一分钱。他只是想让科林影响那个委员会,通过电缆项目。那么,电缆工程最大的受益者是谁?"

"查尔斯·勒·梅苏里尔。"忽然间,一切都无比清晰了。

"没错,查尔斯作为'顾问'收到了来自电力公司的多笔款项,还以五倍市价卖掉了一块地。成败在此一举。如果他想做成这笔生意,就必须有一个能在议会为他办事的人,推动项目。于是他用自己的妻子作为诱饵,引科林上钩,拍了录像。他的狗腿子朋友德瑞克·阿伯特则是那个出面勒索的人。"

"所以他才会收到两万英镑的佣金!"我感叹道。

"正是如此。勒·梅苏里尔这笔生意能赚数百万,但阿伯特能得到一笔佣金。"

"等一下!"托罗德插嘴道,他厌恶地指着相机,"你是说,她知道自己被偷拍了?"

"她在演一场戏。"霍桑说,"你没看出来吗?海伦·勒·梅苏里尔进来的时候拿着一瓶香槟,但是玻璃杯早就摆在桌子上了。风月楼里发生的一切都是计划好的,没有心血来潮,没有激情四溢。都是她精心安排的。他们进屋的时候,科林向左拐,她却要往右去。为什么?因为她知道这样才能被摄像头拍到。"

"但是这也太恶心了。"托罗德说,"勒·梅苏里尔把自己的老婆当作……"

"他们是开放式婚姻,上个床没什么大不了的。可能查尔斯看到这个视频还会觉得很兴奋,夫妻俩半斤八两,都不是什么好东西。"

我们三个站在空旷的房间里面面相觑。

"所以，阿伯特到底去了哪儿？"托罗德问。

"这才是问题的关键。"霍桑说，"我们再找找。"

我们回到走廊，然后上楼。楼上有三个卧室，其中两间都无人居住。那两间卧室空荡荡的，散发着陈腐的霉味，没有一丝人气。主卧更温馨一点，中间是一张双人大床，床上放着六七个软枕，每晚都在无情地嘲笑着独自前来的德瑞克·阿伯特。卧室旁还有一个卫生间，里面全是各种昂贵的洗漱用品。

二楼也没有阿伯特的踪迹。我注意到天花板上有一个通往阁楼的门板，但霍桑并不打算上去搜查。确实，阿伯特不太可能藏在上面等我们离开。他真的逃跑了吗？他会不会只是去圣安妮小镇购物了？

我们下楼回到走廊，霍桑直接走向中间的六边形桌子。这时我才发现，花瓶边竖着一张明信片，上面印着加奈岩的风景照，照片里是凸起的海蚀柱和险恶的悬崖。加奈岩位于小岛的西边，我第一天抵达的时候去看过。这张照片有什么意义吗？我忽然想到了书桌上的那些明信片，还有旁边的圆珠笔。

霍桑把明信片翻过来，后面有一条手写的留言：

我不能回到监狱，绝对不能。绝对。

他把明信片拿给托罗德，问："你知道这是哪里吗？"

"知道，是伊塔斯岩。"

"我们应该去一趟。"

我们坐进托罗德的车，怀特洛克开车带我们穿过岛屿，爬上托吉斯丘陵。一条小径从主路上分出来，穿过一片片淡色的野草，伸向一条狭长的跑道。那里就是机场。我们又路过了一座炮台遗迹，灰色的六边形水泥躺在地上，就像一枚放大的硬币。远处的丘陵上还有两座类似的遗迹。抬头望去，一团团耀眼的白色羽毛在空中盘旋，几十只塘鹅唱起了寂寥而诡异的歌声。

下车之前我们就发现了不对劲。草坪边缘聚集了一群人，看向大海。他们可能是观鸟爱好者，但他们的身体语言、站立的姿态都在警告我们，他们此刻看的并不是鸟。我们走了过去。

两块巨大的岩石从蔚蓝的海面凸起，这是一万两千只塘鹅的栖息地。岩石的一侧向下倾斜，平缓地触到水面。但是在海的这边，奥尔德尼岛的陆地戛然而止，就像是一张被撕开的地图，锯齿状的悬崖垂直向下。

"他在下面。"有人说道，邀请我们一同见证这场死亡的奇观。眼前的景象确实令人难以忘怀。

德瑞克·阿伯特离得太远了，无法辨认。但还能是谁呢？他躺在石滩上，四肢扭曲，就像三流探案剧里圈出受害人的轮廓线。他一动不动，任由海水拍打自己的身体。他们要怎么打捞他的尸体？必须派出一艘船，不然根本无法接近那个地方，也没法把他带上来。

我身边的人穿着一件防寒衣，脖子上挂着一副沉重的望远镜。"你看到是怎么回事了吗？"我问。

"他跳下去了。"那个人说。

我转开头。在这座岛上，我已经目睹了太多死亡。霍桑站在我身后，神情淡漠。我看向他，说："是你干的。"

"我什么都没做。"霍桑说。

但我知道他在说谎。有人对阿伯特说了警察要去抓他。我昨天晚上看到霍桑离开了酒店，却并不知道他要去哪里。

现在我知道了。

第二十三章　不要停止阅读

两天后，我回到了伦敦。

我要去见我的经纪人希尔达·斯塔克。她的公司在苏荷区的希腊街，夹在一家意大利餐厅和酒吧中间。那是一栋细长的建筑物，她的办公室在四楼。楼里没有电梯，台阶踩上去吱嘎作响，似乎并不欢迎我的到来。比起写书的作家，希尔达·斯塔克更喜欢书本身。和她共事的三年中，我去她办公室的次数屈指可数。

走廊上有一层灰尘，有一扇敞开的门通向狭窄的前台。落地书架上摆满了书，显得更加逼仄。旁边有一扇小窗，阳光透过玻璃照进来，却被房间吞没了。我向前台报了姓名，说我和希尔达有约。

"请问您找她有什么事？"他含糊不清地问道。

"我是她的签约作者。"

"哦。"

十分钟后，我终于挤进了希尔达的办公室。这栋楼太小了，所有的家具都挤在一起。她坐在书桌前，拿着一支记号笔，正在手稿上圈圈画画。我不禁想道，她收到我的稿子后也是这么做的吗？

"他们给你倒咖啡了吗?"她问。

"没有。"我说,"前台都不知道你是我的经纪人。"

她并不在意。"他刚来没多久。"

"你最近怎么样?"我问。

她抬头看向我,一脸茫然:"挺好的,怎么了?"

七周前见到她时,霍桑说她在担心检测结果,要赶去看医生。他说错了吗?但如果我直接问她,就会显得很没礼貌。"因为上次见面时,你看起来心情不太好。"我努力让自己的语气听起来更自然一点。

"没有啊,我很好。奥尔德尼岛怎么样?"

显然,她想换个话题。我只能希望她遇到的问题已经解决了。"我就是为这件事来的。"我迅速和她讲了一遍文学节上发生的两起谋杀案。"这个系列的第三本我没法写了。"我总结道。

"为什么?"

"我刚刚和你说了。德瑞克·阿伯特就是凶手,为了不进监狱,他选择了自杀。"

"有什么问题吗?"

"这个结尾很无聊。他是头号嫌疑人,没有什么惊喜。而且他是个讨厌的人,谁会在乎他的结局?更糟糕的是,这个案子甚至不是霍桑破的。我是说,虽然他得出了结论,但大部分线索都是直接喂到他嘴边的。"

"所以你想让我做什么?"

"你也许可以去和兰登书屋聊一聊,没准儿我能写点别的题材。"

她叹了一口气:"我警告过你不要写这个系列。我一直说,这不是个好主意。"

"这又不是我提议的！"

"现在你骑虎难下了。兰登书屋的人都很喜欢霍桑，格雷厄姆还发信息说他对霍桑印象深刻。如果你不想写第三本书，他们会直接换个作者来写。"

"他们不能这么做的吧？这样合法吗？"

"霍桑并不是你的所有物，不如说，应该是反过来才对。"

我失魂落魄地坐在那里，努力消化她刚才说的内容。

"再说了，现在开始担心第三本书也太早了。"最终，她继续道，"你还没写完第二本呢。顺便问一下，你想好书名了吗？"

"是的，第二本叫《关键词又是谋杀》。"她没有反应，于是我继续道，"毕竟这是《关键词是谋杀》的续作。"

她点了点头，说："这就是问题所在。这本书一听就是续作，人们会觉得必须先读完第一本。如果我是你，我就会再想一个标题。"

"但是我喜欢。"我抗议道。

"我不喜欢。"

几分钟后，我回到了大街上。这次会面并不愉快。比起我本人，出版社更喜欢我书里的主人公。第二本书的书名没有通过。希尔达也不会帮我解决第三本的问题。

手机响了。我看了看屏幕，是霍桑打来的。

"喂？"

"托尼，你在市内吗？"

"我在。"

"你要跟我一起去趟牛津吗？我打算把那根笔还给安妮·克莱利，她邀请我共进午餐。"

"她也邀请我了？"

"没有，但是她喜欢你。她会愿意见到你的。"

"你什么时候出发？"

"十一点十五分有一趟火车。"

现在是十点十五分，真是典型的霍桑。全世界都要围着他转，尤其是我。我必须随叫随到，但反过来则绝无可能。我很想告诉他：不行，我很忙。但这样做有意义吗？我现在二十分钟就能赶到帕丁顿车站，而且我很闲。

"车上见。"我说。

霍桑在站台上等我，我们一路上都没有说话。他还在读《小小陌生人》，就是他带去南安普顿机场的那本书。我发现他读书没什么进展，但他应该不是读得慢，只是读得很仔细。他用心去读每个句子、每个段落，这样读书俱乐部聚会时他就能做好万全的准备。

出租车带我们穿过牛津，前往安妮的家。这时我才问道："你告诉安妮我要去了吗？"

"还没有，但她肯定不会介意的。"

"但她如果要做午饭——"

"你可以吃我的那份！"

安妮·克莱利的家建在一片蜿蜒的高台上，周围是静谧的树丛，和我想象中她会住的房子一模一样。这是栋维多利亚风格的建筑，红色外墙，网格吊窗，厨房和餐厅在地下，还有一条通往前门的阶梯。屋里一定有条纹木地板、裸露的飞檐，还有高高的天花板。牛津有一种魔力，吸引无数作家前来定居，又潜移默化地影响了他们的作品。想想托尔金、C.S.刘易斯、艾丽斯·默多克，还有最近的菲利普·普尔曼。你很难想象他们居住在其他地方。

安妮很惊讶，但似乎很开心能见到我。她领我们走进一间舒适的门厅，我发现她收集威基伍德的骨瓷摆件：芭蕾舞女，挤牛奶的女孩，还有小波比①。她把这些放在书架上展示，上面还有书本、照片、一沓信件、香薰蜡烛和一台装饰用的座钟。房屋的设计很简单，却给人一种琳琅满目之感。安妮在这里怡然自得，她是那种从不为难自己的女人，喜欢穿舒适而非昂贵的衣服。也许她成年之后就一直住在这里。

在桌边坐下后，霍桑拿出了那支马克·贝拉米交给他的樱花牌笔。安妮愉快地接过笔说："太好了，居然找回来了。虽然我还有其他的笔，但这支真的很好用，你是在哪儿找到的？"

"保密。"霍桑说。

"是有人拿走了吗？"

"这么说吧，我说服那个人把笔还回来了。"

"太感谢你了，霍桑先生。"她把笔放在桌面上，"听说你解决了奥尔德尼岛的案件。"

"你知道德瑞克·阿伯特的事了？"我问。

"听说他自杀了。"她摇了摇头，"我知道，我不该同情他的，但还是忍不住。如果他杀了两个人，当然应该受到惩罚。我只是觉得，自杀并不是一件值得庆祝的事。"

"在奥尔德尼岛上，你有和他说过话吗？"霍桑问。

"没有。我在派对上看到了他，但是没有和他说话。"安妮忽然拍了拍手，"哎呀！真抱歉，我忘记给你们倒茶或者咖啡了。你们想喝什么？雪莉酒也可以。我还做了尼斯沙拉，分量足够三个人吃……"

---

①牧羊少女，出自英国童谣《小波比》。

"不用了,谢谢。"霍桑微笑道,"你知道吗?仔细一想,在瞭望阁那晚,有件事让我百思不得其解。"他停顿了片刻,安妮礼貌地等着他继续。"查尔斯·勒·梅苏里尔和你聊起了德瑞克·阿伯特,说他们吵了一架,他想开除阿伯特。确实,他们之间发生了争吵,阿伯特自己也承认了这一点。"

"有什么问题吗?"安妮问。

"你是九点二十五分离开的派对。我们知道准确的时间,因为你问了门口的女孩,她叫什么名字来着?"

"唉,瞧我这脑子,我一点都不记得了。"

"没关系。按照你的说法,他们是在去风月楼之前吵了一架。但问题就在这里:你离开后半个小时,九点五十分,伊丽莎白·洛弗尔看见他们穿过了花园。她说那两人'并不像关系不好的样子。'他们进了风月楼之后,甚至还一起吸食了可卡因。阿伯特否认了这一点,但我们在勒·梅苏里尔的口袋里找到了两根纸吸管。所以除非他一边鼻孔插了一根,不然肯定是两人都吸了。"霍桑看起来真的很困惑,"这不像是两个刚刚吵了一架的人会做的事。"

安妮没有说话,但是她能看出来霍桑在等待她的答复。"我只是在转告你他对我说过的事。"她说,"德瑞克·阿伯特想要钱,但是查尔斯·勒·梅苏里尔不愿付款。我猜这就是他动手的原因。"

"钱确实是一个很好的动机。"霍桑承认道,"但这还是不能解释,为什么他们去风月楼的时候看起来那么亲密?"

"你刚才是说,伊丽莎白·洛弗尔看见了他们?"安妮刚刚反应过来这意味着什么。

"哦,是的。她只是装作看不见。"

"但是,这也太恶毒了……"

"那天晚上发生了很多恶毒的事,安妮。"霍桑同意道,"洛弗尔还不是最恶毒的人。"

我们三人陷入了沉默。安妮拿起她的笔,欢快地说:"谢谢你特地把它送回来,咱们现在去厨房吃饭吧?"

"我还有一件事想问你。"霍桑说。

"唉,霍桑先生……该说的我都已经说了。"

"我只是喜欢把事情梳理清楚,而且,如果托尼要写这次的案件,他也需要知道事情的全貌。我想问的是——那个门口的女孩。"

"我都不认识她。"

"你向她问了时间。"

"是的。"安妮有点生气了。

"为什么?"

"我说过了,我要接一通重要的电话。"

"我知道。你必须在十点前赶回酒店。但是这说不通。如果你要在某个特定的时间回家,应该会先问时间,再往回赶。但你当时已经准备离开了,没必要再去问时间吧?如果你不知道是几点,就不会提前做好离开的准备。"

"我不知道你想说什么,霍桑先生。我的经纪人在洛杉矶,她说过会打电话过来……"

"但是她没打过来。"

"我当时并不知道。我看了手表,又在门口确认了一下时间。我还问了巴士司机什么时候发车。"

"就仿佛你想让所有人都知道自己是几点离开的。"

"在你看来也许是这样,但我当时不是这么想的。"我不知道霍桑想干什么。安妮也越来越不自在,她调整了一下坐姿。"你想说,是我杀了勒·梅苏里尔先生吗?"她说,"但是这太荒谬了,我上周五才见到他。"

"你说得没错,安妮。你没有任何理由杀害查尔斯·勒·梅苏里尔。"

"是的。"

壁炉台上有一个难看的钟,时钟的分针走到十二,发出了"叮"的一声。黄铜和白色大理石雕成的天使一只手擎着长矛,另一只手扶着底座,每逢整点都会发出响声,吸引人们的注意。现在是下午一点。

"不过,也许你确实有一个动机——你儿子死了。"霍桑停顿了一下,"伊丽莎白·洛弗尔在影院提到他的时候,我也在场。"

安妮怒斥道:"那个女人太可恶了。她是个彻头彻尾的骗子,你自己也是这么说的。"

"她知道玛丽·加灵顿的事,就是那个在浴室里滑了一跤,把自己淹死的女士。她还知道你的事,她做了调查。"

"霍桑先生,这实在是——"

"她知道你儿子在大学自杀了。"

"我儿子是个瘾君子。我不知道你为什么要提起这件事,太残忍了。我那时不得不当着一百个陌生人的面解释,他服药过量去世了。"

"他吸毒吗?"霍桑问。

安妮没有说话。

"一般提起瘾君子,大家的第一印象都是吸毒的人。这也是你想让我们相信的:一个吸毒成瘾的人因为嗑药过量而去世。但也有其他事会让人上瘾。"

沉默凝固在了空气中，我永远也不会忘记这个瞬间。

"比如赌博。"

安妮·克莱利知道，一切都结束了。

"网络赌博害人不浅。"霍桑继续道，他似乎是真的在同情她，"这个国家有三十万人沉迷赌博，你的儿子就是其中之一。每年有五百人因此去世，大部分都是年轻人、大学生、独居青年。那些大型网络赌博公司……他们当然知道那些鲜艳的颜色、私人定制的短信，还有免费试玩对年轻人造成了怎样的影响。你接到文学节的邀请，却发现赞助商是转盘公司，一定觉得荒唐透顶。我猜他们就是害死威廉的公司。"

房间里的氛围变了。就像电脑屏幕上一段被暂停的影像，虽然表面上看起来一样，但我能感觉到迫近的暴风雨。

"他从没告诉过我。"安妮说，"威廉在家一直很开心，但我知道哪里不对。他变了，我以为是大学课业的压力太大了。他从来没有独自生活过，又因为赌博，必须借钱才能付学费，这让他心急如焚。他死后，警察在他电脑上找到了证据。他花光了所有存款，用掉了所有信用额度，还变卖了不少东西。"直到刚才安妮都异常冷静，好像在讲述别人的过去，但现在她忽然哽咽了起来。"他卖掉了手表，那是他十八岁生日礼物。他还卖掉了刚上大学时买的笔记本电脑，还有自己的衣服。他变得越来越绝望，却停不下来，不停转动轮盘，希望能让一切回归正轨。直到事情超出了他的掌控，他服用了过量的对乙酰氨基酚。这是他真正的死因。"

霍桑认为安妮·克莱利是杀人凶手，我也目睹了残忍的案发现场。但此刻我却只觉得她很可怜。"请节哀。"我说。

她瞪着我："我不需要你的同情。人是我决定要杀的，我知道要付出什么代价,也做好了准备。"她再次面向霍桑。

"两起谋杀案。"霍桑说,"你还杀了海伦·勒·梅苏里尔。"

"是的。"

安妮·克莱利甚至没想否认这一点。她静静地坐着,壁炉上的钟表嘀嗒作响,令人不胜其烦,我真的很想把那个可恶的东西关掉。

"我听说了德瑞克·阿伯特的事后,还以为这样就结束了。"她说,"但如果你是来惩罚我的,那你来晚了。我已经受到了惩罚。"

"不只是你,安妮。你不是一个人作案的。"

她动摇了:"不,我是。"

"你真的认为能骗过我吗?现在也是?没有帮助,你就无法把查尔斯·勒·梅苏里尔绑在椅子上。就算你事先拿石头把他砸晕了也不行。你还需要有人说服海伦·勒·梅苏里尔进入那个山洞,走进你布置好的陷阱。一切都是有人精心计划的,但不是你。"

"我杀了那两个人,我会付出代价。"她看向他的目光越发绝望,"你还想要什么,霍桑先生?"

"在奥尔德尼的座谈会上,科林·马瑟森问过我这个问题。"霍桑回答道,"我告诉他,我想要的是真相。从某种意义上来说,确实如此。但其实我想要的比真相更多。我想要你直面自己一手造成的后果,因为此时此刻,你住在这栋漂亮的房子里,被各种美好的东西包围,但是你并不是一个好人,不是吗?你是一个杀人凶手。"

"你不觉得他罪有应得吗?查尔斯·勒·梅苏里尔毁了我的儿子,通过他人的痛苦盈利。不只是我儿子,还有其他成百上千的人！你去他们的网站上看一看就知道了。"

"我看过他们的网站，我知道你的意思。发生在你儿子身上的事让我很难过，真的。但是没人应该被杀死，安妮。即便你努力说服自己并非如此，你也无法否认这一事实。这是你犯下的错。"

寂静。钟表的嘀嗒声。然后……

"你为什么不请你女儿下楼呢？"

安妮僵住了："她不在家。"

"她的车就停在外面。你回来后，我有个朋友一直在注意这边的情况。我以为你已经明白了：你不能对我撒谎。"

门打开了，一个年轻女孩走了进来，说："妈妈。"

"不要——"安妮开口道。

"没事的，妈妈，他都知道了。"

凯瑟琳·哈里斯穿着牛仔裤，衬衫系在腰间。她走过来坐下，没戴那副厚重的眼镜，我忽然发现母女俩有多么相似。如此说来，我一开始就觉得安妮·克莱利长得很像一位母亲，只是没能想到她是谁的母亲。

"你怎么发现的？"她问霍桑。

"发现你们是母女吗？嗯，首先是你妈妈的书。我其实真的很喜欢那个系列，我和儿子都很喜欢，怎么也读不厌。比利和凯蒂·闪光弹。"他看向安妮，"你告诉过托尼，这两个角色的名字取自你的两个孩子。显然，比利是威廉。那么凯蒂就是……"

"……凯瑟琳。"我说。

"哈里斯是你丈夫的名字，对不对？"

"是的。"凯瑟琳点了点头，忽然有些害怕起来。可能她丈夫还不知道这件事。

"还有很多线索——你们长得很像,眼睛都是灰色。你们显然在一起住了很久,走路的姿势很相似。早餐遇到凯瑟琳时,她描述夏天的气温时说:今天天气很暖和。还有安妮,你在问能不能出酒店散步的时候,用了一模一样的表达:预报说今天天气很暖和,我想出去走走。"

"当然,还有其他细节。"霍桑还在对安妮说话,"马克·贝拉米说,那支笔是你借给凯瑟琳的。这让我觉得很奇怪。如果那支笔对你很重要,又为什么要借给一个陌生人?还有最后一个线索:你们都是素食主义者。"

在酒店聊天的时候,安妮说过自己是素食主义者,但凯瑟琳好像没有说过。我回忆了一下,在南安普顿机场时,她点了一份奶酪沙拉。在潜水者酒馆时,她吃的是芹菜。她在酒店吃的早餐是什锦麦片和酸奶。即便在瞭望阁,为客人提供了牛排和腰子派之后,她也只是在厨房里吃了一份奶酪泡芙。我从来没见到她吃鱼或者肉。

"凯瑟琳什么都没做!"安妮坚持道。

"我来说一下你们都做了什么。"霍桑冷冷地打断道,"我猜这一切都是因你而起,安妮。大概去年年底,你收到了奥尔德尼岛文学节的邀请,发现赞助商是转盘公司。你当时一定很愤怒,但你的第一反应是想要把这一切置之脑后。然后,你开始思考,也许你可以利用这次机会?也许你能惩罚那些害死你儿子的人。"

"就在这时,凯瑟琳开始接近马克·贝拉米。她碰巧和他的助手是室友。室友刚刚收到了另一个节目的工作邀约,现在是最佳时机。凯瑟琳是素食主义者,不喜欢肉,但是她说服了贝拉米雇用她。他也很开心,因为她要求的薪资很低。成为贝拉米的助手后,她联系了朱迪斯,把马克也塞进了邀请名单。"霍桑第一次看向了凯瑟琳,"我说得对不对?"

"我联系了他的出版社。"凯瑟琳说,"他正好有一本新书,他们觉得这个主意很好。"

"于是,你们都来到了这座小岛。但是对于其他人而言,你们彼此素不相识。你计划好了所有的细节,甚至带上了胶带。顺便一提,牛津只有一家店能买到那种胶带,就在这条路上。考虑到你是个有名的作家,店长肯定记得你。就算他忘记了,也能查到信用卡记录。"

"我知道,你不用再说了。"安妮说。

"赌博。"霍桑有些悲伤地笑了一下,"从始至终,都是因为赌博。我很惊讶你没能发现这一点,托尼。你在查尔斯·勒·梅苏里尔的车窗上发现了什么?"

"一张扑克牌。"我说。

"是的。他死后,风月楼的地毯上还有另一个线索。"

"一枚硬币。"

"扑克牌和硬币。如果她们还想做得更显眼的话,不如直接留一个轮盘。所以,她们是这样计划的——"霍桑无视了安妮和凯瑟琳,对我说道,"她们来到奥尔德尼岛之后,要趁勒·梅苏里尔独处时绑住他,让他为威廉的死付出代价。结果勒·梅苏里尔自己送上了门。他看上了凯瑟琳,这下事情就简单多了。但是你要明白一件事,托尼,她们来奥尔德尼岛的时候只有一个目标:查尔斯·勒·梅苏里尔。然而后来目标发生了变化,我们当时都在场。我不想这么说,老兄,但是你说的话又在某种程度上干扰了事件的发展。"

我的心沉了下来。"我又说了什么?"

"我们三个——你、我、安妮——几乎同时到达了瞭望阁。

安妮在走廊里愣住了,她看到了一个让她震惊的人。"

我想起来了:"是德瑞克·阿伯特,他在和海伦·勒·梅苏里尔聊天。"

"没错。但她认出来的人不是德瑞克,而是海伦!海伦并不经常和丈夫同时出现,他们各过各的。但是与此同时,她是'那张值一千个筹码的脸'。她是个演员,为线上赌场工作。现在打开网页,你还能看见她。她是那个转轮盘的人,是那个煽动男孩们继续赌博的人。她性感迷人。威廉可能贴了她的海报,所以安妮一眼就认出了她,并为此震惊不已。"

"但是她说自己在监狱见过德瑞克!"

"不,老兄,这句话是你说的。她只是顺水推舟,这样就不用解释自己惊讶的原因了。于是她说:'你说得没错,我确实在监狱见到过他。'当然,后来她又不得不改口,说他并不在阅读小组里……万一我们去问他本人,被他断然否认就不好了。

"与此同时,凯瑟琳也发现了我们。她早些时候过来,已经见过了海伦。所以她才会端着饮料来聊食物的话题。她没时间警告安妮,海伦也在这里,所以不得不亲自来圆场,避免露馅。"

母女二人安静地听着。她们没有看向彼此,甚至没怎么呼吸。

"总之,一次谋杀在这个时刻变成了两次。"霍桑继续道,"我们再来看看那天晚上发生的其他事。

"晚上九点二十五分,安妮离开了派对。她假装和凯瑟琳聊天,定下了离开的时间,为了表明自己在案发前很久就不在了。接着,她又去和巴士司机汤姆·麦金利确认时间。她说自己急着赶回酒店,时间很紧张。这怎么可能呢!酒店只有十分钟车程,她有足足三十五分钟。她只是想让他记住她,因为她知道我们会找他聊。"

"她说司机就站在门口。"我说。

"是的,但不是巴士门口。麦金利说他出来的时候遇到了她……所以肯定是瞭望阁的门口。这样她就不用上车了。当时很黑,看不清车上的乘客。所以她只要溜走,找个地方等着,然后再溜回房间里就可以了。如果有人看到了她,她可以说自己忘拿东西了。但派对上有一百多人,谁能注意到她藏在人群里呢?"

确实。我当时就在走廊里,埋头看马克·贝拉米的菜谱书。后来又和马萨·拉马尔说了几句话,并没有看到安妮。

"安妮·克莱利有两个能够证明她离开时间的证人。"霍桑继续道,"她从厨房门出去,沿着花园进入了风月楼。她知道查尔斯·勒·梅苏里尔会去那里,因为他邀请了凯瑟琳,而凯瑟琳也同意了。"

"但是我问了她!"我说,"我去厨房的时候她还在哭。"

"她是在演戏,托尼。她肯定开心得不得了,勒·梅苏里尔直接走进了圈套。

"九点五十分,勒·梅苏里尔和德瑞克·阿伯特前往风月楼。这时两人还没吵架,正打算一起吸食可卡因。他们可能注意到了伊丽莎白·洛弗尔坐在花园里,但没人知道她是在装瞎。进入风月楼后,两人聊了会儿,德瑞克开始索要他勒索科林·马瑟森应得的两万英镑。他不得不扮演坏蛋:相机在他手里,他随时可以把科林和海伦的事告诉查尔斯·勒·梅苏里尔。当然了,查尔斯、海伦和德瑞克其实是一伙的。

"总之,德瑞克想要他的两万英镑,却没有想到这会是他最后的工资。勒·梅苏里尔开除了他,安妮躲在其中一张天鹅绒窗帘后,听到了对话的全过程。查尔斯为什么要在派对上和她聊起德瑞克呢？这一点也不像他。但这对安妮来讲是意料之外的收获。她告诉我们那两人在派对上吵架，其实是把晚上十点发生的事提前了。这样，她就可以把矛头指向一个有前科的罪犯，一个被岛上所有人厌弃的人。

"德瑞克离开风月楼时，查尔斯还没有死。也正是这时，海伦看向了卧室窗外。在她看来，德瑞克是最后一个见过查尔斯的人，所以他肯定是凶手。于是她给德瑞克发了短信，这条短信最后要了她的命。

"现在，一切准备就绪。查尔斯·勒·梅苏里尔独自在风月楼里，吸食了可卡因，神志不清地等着他的新女友。但是在凯瑟琳出现的瞬间，安妮就从窗帘后出来，用她从花园捡来的石头或砖块猛击他的后脑。两位女士把他拖到椅子上，用胶带绑起来。但是留了一只右手。"

"为什么？"我忍不住想问，"为什么要留一只手？"

"我说过了，老兄。都是因为赌博。她们要以其人之道还治其人之身。想想看！他被困在椅子上，脑后遭到了攻击。他很痛苦，而且很害怕，更糟糕的是面前还有两个疯女人，其中一人还从他书房拿了一把拆信刀。凯瑟琳到得早，白天任何时候都能去书房拿刀。她们想让他尝尝自己种下的苦果，于是给了他一次机会。就像威廉·克莱利。她们要让他赌自己的性命。"

忽然间，我明白了："掷硬币。"

"马萨的钱包放在走廊，她们从里面拿了一枚硬币。硬币的一面是树，另一面是欧洲地图，所以算不上是正面和反面。但是用外国硬币更不容易暴露身份，所以她们把硬币擦干净，没有留下指纹。"他此时终于转向了安妮，"我说得对吗？"

"我想让他知道那种感觉……用命来赌博的感觉。"安妮说，

"我给他留了一只手,这样他就可以自己掷硬币。我让他猜是哪一面,告诉他,如果他猜对了,我就会放他走。"

"你会放他走吗?"

"当然不会。但是这不重要,他做不到。"

一幅可怕的景象浮现在我的脑海中。查尔斯·勒·梅苏里尔在风月楼,被绑在椅子上。因为刚刚的击打,头还昏昏沉沉、疼痛难耐。凯瑟琳用拆信刀指着他的喉咙,安妮把那枚两欧元硬币放在他的拇指上,逼迫他掷出硬币,做出选择。她们对他喊:"正面还是反面?正面还是反面?"他吓坏了,最后还是听从了命令,努力想要掷出硬币,想要活下来。

"硬币掉到了地上。"安妮说,"他想掷硬币,但是硬币掉到了地毯上,我们找不到了。"

"然后你们杀了他。"

"是的,霍桑先生,我杀了他。不是凯瑟琳。她那时已经离开了。"

"我们待会儿再说这个,好不好?"霍桑继续说道,"接下来就是海伦了。你们运气不错,因为海伦从卧室窗户看到了德瑞克·阿伯特,决定和他见面聊聊。案发之后瞭望阁里都是警察,你们肯定没法闯进去。于是你等在外面,等着她出来的那一刻。当她走向奎斯纳德小屋时,你跟了上去。"

"她们是怎么把她带到山洞里的?"我问。

"这是个好问题。"霍桑说。

"你弄错了,霍桑先生。"安妮平静地说道,"星期天凯瑟琳没和我在一起。我确实跟踪了勒·梅苏里尔夫人,她走到采石场时我追上了她,我们一起聊了聊,她提到了山洞,我就问她能不能带我去看看。山洞虽然不在她要去的方向,但我说一个人去会害怕,所以她带着我去了洞口。我在那里把她打昏,然后把她拖进去,杀了她。"

她说的是实话吗?安妮·克莱利看起来没有那么强壮,她能穿过那条漆黑的通道,把海伦拖到山洞深处吗?但是霍桑没有反驳她。"她也是罪有应得吗?"他问。

"他们两个一样坏。"安妮说。但是我感觉她听起来没有那么自信了。

"她只是个演员,接了一个角色。"

"我的儿子死了,婚姻破裂,自此之后我活着的每一秒都是煎熬。"

"他们都是烂人。"凯瑟琳赞同道。

"凯蒂,你不要说话!你要记住这一点,从今往后都要牢记。"安妮坐直了身子。她知道自己要做什么,刚才霍桑说话的时候她就已经想好了。"你能帮我把那边柜子上的信拿过来吗?"她问。

"妈妈……"

"拜托了,亲爱的。"

凯瑟琳并不情愿,但她还是把信拿过来,交给了母亲。

"也许它并不能影响你做出决定,霍桑先生。"安妮说,"我接受你的指控。我犯了罪,也愿意为此接受惩罚。但其实我已经付出代价了。"

她递出那封信,霍桑接了过来。信纸最上方印着英国国家医疗服务 NHS 的标志。

"你有心脏病。"他说。

"准确地说,是左心室收缩功能障碍。"安妮说道,"我在服用多种药物……酶抑制剂、血管紧张素受体阻断剂。但我的病情并不乐观。也许我还能活几个星期、几个月,也可能只剩下几天。"

我知道她没有说谎。我记得她呼吸不畅,而且她对我说过自己在服用抗生素。案发第二天早上,她说要赶去看医生,应该也是真的。

"这算不上是惩罚。"霍桑说。

"什么?"

"如果你是想说,心脏病就是你杀人付出的代价,那就和伊丽莎白·洛弗尔口中那些愚蠢的鬼魂一样荒谬。"

"我的想法重要吗?我只是想告诉你,我很快就要死了。"她轻笑了一下,"有趣的是,迪士尼的合同是真的,只是对我而言已经没有什么用处了。"

"嗯。"

"我不能上法庭,也不能进监狱。在去奥尔德尼岛之前很久我就知道了。"

"所以你才会去。"

"是的,医生说我剩下的时间不多了。我一直在想威廉的事,我能为他做点什么?然后,当我收到奥尔德尼岛文学节的邀请时,我觉得这就是命运。上天给了我这个机会,在我人生的最后几天,付诸行动……说是复仇也好,惩罚也罢,你想怎么说都行。"

霍桑回味着她刚刚说过的话,问:"所以你想说什么,安妮?"

"我杀了查尔斯·勒·梅苏里尔,我杀了海伦·勒·梅苏里尔。第二次作案时凯瑟琳甚至都不在现场。"

"你的意思是……"

"这两起谋杀案的凶手都是我。我一直是这么计划的。"

"直到德瑞克·阿伯特跳下悬崖。"

"如果他背上了罪名,你也不能怪我改变主意吧?"

"我不怪你改变主意,安妮。你的罪行是策划并执行了两起惨无人道的谋杀案。"

"没错,是我谋划的,也是我执行的。我拿了拆信刀和硬币,就像你说的那样,但是凯瑟琳——"

"——是你的帮凶。同样要判终身监禁。"

"但是你不用告诉别人这件事。凯瑟琳失去了深爱的哥哥,她几乎见不到父亲,现在又要失去母亲了。她吃的苦还不够多吗?她丈夫是个好人,是一名社区医生,她正要建立自己的家庭。把她关进监狱能有什么好处?求求你了,不要那么冷酷。据我所知,德瑞克·阿伯特死后,警方已经停止调查了。"她握住了女儿的手,"你为什么不能放过我们呢?"

听了这番话,霍桑想都不想就站起了身,因为他早就做好了决定。

"非常抱歉。"他说,"我不能这样做。你想让我来决定是否要惩罚你们,但这不是我的工作。我的工作只是找出真相,而我刚刚已经完成了这项工作。接下来的事就由不得我了。"他最后看了看这间屋子。"你必须去自首。也许你可以说服警察凯瑟琳没有参与——或者只参与了一部分。说实话,我不在乎最后的结果。但就像我刚才说的那样,这个决定也不该是我来做的。"

安妮缓缓点头。"我明白了,你能给我多长时间?"

"你越早去自首,就会越轻松。"

"嗯,你说得对。"

"还有最后一件事……"

"什么事，霍桑先生？"

霍桑露出了一个微笑："我的儿子不敢相信我今天要来见你。虽然他现在已经长大了，不看你的书了，但他还是你的头号粉丝。"

我惊讶地看着霍桑从外套口袋里掏出了一本书，封面上用鲜艳的色彩画着两个小孩和一艘海盗船，一个独眼海盗正在挥舞长剑。书的标题叫《闪光弹危机》，就是他在南安普顿机场提到的那本书，他和儿子都很喜欢。他还拿出了一支笔。

"你可以帮他签个名吗？"他问。

安妮盯着看了一会儿，然后接过了书和笔。

"当然，"她说，"他叫什么？"

"他也叫威廉。"

"这样啊。"

我看她写下了一句话：致威廉，不要停止阅读！爱你的，安妮·克莱利。

她把书还给了霍桑。

"谢谢你。"霍桑说。

"不用谢，霍桑先生。"

然后，我们离开了安妮的家。

第二十四章　来自奥尔德尼的明信片

我必须承认一件事。我一直以为杀害查尔斯和海伦·勒·梅苏里尔的凶手是特里，我们的出租车司机。虽然我从未明确地说出来过，但这个猜想一直徘徊在我的意识深处。他有动机：他说过，查尔斯·勒·梅苏里尔要成立新的出租车公司，这会导致他失业。而且两次谋杀案他都碰巧在现场。查尔斯被害的那晚，他正好在瞭望阁外。后来他又承认见到了出走的海伦。我很高兴自己没有把这个猜想告诉霍桑，不然我看起来一定会像个跳梁小丑。

从萨默敦回来后，我总会想起安妮·克莱利。是什么让人变成了凶手？这个问题一直困扰着我。最让我惊讶的是，许多年前我就见过她。当时她和我一样，只是个普通人。那时，她儿子的惨剧还未发生，她的人生也还未崩坏。我总会想起她，想起那座嘀嗒作响的钟表，那些陶瓷摆件、香薰蜡烛。她很温柔，比我见过的很多人都要温柔。但是，在奥尔德尼岛，她却一手策划了两起血案。

霍桑的决定是正确的吗？

他本可以保持沉默。查尔斯和海伦·勒·梅苏里尔确实不是什么好人，而且人死不能复生。他们直接导致了威廉·克莱利的自杀，可能还伤害了更多的人。（虽然我接到由转盘公司赞助的文学节邀请后，二话没说就答应了。）他们合谋勒索科林·马瑟森，丈夫把妻子当作筹码，妻子也乐意为丈夫出卖身体。他们勒索科林，可能还毁掉了他的婚姻。为了一条能赚钱的电缆，他们乐于看到公墓被挖开，岛屿被分裂——无论是土地还是人民。

对于警察来说，案件已经解决了。众叛亲离的德瑞克·阿伯特被错误地指控为凶手，但他也不太可能站出来反对。安妮·克莱利患上了绝症，就算把她和女儿都关进监狱又能怎样呢？

但霍桑还是站在了道德制高点，做出了"正确"的选择。他没有做错，但他的行为让我耿耿于怀。虽然我没有直接质问他，但我很确定他那天晚上去找了德瑞克·阿伯特，告诉他警察找到了证据，正准备逮捕他。阿伯特在狱中度过了六个月，他说过自己绝对不能回去。我记得他当时的用词和那张留下的字条几乎一样：我不能回到监狱，绝对不能。绝对。霍桑是否怂恿过他，让他从加奈岩的悬崖一跃而下？无论他们之间发生了什么，霍桑都和阿伯特的死脱不开干系。他没有资格指责安妮·克莱利和她的女儿。

但接下来发生的事，可能就是他遭到的报应。

安妮没有出庭，她在候审期间心脏病突发去世了。当时距离我们去萨默敦找她时才过去一个月。凯瑟琳·哈里斯独自出席了庭审，罪名是谋杀从犯。我看到了她和丈夫迈克尔·哈里斯医生在法庭外的照片。他们看起来就像一对普通的年轻情侣，非常恩爱，紧握着彼此的手，面对媒体的镜头。

凯瑟琳·哈里斯被判无罪。我没有完整地了解过审判过程，但我知道他们在某件事上未能达成一致。最后，控方无法证明安妮·克莱利是否将杀害查尔斯和海伦·勒·梅苏里尔的计划告知过女儿。凯瑟琳坚持说，她以为母亲只是想与查尔斯·勒·梅苏里尔当面对质，让他为害死自己的哥哥道歉。但她离开风月楼后，安妮失去了控制，动手杀了人。凯瑟琳在法庭上痛哭出声，说自己听闻母亲的所作所为后十分震惊，很羞愧自己参与其中。

现在写下这些内容，我也觉得难以置信。但法律有时就是这么神秘莫测。陪审团很同情她，更重要的是，主要证人已经死了，他们愿意相信凯瑟琳。托罗德副队长也出庭做证了，但那时他已经丢掉了警衔，警方因为办案不力开除了他。

当然，他们还可以对凯瑟琳提起其他诉讼，比如提供不实证词、妨碍警方办案等。但没人想费这个精力。媒体和公众舆论都站在她那边（《社区医生被困住的妻子：一个疯癫母亲造成的悲剧》），总之，多亏了霍桑，安妮从奥尔德尼岛回来两天后就去自首了。法官肯定是觉得，如果再追究下去，就会显得自己心胸狭隘。

那么，她是一个逃过了法律制裁的杀人凶手吗？

我很确定，查尔斯·勒·梅苏里尔死的时候，凯瑟琳一定在场。也许刀刺进他喉咙时她正在一旁大笑，也许她就是那个持刀的人。安妮描述杀死海伦的过程也无法使人信服。海伦认为德瑞克·阿伯特与她丈夫的死有关，正要去找他问清楚，十万火急。这种时候，她真的会为了带安妮参观而绕远路去山洞吗？更有可能的是：母女二人再次联手。安妮可以告诉海伦，女儿在山洞里摔了一跤，受伤了。这样她们就能引她走向案发地点，然后用石头敲昏她，把她抬进洞。

安妮自己也知道这两起案件有着根本性的不同，所以才会对我们说谎。杀害查尔斯·勒·梅苏里尔是毋庸置疑的罪行，但杀害海伦却更糟糕。霍桑说得没错。海伦只是一个演员，她唯一的罪状是没有考虑到自己的行为会造成怎样的后果。

但这些都不重要。重要的是，霍桑无法决定凯瑟琳是否应该受到惩罚。他无权决定，并且在没有让步的情况下获得了他期望的结果。凯瑟琳被判无罪。霍桑虽然并不直白，但他总是很坦诚，我也很高兴最后是这样的结果。

从奥尔德尼岛回来后，我变得特别繁忙。每次都是这样。只要休息几天，就得花整整一周赶回进度。更糟的是，我现在知道自己不得不写第三本霍桑系列的书了。而我第二本还没写完，肩上的压力愈发沉重。我决定给第二本起名叫《关键句是死亡》，不过我很担心，也许有一天我会用完所有的文学类双关语。

我的妻子拿着邮件进来的时候，我正在埋头工作。我翻了翻，全是各种账单、银行款项，还有各种传单。年轻时我很期待收到新的邮件，现在却只觉得烦闷。

翻着翻着，我发现了一张印着克朗克堡的明信片。克朗克堡位于奥尔德尼岛的西北角，这是从奥尔德尼岛寄来的。起初我以为是粉丝来信，于是率先把它挑了出来。翻过来的一瞬间，我就认出了德瑞克·阿伯特的笔迹。他把这张明信片寄给了我的出版社，然后兰登书屋的人又转寄给了我。上面只写了八个字：

问问霍桑里斯的事。

我坐在书桌前，胃里一阵翻腾。我记得，德瑞克·阿伯特的客厅里有一打明信片。他在其中一张上面写了遗言，然后又写了一张寄给我。他知道我要写好几本关于霍桑的书。就算他要离开这个世界，也不想让其他人好过。

里斯。

第二本书里,为了调查理查德·普莱斯之死,我和霍桑前往约克郡的里布尔德,询问一起多年前的探洞意外。那天晚上,我们在车站旅馆吃饭时,一个自称迈克·卡莱尔的男性忽然走上前来,喊霍桑"比利"。这不是霍桑的名字,但是现在想来,这是他儿子的名字[①]。那个人是怎么说的来着?我打开书桌上的笔记本,找到了那一页。

"你不是在里斯吗?"
"不,"霍桑回答道,"我不知道你在说什么,我刚从伦敦过来,从没去过那个叫里斯的地方。"

当时我只觉得是迈克·卡莱尔认错了人,就没再细想。但是现在。

问问霍桑里斯的事。

很明显,霍桑并不仅仅是因为厌恶恋童癖才把德瑞克·阿伯特推下了台阶。他们两个认识很久了。我想起了那天去阿伯特家问话的情景。就在我们打算离开的时候,阿伯特认出了他。我亲眼看到了那个瞬间。他忽然意识到,他早就认识霍桑了,两人在里斯有过一段往事。于是,在他生命的最后时刻,在他跳下加奈岩之前,他决定要尝试最后一次复仇。

我不确定自己是否真的想知道真相,却抑制不住地好

[①]威廉的昵称是比利。

奇。我在笔记本电脑上输入了约克郡山谷的官方网址：yorkshirevillages.org。

>里斯村位于艾肯加斯山谷和斯瓦莱代尔的交界处，是一处深受游客喜爱的旅游胜地。每周五的集市吸引了众多游客来访，同时它也被誉为骑行者的天堂……

介绍的文章写了半页，还附带几张图片：一座漂亮的教堂，商店街，周围的山谷。其他的链接介绍了登山路线、露营场所，还有黑牛酒吧。我又在谷歌上搜了搜，但是没找到什么有用的信息。新闻报道里也没有提及。当地没有名人居住（或死亡）。这似乎只是一个平凡的小村庄，悠然坐落于山谷之间。

我能怎么办呢？我搜不到迈克·卡莱尔的信息，也不能直接问霍桑。我一边想，一边在手里摆弄着那张明信片。

然后我把它夹进了笔记本，合上，继续写我的书。

致　谢

　　作者往往会在写作时感到孤独，但其实每一本书的诞生都离不开团队的努力。

　　这本书从手稿到出版历经了漫长的旅途，我很荣幸能在此感谢所有为此付出的人们：

出版人

塞丽娜·沃克

编辑

乔安娜·泰勒

卡洛琳·约翰逊

设计

格伦·欧尼尔

印刷制作

琳达·霍格森

海伦·韦恩·史密斯

英国销售

马特·瓦特森

克莱尔·西蒙德斯

奥利维亚·艾伦

蕾切尔·坎贝尔

国际销售

卡拉·康奎思

芭芭拉·萨博洛娃

劳拉·里凯蒂

宣传公关

夏洛特·布什

安娜·吉布森

市场营销

瑞贝卡·伊金

萨姆·里斯-威廉姆斯

有声书

詹姆斯·基特

罗伊·麦克米兰

A LINE TO KILL: © ANTHONY HOROWITZ 2021
This edition arranged with CURTIS BROWN - U.K.through Big Apple Agency, Inc., Labuan, Malaysia.
Simplified Chinese edition copyright: 2023 New Star Press Co., Ltd.
All rights reserved.

著作权合同登记号：01-2023-0884

图书在版编目（CIP）数据

一行杀人的台词／（英）安东尼·霍洛维茨著；郑雁译．－－北京：新星出版社，2023.5

ISBN 978-7-5133-5215-4

Ⅰ．①一⋯ Ⅱ．①安⋯ ②郑⋯ Ⅲ．①推理小说－英国－现代 Ⅳ．① I561.45

中国国家版本馆 CIP 数据核字（2023）第 064240 号

午夜文库
谢刚 主持

一行杀人的台词

［英］安东尼·霍洛维茨 著；郑雁 译

责任编辑： 曹晓雅
责任校对： 刘 义
责任印制： 李珊珊
装帧设计： hanagin

出版发行：新星出版社
出 版 人：马汝军
社　　址：北京市西城区车公庄大街丙3号楼　　100044
网　　址：www.newstarpress.com
电　　话：010-88310888
传　　真：010-65270449
法律顾问：北京市岳成律师事务所

读者服务：010-88310811　　service@newstarpress.com
邮购地址：北京市西城区车公庄大街丙3号楼　　100044

印　　刷：北京美图印务有限公司
开　　本：910mm × 1230mm　　1/32
印　　张：9
字　　数：210千字
版　　次：2023年5月第一版　　2023年5月第一次印刷
书　　号：ISBN 978-7-5133-5215-4
定　　价：55.00元

版权专有，侵权必究；如有质量问题，请与印刷厂联系调换。